KAPPA
E O LEVANTE IMAGINÁRIO

Ryunosuke Akutagawa

KAPPA
E O LEVANTE IMAGINÁRIO

tradução e prefácio
Shintaro Hayashi

2ª edição

Copyright © Editora Estação Liberdade, 2010, para esta tradução

Preparação de texto Rita Kohl
Revisão Nair Hitomi Kayo
Composição Johannes C. Bergmann / Estação Liberdade
Capa Estação Liberdade
Editores Angel Bojadsen e Edilberto F. Verza

CIP-BRASIL – CATALOGAÇÃO NA FONTE
Sindicato Nacional dos Editores de Livros, RJ

A27k
 Akutagawa, Ryunosuke, 1892-1927
  Kappa e o Levante imaginário / Ryunosuke Akutagawa; tradução [e introdução] Shintaro Hayashi. – São Paulo: Estação Liberdade, 2010.

 Tradução do original japonês
 ISBN 978-85-7448-193-7
 1. Conto japonês. I. Hayashi, Shintaro. II. Título.

10-5164.	CDD 895.63
	CDU 821.521-3

Todos os direitos reservados à
Editora Estação Liberdade Ltda.
Rua Dona Elisa, 116 | 01155-030 | São Paulo-SP
Tel.: (11) 3661 2881 | Fax: (11) 3825 4239
www.estacaoliberdade.com.br

Sumário

9 Prefácio

21 Kappa (1927)
83 Rashomon (1915)
95 O nariz (1916)
109 Destino (1917)
123 Os salteadores (1917)
201 Inferno (1918)
247 Dragão (1919)
265 As laranjas (1919)
273 A mágica (1920)
287 No matagal (1922)
303 Rodas dentadas (1927)

Prefácio

> Não tenho consciência de qualquer espécie, nem mesmo artística. Sensibilidade é tudo que tenho.
>
> *Ryunosuke Akutagawa,*
> *janeiro de 1927*

Sensibilidade.

Sem dúvida, Ryunosuke a possuía.

Revela-se na aguçada percepção da índole humana, no acento poético e na genialidade criativa em suas obras.

Contribuiu, sem dúvida, para alçá-lo à glória dos imortais da literatura universal. E possivelmente à morte prematura aos 34 anos de idade, por opção própria.

Ryunosuke nasce indesejado. O pai, Toshizo Niihara, contava na época — março de 1892 — com 42 anos de idade, e a mãe, Fuku, com 33. Segundo a crendice popular, idades aziagas, tanto para o homem quanto para a mulher. Idades em que as pessoas deveriam recorrer a rezas e a toda sorte de exorcismos para afugentar o infortúnio. Portanto, impróprias para qualquer atividade — mormente ter filhos.

Superstições medievais arraigavam-se ainda entre a população japonesa naquela época, não obstante a modernização ter alcançado o país. O xogunato de Tokugawa, responsável por trezentos anos de isolamento e estagnação, fora revogado havia quarenta anos. O Japão voltava à comunidade internacional e tinha pressa em se recuperar dos atrasos. Promulgava-se em 1899 a Constituição japonesa de Meiji, importavam-se tecnologias e produtos, a cultura ocidental invadia o país. Mas em Edo, ou Tóquio — assim rebatizada ao tornar-se capital e sede do novo governo imperial —, a tradição resistia, e o advento da modernidade não conseguia expulsar da mentalidade do povo crendices como aquelas.

Ryunosuke vem assim ao mundo num ano duplamente amaldiçoado, e isso é assustador. Rejeitá-lo seria a única saída. É feito um arranjo. Será "abandonado" para ser "encontrado" por um amigo da família, Senjiro Matsumura. E, em seguida, levado de volta à família para ser recolhido como criança abandonada. Um artifício para esconjurar o mau agouro.

O artifício teria sido ineficaz, pois nesse mesmo ano a mãe enlouquece. No ano anterior ela perdera Hatsu, a filha primogênita, vítima de meningite provocada por gripe. Fuku torturava-se: fora culpa sua, um descuido. A sobrecarga imposta pelas preocupações com as circunstâncias do nascimento do novo filho quem sabe abalara a sanidade mental que já estava frágil.

Ryunosuke tem apenas sete meses. Inicia a vida numa sociedade preconceituosa para com os herdeiros de sangue ruim, tais como descendentes de marginais, de dementes e de outras doenças consideradas hereditárias.

Entregue aos cuidados do seu tio Michiaki Akutagawa, irmão de sua mãe, é formalmente adotado pela família Akutagawa em 1904, aos doze anos. Fuku falece dois anos mais tarde sem nunca haver se recuperado da loucura.

PREFÁCIO

Quiçá fosse essa adoção uma forma de protegê-lo dos preconceitos da sociedade. Mas ela jamais o protegeu de si próprio. O receio de que cedo ou tarde a demência latente viesse a manifestar-se iria atenazar-lhe desde cedo a alma sensível. Muitos de seus biógrafos atribuem a isso o niilismo e o pessimismo que moldaram seu caráter. Quisera nem ter nascido, como revela em diversas passagens de suas obras de cunho autobiográfico, escritas pouco antes de suicidar-se. Contudo, o sangue materno legou-lhe um dote melhor, o talento artístico.

Ao contrário do pai — Toshizo, um plebeu bem-sucedido nos negócios mas rude no trato —, a mãe, Fuku, provinha de uma família tradicional que durante várias gerações servira ao xogum como *sukiyabozu* (encarregados da cerimônia do chá). Entre as incumbências dessa função estava a de entreter o xogum e as personalidades proeminentes com os requintes da cerimônia e a conversa elegante. A função exigia refinamento e cultura.

Os Akutagawas conservavam ainda muitos dos hábitos fidalgos da época do xogunato, em especial o gosto pelas artes. Residiam em Koizumi, Honsho, numa área próxima ao rio Sumida — reduto conservador, habitado por escritores e artistas da escola tradicional, onde a cultura de Edo ainda florescia. Toda a família participava ativamente da vida cultural. Frequentavam teatros, e apreciavam sobretudo a literatura tradicional do Período Edo. E, por essa porta, Ryunosuke ingressa no mundo da literatura.

Ávido, lê de tudo desde os primeiros anos da vida escolar. A escolha é eclética e passa não apenas pela literatura antiga japonesa, cujas obras a biblioteca da família possuía em profusão, mas envolve também clássicos chineses e obras de autores ocidentais consagrados: Ibsen, Anatole France, Turguêniev, Strindberg, Baudelaire, Wilde, entre outros.

Conclui a educação básica no Primeiro Colégio de Tóquio em julho de 1913, e em setembro do mesmo ano ingressa no curso de literatura inglesa da Universidade Imperial de Tóquio.

Participa, desde os dez anos, de atividades literárias, editando pequenas revistas e jornais de circulação interna nas escolas onde estudou e escrevendo ensaios. Contudo, não tem ainda o propósito definido de fazer da literatura sua profissão. Apenas um desejo vago de estudar, buscar erudição.

Uma plêiade de bons escritores japoneses estava então em formação: entre os colegas de classe no colégio, figuram nomes como Masao Kume, Kan Kikuchi, Shoichi Naruse e Yuzuru Matsuoka. O relacionamento de Ryunosuke com esses colegas, um tanto distante de início, se faria mais íntimo durante a vida universitária, especialmente com Masao Kume e Kan Kikuchi. E, por influência deles, resolve mais tarde tornar-se escritor.

A fase de iniciação passou despercebida pela crítica. Em fevereiro de 1914, a conceituada revista *Shinshicho*, do círculo literário ligado à universidade, estava sendo lançada pela terceira vez após sucessivas interrupções, e Ryunosuke foi convidado a participar. Contribui então com alguns trabalhos menores — traduções, contos e poemas, totalmente ignorados pela crítica. A publicação da revista é interrompida outra vez em outubro.

Mas, em novembro de 1915, outra revista, a *Teikoku Bungaku*, publica *Rashomon*, uma breve narrativa com que ele inicia a série de contos históricos que lhe renderá fama.

Em dezembro, é levado por um amigo a um encontro com Natsume Soseki, que mudaria o curso de sua vida. Novelista respeitado, cujo nome já estava consolidado nessa época, Soseki lecionara tanto no Primeiro Colégio como na Universidade Imperial de Tóquio, e tinha verdadeiro carinho por jovens talentos, os quais não deixava de incentivar. Reúne-os em seu ateliê às quintas-feiras, e assim se forma o Clube das Quintas-feiras, do qual Akutagawa passa a fazer parte, atraído pelo carisma do velho mestre, que reconhece sua genialidade e lhe dá atenção. E que lhe diria mais tarde numa carta, datada em 21 de agosto de 1916:

"Quer estudar? Ou escrever?... Realize-se na vida, de qualquer forma. Mas não se deixe precipitar. É importante prosseguir pachorrentamente, como boi..."

Entretanto, a publicação da revista *Shishincho* é reiniciada pela quarta vez em fevereiro de 1916, e traz no primeiro número dessa nova fase o conto *Hana* (*O nariz*, nesta edição), de sua autoria. O conto, também de caráter histórico, narra com fino humor e ironia a tragicomédia da vida de um monge budista de alta hierarquia, dono de um nariz excepcionalmente avantajado. O conto recebe elogios do mestre Soseki, o que lhe abre as portas das revistas de grande circulação.

Ryunosuke passa então a receber pedidos dessas revistas e se torna, de repente, a nova revelação da literatura japonesa.

Em julho de 1916, gradua-se pela Universidade Imperial de Tóquio, em segundo lugar numa classe de vinte alunos, concluindo com brilhantismo a vida estudantil onde sempre se distinguiu como aluno excepcional. Faz de William Morris o tema para sua tese de formatura.

Nesse último ano de universidade, alcança notoriedade com uma série de contos bem recebidos pela crítica. E no ano seguinte consolida sua posição entre os melhores de sua época. Escreve com facilidade, é um escritor profícuo, mas isso ainda não lhe permite viver exclusivamente dos rendimentos da pena. Para complementar os ganhos, passa a trabalhar como professor da Escola de Mecânica da Marinha Japonesa em regime parcial a partir de dezembro desse ano. Nesse mesmo mês, falece Soseki.

O período entre 1916 e 1920 está sem dúvida entre os mais prolíferos de sua vida. Diversas coletâneas são publicadas, a primeira sob o título *Rashomon*, em maio de 1917. No lançamento dessa coletânea comparecem diversos escritores, entre eles Jun'ichiro Tanizaki. Cede ao jornal *Osaka Mainichi* exclusividade na publicação de suas obras, porém limitada à mídia jornalística, sem abranger os outros veículos. Cabe uma explicação: no Japão, tanto nessa época como agora, os jornais costumam publicar em série romances e contos de autores da atualidade. Dessa forma, Akutagawa passa a ter suas obras divulgadas pelo jornal, a exemplo de muitos outros escritores, inclusive o mestre Soseki. O primeiro conto publicado é o *Gesaku Sanmai*, em 1917, e, em 1918, o *Jigokuhen* (*Inferno*, nesta edição).

Casa-se com Fumiko Tsukamoto, irmã de um amigo, em fevereiro de 1918. Em março do mesmo ano, contratado em tempo integral pelo jornal *Osaka Mainichi*, demite-se da Escola de Mecânica da Marinha para viver da escrita. O contrato é bastante flexível. Deverá produzir algumas obras por ano para o jornal, sem a obrigação de cumprir horários de serviço.

Nesse e nos anos seguintes, Ryunosuke produz em profusão. Está no ápice de sua carreira, mas a fase auspiciosa está por terminar.

A viagem à China em março de 1921 como observador do jornal *Osaka Mainichi* marca o início da fase sombria de sua vida. Essa viagem a serviço abala sua saúde, tanto física quanto mental, que já não era muito sólida. Partindo de Osaka, no dia 28, chega a Shanghai no dia 30, onde é hospitalizado por três semanas, acometido de pleurisia. Circula a seguir pelo território chinês cumprindo um programa estafante. Passa por Nanquim e Pequim, entre outras cidades. Uma violenta diarreia o mantém em Pequim durante um mês. Segue depois para a península coreana e em julho embarca em Pusan de volta ao Japão, terminando uma viagem sofrida e debilitante de três meses.

A saúde não se recupera com o retorno. Numa carta escrita no final de 1922 a uma pessoa de suas relações, expõe seus males: abatimento nervoso, espasmos estomacais, constipação intestinal, palpitações. Sofre de insônia, a depressão nervosa só se agrava, tem alucinações.

Em 1925, sua produtividade entra em declínio. No ano seguinte revela pela primeira vez a um amigo a intenção de suicidar-se.

O ano de 1927 começa mal. Em janeiro, Yutaka Nishikawa, seu cunhado, marido de sua irmã mais velha, atira-se sob um trem e se mata. Estava endividado e sob suspeita de ter incendiado a própria casa para se beneficiar do seguro. Ryunosuke se envolve nos problemas financeiros deixados pelo falecido, desgasta-se nos cuidados com a irmã, e isso é uma carga excessiva para a estrutura abalada de sua saúde mental. Mas ainda é capaz de produzir obras primas como *Kappa*, escrito em março desse ano, e *Haguruma* (*Rodas dentadas,* nesta edição).

Um pavor obsessivo pela manifestação da loucura supostamente latente no sangue o atormenta. Receia enlouquecer a qualquer momento, mas esconde da família seus temores, pois não quer ser internado num manicômio como ocorreu com sua mãe. Acabara de visitar um amigo, o escritor Koji Ueno, internado num asilo de dementes, e se chocara com o que viu. Ao que parece, foi o que contribuiu para seu fim.

Na madrugada de 24 de julho, quando se prepara para dormir, ingere uma overdose de cianeto de potássio. Amanhece morto, tendo à cabeceira uma Bíblia.

Ryunosuke Akutagawa é contista por excelência. Duas séries distintas de contos despontam entre suas obras: a histórica, ambientada no Japão antigo, e a introspectiva, onde se incluem contos de caráter autobiográfico.

Os contos da série histórica se desenrolam em grande parte no ambiente do Período Heian (794-1185). Ryunosuke encontrou farta inspiração em crônicas antigas desse período, tais como *Konjaku Monogatari* (1120?), *Ujishui Monogatari* (1213-1219) e *Kokonchomonju* (1254). São obras que constam entre as mais antigas do Japão. Há quem atribua o *Konjaku Monogatari* a Minamoto-no-Takakuni, um nobre da alta hierarquia da corte imperial da fase média dessa época, mas tanto a autoria desta obra como a da segunda, *Ujishui Monogatari,* são desconhecidas. A última é atribuída a Tachibana-no-Narisue, escritor que viveu nesse período.

Entretanto, essas obras não são propriamente criações literárias. São antes coletâneas de episódios protagonizados por toda sorte de personagens, de cortesãos e samurais a plebeus, assaltantes e mendigos, e até entes sobrenaturais. Ryunoske ouve nessas narrativas concisas risos e lamentos das pessoas através dos séculos, e procura introduzir, nesse quadro de cores primitivas e sem nuances, matizes da complexa psicologia do mundo moderno, como escreveria mais tarde num comentário sobre o *Konjaku Monogatari,* publicado em 1927 pela editora Shincho.

Dos contos históricos incluídos nesta coletânea, *Inferno* (*Jigokuhen,* maio de 1918) tem por fontes *Ujishui Monogatari* e *Kokonchomonju*. O primeiro faz referência a certo Yoshihide, pintor e escultor budista, mas diz apenas que ele contemplou a própria casa consumida por um incêndio, sorrindo satisfeito por ter afinal captado a imagem do fogo, que utilizaria mais tarde em suas pinturas. Já o segundo fala de uma pintura do inferno desenhada num biombo por Hirotaka, outro pintor. A pintura mostraria um demônio trespassando com a lança um pecador, e teria sido realizada com um realismo inédito. O pintor teria morrido pouco depois da conclusão da obra.

Akutagawa serve-se desses episódios para criar uma história de alta intensidade dramática, na qual delineia a fronteira conflituosa entre a moralidade e a arte — para Ryunosuke, suprema, acima do bem e do mal.

Os contos *Rashomon* (novembro de 1915), *O nariz* (*Hana*, maio de 1916) e *Destino* (*Un*, junho de 1917) foram inspirados no *Konjaku Monogatari* e seu tema é a instabilidade da natureza humana: em *Rashomon*, a volubilidade, entre a bondade e a maldade; em *O nariz*, a fragilidade da psicologia sensível aos olhares e juízos de terceiros; em *Destino*, a duvidosa visão do que é prioritário entre a felicidade material e a espiritual. *Dragão* (*Ryu*, maio de 1919) é quase uma reprodução de um episódio de *Ujishui Monogatari*.

Já o conto *No matagal* (*Yabu-no-naka*, janeiro de 1922) difere dos anteriores. De uma das crônicas do *Konjaku Monogatari*, Akutagawa extraiu elementos para compor sua história. Um samurai é assassinado, e três versões do crime são apresentadas ao inquiridor. Não se trata, porém, de um conto policial, que culmina desvendando o culpado. O autor se serve admiravelmente das três versões intrigantes, dadas em forma de depoimentos conflitantes dos envolvidos — inclusive um da própria vítima, obtido por intermédio de uma médium —, para apresentar o tema central de sua obra: a face poliédrica da verdade dos homens.

Os salteadores (*Chutoh*, junho de 1917), também extraído das crônicas do *Konjaku Monogatari*, foi repudiado pelo próprio autor, que após a publicação viu nele defeitos que julgava imperdoáveis. Entretanto, o enredo acidentado não deixa de ser muito atraente.

As laranjas (*Mikan*, maio de 1919) é um depoimento de uma experiência vivida pelo próprio autor. A forte emoção que ela lhe trouxe faz a beleza desta curta narrativa. *A mágica* (*Majutsu*, janeiro de 1920) é um conto escrito para o público adolescente.

Os anos finais de Ryunosuke não foram felizes, e deixaram marcas em suas obras. Desiludido, abalado em sua saúde mental, atormentado por alucinações, o tom confidencial marca as obras dessa fase de sua vida. As impressões em *flashbacks*, os traumas de sua mente conturbada, são expostos quer por intermédio de personagens identificadas com o autor, quer em primeira pessoa. São as características da série autobiográfica.

Os contos *Kappa* (*Kappa*, março de 1927) e *Rodas dentadas* (*Haguruma*, outubro de 1927) são os mais representativos dessa série, respectivamente abrindo e fechando essa coletânea.

O título "Kappa" remete a uma curiosa criatura sobrenatural do folclore japonês conhecida por esse nome: um humanoide de baixa estatura, cara angulosa, boca pontuda em forma de bico e pele lisa como a de um batráquio. Teria no topo da cabeça achatada uma cartilagem característica em forma de prato. Viveria em rios e lagos à espreita dos incautos, para arrastá-los ao fundo e afogá-los.

O conto foi escrito no curto período de duas semanas, e é ambientado no Japão do início do século XX. Nele, o personagem central, um lunático — o paciente número 23 de um manicômio dos subúrbios de Tóquio —, narra as experiências que viveu quando esteve, por acaso, no mundo dessas estranhas criaturas, cuja civilização "não difere muito da civilização dos homens — ou, pelo menos, da japonesa".

PREFÁCIO

Essa obra desconcertou a crítica e suscitou controvérsias. Alguns viram nela uma crítica social, outros uma pregação socialista, e ainda outros, uma história para crianças. Entretanto, um dos críticos, Taishi Yoshida, percebeu nele uma manifestação da repulsa de Akutagawa pela humanidade como um todo, "uma dolorosa profissão do ateísmo do autor, a manifestação sincera e genuína do sofrimento angustiante vivido por ele na sociedade conturbada que o cerca e que lhe cativa o interesse e a atenção". Dir-lhe-ia Ryunosuke mais tarde que, dentre todas as críticas, "a sua foi a que mais me impressionou".

Rodas dentadas — mais que um conto, um depoimento confidencial — reproduz os últimos momentos de sua vida e foi concluído pouco antes do suicídio. A princípio, Ryunosuke pensara em dar à obra o título *Noite*, ou então *Noites de Tóquio*. Antes da publicação, ao mostrá-la em primeira mão ao poeta Haruo Sato, este lhe sugeriu o título atual. Sato teria ponderado que *Noite* pecaria pela inexpressividade, e *Noites de Tóquio*, pela afetação. *Rodas dentadas* foi publicado após o suicídio do autor, em outubro de 1927, pela revista *Bungei Shunju*.

Shintaro Hayashi

Kappa
(1927)

Prólogo

Esta é a história que certo doente mental asilado num manicômio — o paciente número 23 — conta para qualquer pessoa. Ele já deve ter mais de trinta anos, mas aparenta bem menos, um lunático bastante jovem à primeira vista. Metade da sua vida se passou — bem, isso não vem ao caso. O fato é que ele nos desfiou esta história durante horas, a mim e ao Doutor S., diretor da instituição, sempre abraçando os joelhos e lançando vez ou outra um olhar janela afora (a janela, guarnecida por grade de ferro, nada permitia enxergar além de um carvalho ressequido, sem uma única folha em seus ramos retorcidos e estendidos de encontro às nuvens carregadas de neve). Naturalmente, não deixou de esboçar alguns gestos. Por exemplo, quando dizia "Mas que susto!", se inclinava para trás voltando o rosto para o alto.

Procurei reproduzir aqui com a máxima fidelidade a história desse lunático. Contudo, se porventura alguém não se satisfizer com isto que escrevi, peço então que procure o Manicômio S. nos arredores de Tóquio. O paciente 23, de aparência jovem, certamente o receberá com uma mesura cortês e o convidará a sentar-se, apontando uma cadeira dura. E com toda a paciência repetirá esta história, sempre com um sorriso melancólico. Ao terminar — lembro-me muito bem da expressão de seu rosto nessa hora — ele se levantará brandindo os punhos, para vociferar a qualquer ouvinte, não importando a quem: "Saia daqui! Bandido! Você, como todos, não passa de um animal egoísta, bobo, ciumento, obsceno, descarado, vaidoso e desalmado! Saia já daqui! Bandido!"

1

Isto me aconteceu num verão, já se vão três anos. Pretendia então partir de uma estância de águas termais da região de Kamikochi e galgar o monte Hodaka, levando às costas uma mochila, como qualquer viajante. Sabem os senhores, não existe outro caminho de subida ao monte Hodaka senão seguir o curso do rio Azusa acima. Eu já galgara o monte Hodaka antes, como também escalara o pico de Yarigatake, e, assim, fui caminhando pelo vale do rio sem auxílio de qualquer guia — pelo vale completamente fechado pela neblina da manhã. O tempo passava, mas a neblina continuava cerrada. Pior, parecia ficar cada vez mais densa. Andei por cerca de uma hora, e por um momento cheguei até a pensar em desistir e retornar à estância em Kamikochi. Mas mesmo para isso seria necessário esperar que a neblina dispersasse. Contudo, ela se adensava minuto a minuto. "Bem, já que é assim, vou subir de qualquer maneira!" — assim pensei, e para não me afastar do vale tive de me embrenhar por entre bambus delgados.

Porém, eu só enxergava neblina à frente. Não quero dizer com isso que deixasse de ver de vez em quando grossos ramos de faia ou pinheiro surgirem dentre a densa neblina. E também cavalos e bois pastando, que de repente mostravam a cara. Mas tudo desaparecia num instante, coberto pela cerração. Em breve, meus pés começaram a ficar cansados, e a fome aumentou — e, ainda por cima, a roupa de escalada e o cobertor que levava pesavam, e não pouco, infiltrados pela umidade. Acabei desistindo e decidi então descer o vale do rio Azusa, guiando-me pelo ruído das águas contidas pelos rochedos das margens.

Sentei-me num desses rochedos e me preparei para almoçar. Abri uma lata de carne, colhi galhos secos caídos e acendi uma fogueira — estava nesses afazeres já havia dez minutos. Nesse ínterim, a neblina obstinadamente maldosa enfim começava a ceder. Consultei então o relógio de pulso enquanto mastigava um naco de pão, e já era uma hora e vinte minutos. No entanto, mais do que o horário, o que me assustou foi ver por um instante, refletida no vidro redondo do mostrador, a imagem de um rosto grotesco. Voltei-me assustado, e — foi essa a primeira vez que me deparei com um kappa.[1] Em cima de uma rocha às minhas costas, lá estava ele, um kappa igualzinho aos que se vê em desenhos, uma das mãos abraçando o tronco de um vidoeiro branco e a outra sobre a vista, a observar-me com curiosidade.

Aturdido, fiquei imóvel por alguns momentos. O bicho parecia também assustado, tanto que nem sequer mexia a mão que ainda mantinha sobre a vista. De repente, lancei-me num salto para agarrá-lo em cima da rocha. Mas de pronto o

---

1. Estranho animal semelhante a um batráquio, que, segundo as lendas japonesas, vivia em rios e arrastava as pessoas para o fundo das águas. O leitor encontrará uma descrição mais detalhada desse ser fantasmagórico neste conto.

bicho fugiu. Ou melhor, deve ter fugido, pois desapareceu para algum lugar de um momento para outro, após uma rápida esquiva. Ainda mais aturdido, procurei-o por entre os bambus finos. Avistei-o novamente dois ou três metros adiante, de costas, olhando para mim por cima do ombro, pronto para escapulir outra vez. O que me surpreendeu não foi bem isso, mas a sua cor. Em cima da rocha, ela era acinzentada em todo o corpo. Mas se transformara agora, assumindo uma tonalidade esverdeada. Ah, malandro!, gritei, e saltei outra vez sobre o animal. Ele, é claro, escapou mais uma vez. Por uns bons trinta minutos, eu o persegui impetuosamente sobre rochas, bambuzal adentro.

    O kappa, em agilidade, não devia nada a um macaco. Assim, durante a perseguição quase o perdi de vista muitas vezes. Além disso, escorreguei e caí frequentemente. Mas debaixo da grossa ramada de um castanheiro-da-índia, por sorte um boi pastando obstruiu o caminho de fuga do bicho. E era um boi ameaçador, de chifres grossos e olhos injetados — lançando um grito de pavor, o bicho deu uma volta no ar e se jogou para dentro de um bambuzal mais alto. Pensei: "agora o pego!", e fui atrás dele. Porém, devia haver ali um buraco ou algo parecido, que não havia percebido. Pois conseguira finalmente sentir na ponta dos dedos a pele lustrosa das costas do kappa, quando me vi despencando em um abismo negro e profundo. É interessante como nós, homens, somos capazes de pensar em coisas absurdas, mesmo em instantes de extremo perigo. Num átimo, lembrei-me de ter visto uma ponte batizada com o nome desse animal, kappa, nas cercanias da estância de águas termais em Kamikochi. E depois — depois, não me recordo de mais nada. Algo como um relâmpago cruzou minha visão, ou assim me pareceu, e nesse instante perdi os sentidos.

2

Quando afinal dei por mim, vi-me estendido de costas e rodeado por uma multidão de kappas. Não era só isso. Um deles, que trazia um *pince-nez* sobre o bico grosso, estava ajoelhado ao meu lado e me auscultava o peito com um estetoscópio. Esse, ao ver que eu abria os olhos, pediu-me por gestos que permanecesse calmo, e disse: "*quax, quax*", para os que estavam atrás. Então, dois deles surgiram de algum lugar com uma maca. Nessa maca fui carregado em silêncio por alguns quarteirões de uma cidade, cercado por uma multidão de kappas. O aspecto da cidade por onde passei em nada diferia de Ginza. Lojas de todas as espécies se alinhavam na alameda de faias com os toldos estendidos, e automóveis circulavam sem cessar pela rua entre as faias.

Por fim, a maca que me transportava entrou por uma estreita ruela e chegou a uma casa que, como vim a saber depois, pertencia ao kappa de *pince-nez* — um médico chamado Tchak. Ele me fez deitar sobre um leito asseado, e deu-me para beber um copo de remédio, um líquido transparente. Ali deitado, abandonei-me aos seus cuidados, mesmo porque todas as juntas do meu corpo doíam tanto que eu não podia me mexer.

Tchak vinha invariavelmente verificar meu estado duas ou três vezes ao dia. E cerca de uma vez a cada três dias aparecia também o kappa que vira pela primeira vez — Bag, um pescador. Os kappas têm melhor conhecimento dos seres humanos que nós deles. Talvez porque a quantidade de homens aprisionados por eles é bem maior que a de kappas que nós aprisionamos. Não necessariamente prisioneiros: muitos homens já haviam passado pela terra dos kappas antes de minha chegada. Mais que isso, vários viveram ali até o fim de suas vidas. É fácil entender o porquê. Onde eles vivem, nós podemos desfrutar a vida inteira sem trabalhar, apenas pelo privilégio de sermos seres humanos. De fato, Bag contou-me que um homem, operário de construção de estradas, após ter chegado naquela terra por mero acaso, acabou por se casar com uma fêmea do local e ali permaneceu até morrer. Pudera, pois dizem que essa fêmea era a mais bela do país, e muito hábil em enganar seu marido operário...

Decorrida uma semana, eu já residia numa casa vizinha à de Tchak na qualidade de "Cidadão sob Amparo Especial", qualidade essa que as leis do país me permitiam. A casa era pequena, mas simples e elegante. A civilização desse país não difere muito da civilização dos homens — ou, pelo menos, da japonesa. Próximo à entrada havia uma sala de visitas, com um pequeno piano em um canto, e nas paredes, algumas gravuras em água-forte. Sem dúvida confortável, exceto apenas por um ponto: naturalmente tudo ali, os móveis e sobretudo a casa, fora dimensionado para acomodar um kappa, e me deixava a impressão de estar vivendo num quarto de crianças.

Todas as tardes eu recebia Tchak e Bag para aprender com eles a sua língua. Aliás, vinham outros também, pois todos estavam curiosos para conhecer-me, posto que eu era o Cidadão sob Amparo Especial. Assim, havia até um presidente de uma fábrica de vidros chamado Guel, que era assíduo frequentador de minha sala, a pretexto da tarefa que a si mesmo se atribuíra: convocar Tchak todos os dias para examinar-me a pressão arterial. Contudo, durante os quinze dias iniciais, o pescador Bag foi sem dúvida aquele de quem fiquei mais próximo.

Porém, num tépido fim de tarde, eu estava na sala sentado à mesa bem defronte a Bag quando de repente, por algum motivo, ele emudeceu, arregalou ainda mais seus grandes olhos e ficou me encarando. Achei aquilo muito estranho, é claro, e perguntei: "*Quax, Bag, quo quel quam?*", que, traduzido, seria: "Ei, Bag, o que foi?" Mas ele não só deixou de me responder, como também se levantou de súbito e mostrou a língua, fazendo menção de pular sobre mim como um sapo. Assustado, levantei-me cuidadosamente da cadeira, pronto para alcançar a porta num salto. Por sorte, chegou nesse mesmo momento o médico Tchak.

— O que está fazendo, Bag, seu malcriado? — disse Tchak, sem retirar seu *pince-nez*. Aparentemente intimidado, Bag levou diversas vezes a mão à cabeça e desculpou-se:

— Mil perdões, mas achei engraçado o jeito assustado deste senhor, e por isso me excedi na brincadeira. Senhor, não me leve a mal, sim?

3

Antes de prosseguir, porém, preciso explicar-lhes melhor a respeito dos kappas. Como sabem, o kappa é um animal cuja existência é posta em dúvida até hoje, mas acredito que já não haja motivo para isso, pois eu mesmo vivi entre eles. Vou lhes dizer então como é esse animal. Ele possui cabelos curtos e membranas nadadeiras nos pés e nas mãos, como descreve o *Suiko Koryaku*.[2] Tem cerca de um metro de altura. O peso, segundo Tchak, varia entre 20 a 30 libras — alguns são grandes e chegam a atingir 50 libras, diz ele. No alto da cabeça, bem no centro, há uma membrana ovalada em forma de prato, que aparentemente endurece à medida que o kappa envelhece. Assim, o "prato" do velho Bag tem uma consistência bem diferente daquele de Tchak, mais jovem. Mais curiosa é a coloração da pele. Ela não é constante como a dos seres humanos, pois varia mimetizando a cor do ambiente — por exemplo, é verde dentro do mato e cinzenta sobre uma rocha. Sabe-se que isso acontece também com o camaleão e não apenas com o kappa, talvez porque tenham constituições epidérmicas semelhantes. Recordei-me, ao notar essa peculiaridade, de ter lido certa vez uma pesquisa etnológica na qual constava que os kappas oriundos da região ocidental japonesa são verdes e os do nordeste, vermelhos. E também de que, enquanto perseguia Bag, perdia-o repentinamente de vista. Além disso, os kappas devem possuir uma gordura subcutânea bastante espessa, pois não obstante viverem nesse mundo subterrâneo onde as temperaturas são relativamente baixas (em torno de 50 ºF, em média), não sabem o que é roupa. Às vezes usam óculos, ou trazem consigo caixas de charuto e carteiras. Mas carregar essas coisas não constitui problema para eles, pois possuem uma bolsa marsupial como o canguru. O que me pareceu cômico foi o hábito de não

---

2. Texto antigo que descreve o kappa, escrito em 1820 por Iku Toan.

cobrirem nem mesmo os quadris. Perguntei sobre isso a Bag, que ao ouvir a pergunta caiu em gargalhada, dobrando-se de tanto rir. Respondeu-me finalmente: "Para mim, o cômico é ver como vocês escondem o sexo!"

4

Aos poucos fui aprendendo as palavras utilizadas por eles no cotidiano, e com isso passei a entender melhor seus hábitos e costumes. Fato curioso: achavam graça naquilo que nós, humanos, levamos a sério, enquanto encaravam com seriedade coisas que a nós pareciam engraçadas, e isso me deixava bastante confuso. Por exemplo, justiça e humanidade são para nós assunto sério, mas os faziam dobrar-se de tanto rir. Parecia, portanto, que havia uma discrepância entre o nosso conceito daquilo que é cômico e o deles. Certo dia conversava com Tchak acerca da limitação da natalidade e então ele começou a rir, abrindo a boca a ponto de derrubar o *pince-nez*. Naturalmente fiquei ofendido, e perguntei-lhe a razão da graça toda. Pelo que me recordo — e posso enganar-me em detalhes, uma vez que nessa época eu ainda não tinha bom domínio da linguagem — sua resposta foi em essência a seguinte:

— Mas não é engraçado que vocês só pensem na conveniência dos pais? Isso não é egoísmo?

Por outro lado, não há nada mais cômico para nós, seres humanos, que o parto de um kappa. Digo isso porque fui assistir ao serviço de parto da esposa de Bag em sua cabana. Antes do parto, o que eles fazem é em tudo semelhante ao que fazemos, isto é, recorrem ao auxílio de médicos e parteiras. Mas, no instante do nascimento, o pai encosta a boca no órgão sexual da esposa e fala em voz alta, como se estivesse ao telefone: "Você quer mesmo nascer? Pense bem e responda!" Sem fugir à regra, Bag também se ajoelhou e repetiu a pergunta diversas vezes para depois gargarejar com um líquido desinfetante que estava sobre a mesa. Então a criança no ventre materno respondeu timidamente em voz baixa:

— Eu não quero nascer. Mesmo porque a herança genética de insanidade mental que há no sangue de papai por si só já é preocupante. Além disso, não me parece boa a existência "kappal".

Ao ouvir esta resposta, Bag coçou a cabeça envergonhado. Entretanto, a parteira que ali se encontrava introduziu de pronto um tubo grosso de vidro pela vagina da esposa, injetando um líquido. Ela então soltou um suspiro de alívio, e ao mesmo tempo seu ventre, até então volumoso, murchou como um balão de hidrogênio soltando o gás.

Sendo capaz de dar uma resposta como essa, é natural que o kappa já nasça andando e falando, desde bebê. Segundo Tchak, houve até uma criança que com vinte e seis dias já discorria sobre a existência de Deus — embora ela tenha morrido logo depois, aos dois meses de idade.

E já que falamos de parto, deixe-me contar-lhes a respeito de um cartaz enorme que vi por acaso numa das esquinas da cidade três meses após ter chegado naquele país. Embaixo, o cartaz mostrava um desenho de doze ou treze kappas, alguns tocando corneta, outros brandindo espadas. E acima, letras escritas nos caracteres espiralados deles, com aspecto de mola de relógio. Posso outra vez enganar-me em detalhes, mas o sentido do que ali estava escrito, conforme me foi lido em voz alta por Rap — um kappa estudante que me acompanhava — e que eu anotei cuidadosamente palavra por palavra, seria mais ou menos o seguinte:

Você, kappa saudável, macho ou fêmea!!!
Você está convocado a se juntar à milícia da hereditariedade!!!
Procure um kappa não saudável para parceiro de casamento e acabe com os males hereditários!!!

Eu naturalmente expliquei a Rap, nessa ocasião, que isso era impossível. E não só ele, mas todos os outros que estavam nas proximidades do cartaz se puseram a rir às gargalhadas.

— Impossível? Mas, segundo entendi do que me disse, penso que vocês mesmos já fazem isso. Afinal, por que acha que na sua sociedade humana rapazes de alta classe se apaixonam por empregadas, ou moças da sociedade por motoristas? Inconscientemente, vocês estão tentando acabar com os males hereditários. E, veja, comparada às milícias que vocês humanos formam, como aquela da qual você falou outro dia — para matar uns aos outros por uma mera ferrovia, não era? — a nossa tem intuitos muito mais nobres... é o que penso.

Foi o que Rap me disse, com toda a seriedade, mas notei que seu gordo ventre ondulava sem parar, contendo o riso. Longe de rir, nesse momento eu tentava agarrar um kappa. Isso porque percebera que ele havia roubado minha caneta, aproveitando-se de minha desatenção. Mas é muito difícil para nós humanos agarrar um deles, pois têm a pele muito lisa. Assim, esse kappa escapuliu-me das mãos e num instante fugiu, correndo e inclinando o corpo magro como um mosquito.

5

Devo muitos favores a Rap e a Bag. Em especial por terem me apresentado a Tok, algo de que nunca me esquecerei. Tok é um poeta kappa. Os poetas deles têm cabelos longos, assim como os nossos. Eu sempre ia visitá-lo em sua casa quando me sentia entediado. A vida de Tok parecia extremamente aprazível, sempre escrevendo poemas ou fumando numa sala pequena repleta de vasos de plantas alpinas. Uma fêmea, como de hábito sentada num canto da sala (Tok era adepto do amor livre e, portanto, não tinha esposa), trabalhava em algo que me pareceu ser um tricô. Tok sempre sorria à minha chegada (o sorriso de um kappa não é lá muito agradável de se ver. No começo, pelo menos, eu o achava até assustador) e invariavelmente me cumprimentava:

— Olá, que agradável surpresa! Sente-se aí nessa cadeira.

Tok me falava muito da vida e das artes dos kappas. Ele acreditava não existir algo tão idiota quanto a vida de um kappa comum. Entes familiares como pais e filhos, esposas e maridos, irmãos e irmãs, sentiam com certeza um prazer único em se atormentarem na vida. Família, besteira das besteiras. Numa ocasião, Tok apontou para fora da janela e disse, como se cuspisse as palavras: "Veja só aquilo! Mas que idiota!" Um kappa ainda moço caminhava carregando, pendurados ao pescoço, sete ou oito kappas machos e fêmeas, inclusive dois que pareciam seus pais, e arfava com dificuldade a cada passo. Eu, porém, me comovi com sua disposição para o autossacrifício e até elogiei sua coragem.

— Ora, vejam, você tem até condições para ser cidadão deste país!... A propósito, você é socialista?

Respondi, é claro, *qua* (que quer dizer "sim", na língua deles).

— Então, não terá qualquer escrúpulo em sacrificar um gênio para salvar cem medíocres.

— E quanto a você? Qual é a sua tendência ideológica? Já me disseram que você é um anarquista.

— Eu? Eu sou super-homem (ou super-kappa, numa interpretação ao pé da letra) — disse ele, orgulhoso.

Esse Tok alimentava ideias peculiares a respeito da arte. Segundo ele, a arte não se sujeita a nada, deve ser arte pela arte. E assim, dizia ele, os artistas deviam antes de tudo ser super-homens, colocados acima do bem e do mal. Essa opinião não era apenas de Tok, muitos de seus amigos poetas pensavam assim. Na verdade, acompanhei Tok diversas vezes ao Clube dos Super-Homens. Frequentavam esse clube poetas, escritores, dramaturgos, críticos literários, pintores, músicos, escultores e artistas amadores. Mas eram todos super-homens. Eles sempre conversavam animados no salão bem iluminado. E, de vez em quando, exibiam orgulhosamente suas qualidades de super-homens. Por exemplo, havia um certo escultor que se entretinha em atividades homossexuais, atracado a um jovem kappa entre vasos de samambaia. E uma fêmea, escritora, que subira na mesa e tomara sessenta garrafas de absinto à vista de todos.

Muito embora tenha despencado dali na sexagésima garrafa e morrido na mesma hora.

Numa noite de luar, eu retornava do Clube dos Super-Homens de braços dados com Tok, que, mais deprimido que de hábito, não dizia palavra. Passávamos então por uma pequena janela iluminada. Dentro dela um casal, com certeza marido e mulher, se reunia em torno da mesa de jantar com dois ou três filhotes. Soltando um suspiro, Tok disse de repente:

— Eu me considero um amante super-homem, mas quando vejo uma cena doméstica como essa também sinto inveja.

— Mas isso não é uma incongruência, de qualquer forma?

Tok, porém, permaneceu de braços cruzados sob o luar, observando a cena do outro lado da janela — cena pacífica de uma família de cinco kappas jantando em torno de uma mesa. E respondeu, passados alguns instantes:

— Seja como for, o ovo frito ali na mesa não deixa de ser mais higiênico que o amor, não é verdade?

6

Na realidade, o amor entre eles se manifesta de forma bastante diversa da nossa. A fêmea, tão logo encontre um macho atraente, vale-se de qualquer recurso para agarrá-lo. As mais honestas perseguem-no obstinadamente, e tanto isso é verdade que eu próprio vi uma delas correndo como louca atrás de um macho. Mas não é só isso! Não só a jovem fêmea, mas também os pais e até os irmãos entram nessa perseguição. O macho, coitado, provoca pena. Mesmo que logre escapar após fugir desesperadamente de um lado a outro, o esforço lhe rende tamanho esgotamento que o prende ao leito por dois ou três meses. Certo dia, eu estava em casa lendo uma coletânea de poemas de Tok quando de repente entrou correndo pela sala ninguém menos que o estudante Rap. Chegou já trôpego e foi direto ao chão com a respiração ofegante, murmurando:

— Ai de mim! Fui abraçado!

De imediato joguei longe o livro e tranquei a porta. Olhando pelo buraco da fechadura, vi uma fêmea de baixa estatura, com o rosto pintado por pó de enxofre, perambulando diante da porta. Por algumas semanas desde esse dia, Rap lá ficou, estendido no assoalho. Além disso, acabou perdendo o bico, que apodreceu e caiu.

É bem verdade que também existem alguns machos que correm desesperados atrás de fêmeas. Porém, mesmo nesses casos, são as fêmeas que manobram com sutileza para provocar a perseguição, e isso eu também vi. Durante a fuga, a fêmea parava vez por outra, de propósito, ou punha-se de quatro. E por fim, chegado o momento certo, ela se deixou agarrar com facilidade, fingindo enorme tristeza. O macho abraçou-a e foram ambos ao chão, onde se deixaram ficar por algum tempo caídos. Mas, quando enfim se levantaram, o macho tinha uma expressão simplesmente indescritível, não sei dizer se de arrependimento ou desilusão, mas de qualquer forma digna de compaixão. Contudo, o final nesse caso não foi de todo ruim. Pois, em outra cena que presenciei, uma fêmea estava sendo perseguida por um macho pequenino. A fêmea, como de praxe, encetava uma fuga provocativa quando surgiu vindo do outro lado da cidade um macho enorme, fungando ferozmente. Ao vê-lo, ela se pôs a gritar em voz esganiçada, apontando o macho pequeno: "Piedade! Socorro! Esse kappa quer me matar!" Ouvindo os gritos, o macho corpulento acudiu de imediato, lançando-se sobre o outro e o derrubando no meio da rua sob o peso de seu corpo. O macho pequeno ainda se debateu, agitando duas ou três vezes as mãos com membranas, como se quisesse agarrar o vácuo, mas acabou estrebuchando. Enquanto isso a fêmea, sorridente e feliz, já se agarrava ao pescoço do macho grandalhão.

Todos os machos que conheci foram, via de regra, perseguidos por fêmeas. Mesmo Bag, já casado, fora agarrado duas ou três vezes. Somente Mag, um filósofo (vizinho do poeta Tok), nunca se deixara apanhar. Talvez porque existam poucos tão feios quanto ele. E também porque Mag vivia trancado em sua casa, raramente saindo à rua. Eu costumava visitá-lo, como a outros, para conversar. Encontrava-o sempre debruçado sobre espessos volumes numa escrivaninha alta numa sala escura, à luz de uma luminária de vidro de sete cores. Falamos um dia do amor entre os kappas.

— Por que o governo não coíbe com maior rigor a caça de machos por fêmeas?

— Um dos motivos é o pequeno número de fêmeas entre os funcionários públicos. As fêmeas são muito mais ciumentas que os machos, você sabe. Se a quantidade de fêmeas crescer entre os funcionários, é possível que os machos passem a ser menos importunados. Não espero, porém, resultados palpáveis. Pois se até entre funcionários as fêmeas perseguem os machos!

— Feliz é você, que pode levar essa vida, não é mesmo?

Mag levantou-se da cadeira e disse entre suspiros, segurando minhas mãos:

— Você não me entende porque não é um kappa. Mas em alguns momentos, também tenho vontade de ser perseguido por aquelas fêmeas pavorosas!

7

Eu costumava frequentar concertos musicais em companhia do poeta Tok, e, de todos a que assisti, o terceiro me ficou na memória até hoje. Os auditórios lá não são muito diferentes destes aqui de Tóquio. Assim como se vê em nossa cidade, os assentos estavam dispostos em forma de anfiteatro, e um público de trezentos ou quatrocentos kappas, entre machos e fêmeas, tendo cada um o programa na mão, se deleitava com as apresentações. Naquela ocasião me acompanhavam não só Tok como também uma fêmea sua amiga e o filósofo Mag, todos sentados na primeira fileira, bem defronte ao palco. Em determinado momento, após um solo de violoncelo, um kappa de olhos espantosamente estreitos surgiu no palco segurando de modo casual uma partitura — ninguém menos que Crabak em pessoa, compositor famoso, conforme constava no programa. Nem fora necessário consultá-lo, porém, pois Crabak pertencia ao Clube dos Super-Homens do qual Tok era membro e por isso eu já o conhecia de vista.

"Lied — Crabak" (os programas de concertos musicais também fazem uso frequente da nomenclatura alemã).

Crabak nos dirigiu uma pequena mesura em meio a intensos aplausos e dirigiu-se ao piano. E, também casualmente, pôs-se a executar o *lied* de sua autoria. Segundo Tok,

Crabak era um compositor genial, inigualável entre todos de seu país em qualquer época. Eu me interessava por suas composições musicais, é claro, e também pelos poemas líricos compostos por ele — outra manifestação de seu gênio artístico. Assim, ouvia encantado as notas do piano. Tok e Mag estavam ainda mais arrebatados. Contudo, a linda (pelo menos assim a consideravam) fêmea amiga de Tok demonstrava impaciência, espichando de vez em quando a língua comprida bico afora enquanto apertava com força o programa. Eu soube por Mag que ela tentara agarrar o compositor, coisa de dez anos atrás, e, por não conseguir seu intento, passara desde então a detestá-lo.

Crabak tocava de maneira apaixonada, como se lutasse com as teclas, quando de repente reboou pelo auditório uma voz autoritária:

— O concerto está proibido!

Virei-me assustado e vi que a ordem fora dada, sem dúvida, por um policial enorme sentado num dos assentos do fundo ao auditório. Pois nesse mesmo instante ele repetia, ainda sentado calmamente, com voz ainda mais alta:

— O concerto está proibido!

E então?

E então, sobreveio a confusão generalizada.

— Abuso de autoridade!

— Toque, Crabak! Toque!

— Idiota!

— Animal!

— Cale a boca!

— Não tenha medo, Crabak!

Todos vociferavam irados, enquanto assentos eram derrubados, programas voavam de um lado a outro e, arremessados sabe-se lá por quem, caíam garrafas de refresco vazias, pedras e até pepinos mordidos. Fiquei estupefato e procurei perguntar a Tok o que acontecia. Mas ele também parecia ter se exaltado, pois, de pé sobre o assento, berrava enfurecido:

— Toque, Crabak! Toque!

Até a fêmea sua amiga, pondo de repente as inimizades à parte, gritava furiosa como Tok:

— Seu brutamontes!

Sem outro recurso, perguntei a Mag:

— O que está acontecendo?

— Isto aqui? Ah, isto acontece sempre neste país. Pintura ou literatura... — disse Mag, interrompendo de vez em quando para se esquivar de objetos voadores, sem contudo perder a fleuma.

— Pintura ou literatura qualquer um entende, pois tudo é perfeitamente explícito e, assim, exposições ou publicações nunca são impedidas aqui. Ao invés disso, existem as proibições de concertos musicais. A música pode muitas vezes ser atentatória à moral, mas só aqueles que têm ouvido podem compreender.

— Quer dizer que aquele policial tem ouvido?

— Bem, isso é uma questão... Quem sabe o ritmo dessa composição tenha lhe sugerido as batidas do coração quando se deita com sua mulher, vá saber!

Enquanto isso, a confusão aumentava. Crabak nos encarava com dignidade em frente ao piano, dignidade que deixava de lado a cada dois ou três segundos, pois precisava esquivar-se de objetos arremessados. Mas, de qualquer forma, mantinha a compostura de um grande compositor, com um brilho feroz em seus olhos estreitos. E eu — eu também me abrigava dos objetos perigosos, à sombra de Tok. Porém, curioso, continuei entretido na conversa com Mag:

— Mas uma fiscalização como essa não é uma arbitrariedade?

— Que nada, é até mais adiantada que as existentes em qualquer outro país. Veja por exemplo o Japão. Não faz um mês ainda que...

Mas justo quando ele assim falava, infelizmente uma garrafa vazia caiu em cheio sobre sua cabeça, e, gritando *"Quak!"* (apenas uma interjeição), Mag perdeu os sentidos.

8

Por estranho que pareça, eu simpatizava com Guel, o presidente da produtora de vidros. Ele é o capitalista dos capitalistas. Certamente não havia naquele país nenhum kappa tão gordo quanto ele. Mas, sentado em uma poltrona, cercado pela mulher — cujas formas me lembravam a fruta lichia, e pelo filho — com jeito de berinjela — ele era a própria imagem da felicidade. Às vezes, o juiz Pep e o médico Tchak me levavam para a ceia que Guel oferecia em sua casa. E tive também oportunidade de visitar indústrias diversas que tinham algum vínculo com Guel ou seus amigos, sempre apresentado por ele. Dentre as que visitei, atraiu-me particularmente a atenção uma fábrica pertencente a uma indústria produtora de livros. Ao entrar nessa fábrica, acompanhado por um jovem kappa engenheiro, vi uma máquina enorme acionada por gerador hidroelétrico, e pude constatar com espanto e admiração o progresso da indústria mecânica daquele país. Consta que a fábrica produzia sete milhões de livros por ano. Entretanto, o que mais me espantou não foi a quantidade da produção, mas o fato de que toda essa atividade não requeria muita mão de obra. Pois, para produzir livros naquele país, basta introduzir numa máquina como aquela, através de um receptáculo em forma de funil, papel, tinta e um pó acinzentado. Uma vez alimentada dessa matéria-prima, a máquina a transforma em in-oitavos, duodécimos e assim por diante. Enquanto admirava a cascata de livros que a máquina produzia, perguntei a respeito do pó cinzento ao engenheiro. Ele explicou com enfado, empertigado diante da máquina preta e lustrosa:

— Ah, isso aí? É apenas cérebro de burro. Sim, cérebro extraído de burros, seco e transformado em farinha. Custa dois ou três centavos a tonelada, a preço de mercado.

Milagres industriais como esse não ocorrem, é lógico, apenas na indústria de livros. Acontecem igualmente nas indústrias de quadros e de música. Dizia Guel que setecentas ou oitocentas máquinas eram inventadas em média por mês em seu país, possibilitando a produção em massa sem o concurso de mão de obra. Por conseguinte, quarenta ou cinquenta mil trabalhadores eram dispensados por mês. E, não obstante, eu nunca me deparara com a palavra greve nos jornais do país, que lia todas as manhãs. Decerto isso não me pareceu natural, e lancei essa questão em uma das ceias a que fora convidado na casa de Guel com Pep e Tchak.

— É porque nós os devoramos a todos — disse Guel, demonstrando indiferença, com um charuto no bico, após a refeição. Não pude entender o que ele quisera dizer com "devorar". Tchak, com o seu indefectível *pince-nez*, quiçá percebendo minha confusão, apressou-se em explicar:

— Os empregados despedidos são todos mortos e sua carne transformadas em alimento. Veja este jornal. Este mês o desemprego atingiu exatamente 64.769 trabalhadores. Por isso, o preço da carne sofreu queda no mercado.

— Mas eles se deixam matar assim, sem nenhum protesto?

— Pois adianta protestar? Isso é regulamentado pela lei da matança de trabalhadores.

Quem assim me respondeu foi Pep, com a cara amarrada e de costas para um pessegueiro silvestre plantado num vaso. A resposta, é claro, não me agradou. Entretanto, tudo isso parecia ser muito natural tanto para Guel, diretamente envolvido, como para Pep e Tchak. Este último chegou até a pilheriar comigo:

— Veja, o Estado lhes poupa o trabalho do suicídio ou da morte por inanição. Eles só aspiram um pouco de gás tóxico, e não há sofrimento.

— Mas devorar-lhes a carne! Simplesmente...

— Ora, não seja ridículo! Se Mag estivesse aqui, iria dobrar-se de tanto rir. Pois no seu país, as filhas dos proletários não se tornam prostitutas? Então! Revoltar-se contra o canibalismo de operários é puro sentimentalismo.

Guel, que ouvia este diálogo, ofereceu-me com toda finura um prato de sanduíches de uma mesa próxima:

— Não quer servir-se? É carne de operário.

Senti-me, é lógico, enojado. Não apenas isso: deixei correndo a sala de visitas da casa de Guel, ouvindo às minhas costas as gargalhadas de Pep e Tchak. Era uma noite de céu tempestuoso, onde nem estrelas se viam sobre os telhados. Caminhei dentro das trevas rumo à casa em que morava, vomitando a toda hora durante o percurso. Um vômito que corria branco na escuridão da noite...

9

Sem dúvida alguma, Guel era um kappa bastante extrovertido. Eu o acompanhava com frequência ao clube do qual ele era sócio, em agradáveis noitadas. Mesmo porque este clube era bem mais acolhedor que o Clube dos Super-Homens ao qual Tok pertencia. E sobretudo a conversa de Guel, muito embora destituída de profundidade se comparada à de Mag, punha-me diante de um mundo completamente novo e bastante amplo. Guel era prolixo, discorria sobre muitos assuntos com desenvoltura, mexendo sempre uma xícara de café com uma colher de ouro puro.

Foi assim que em certa noite nevoenta eu estive entretido em ouvir sua conversa, tendo entre nós um vaso de rosas do inverno. Estávamos, se não me falha a memória, numa sala toda decorada em estilo secessionista, até os detalhes dos móveis brancos bordejados por fios dourados. Guel, mais eufórico que de costume e todo sorridente, falava do ministério formado pelo partido Quorax, então no poder. A palavra *quorax* em si é apenas uma interjeição sem muito sentido, não há como traduzi-la. Seria algo como "opa!". Bem, de qualquer maneira, era um partido que viera defendendo a plataforma "lucros para todos os kappas".

— O partido Quorax é dirigido por Lope, político famoso. Diz Bismarck que "a honestidade é a melhor diplomacia", você sabe. Mas Lope faz uso da honestidade até na política interna.

— Mas o discurso de Lope...

— Espere um pouco e ouça o que digo. Está claro que os discursos dele não passam de um amontoado de mentiras. Mas todos sabem que são mentiras, e assim, no final das contas, ele está sendo honesto, concorda? E se vocês humanos insistem mesmo assim em tachá-lo de mentiroso, vejo nisso um preconceito. Nós não somos como vocês... ah, mas isso não importa, quero falar de Lope. Ele controla o partido Quorax. E é, por sua vez, controlado por Cuicui, que preside o jornal *Pou Fou* (*pou fou*, na linguagem deles, é outra interjeição sem sentido. Seria qualquer coisa parecida com "oh, sim!", se forçarmos uma tradução). Mas nem Cuicui pode se dizer dono de si. Porque quem o controla é este Guel que aqui está.

— Não entendo... Sem querer ser insolente, o *Pou Fou* é um jornal que defende os interesses dos trabalhadores. Será possível que seu presidente seja controlado por você?

— Os repórteres do *Pou Fou* apoiam, sem dúvida, os trabalhadores. Mas não têm como escapar do controle de Cuicui. E Cuicui não pode prescindir do apoio deste Guel.

Guel não deixou de sorrir durante todo esse tempo, enquanto brincava com a colher de ouro, e isso me despertava a compaixão pelos repórteres do *Pou Fou* mais do que a aversão por Guel. Quem sabe adivinhando em meu silêncio o que me ia pela alma, Guel disse, inchando ainda mais seu ventre saliente:

— Não se importe, nem todos os repórteres do *Pou Fou* tomam partido dos trabalhadores. Mesmo porque nós, kappas, procuramos tomar nosso próprio partido antes de qualquer outro... E o que complica ainda mais é que este Guel aqui, por sua vez, também é controlado. E por quem, você supõe? Por minha mulher. Pela bela senhora Guel!

Dito isso, riu ruidosamente.
— De certa forma, é uma felicidade que assim seja, não é?
— Eu não me queixo. Entretanto, permito-me confessar estas coisas só a você... a você, que não é um kappa.
— Em suma, o ministério do partido Quorax é controlado pela senhora Guel.
— Bem, quem sabe... Mas a guerra de sete anos atrás certamente foi provocada por uma fêmea.
— Guerra? Houve guerra neste país?
— Mas claro que sim. E poderá haver de novo, enquanto existirem países vizinhos...

Creiam-me, descobrira neste momento que os kappas não formavam uma nação isolada. Conforme a explicação de Guel, os kappas tinham na nação das lontras um inimigo em potencial. E ela possuía um exército que em nada devia ao dos kappas. Fiquei muito interessado nessa história da guerra contra as lontras. (Porque nem o autor de *Suiko Koryaku*, e tampouco Yanagida Kunio, autor de *Santomin Tanshu*[3] conheciam esta novidade, de serem as lontras inimigas formidáveis dos kappas.)

— Antes da guerra, as duas nações se limitavam a estudar cuidadosamente o adversário, pois ambas se temiam. Então, uma lontra que estava neste país foi visitar um casal kappa. Acontece que a fêmea kappa pretendia assassinar o marido, pois ele era um *playboy* impossível. Havia também um seguro de vida, e isto talvez tenha servido de incentivo.
— Você conhecia o casal?

---

3. *Crônica do Povo das Ilhas e Montanhas*, escrita por Yanagida Kunio (1875-1962), etnólogo, e publicada em 1914. A obra traz uma pesquisa completa sobre os kappas.

— Sim... bem, apenas o marido. Minha mulher o tinha em péssima conta, mas na minha opinião ele não era má pessoa, apenas um lunático paranoico que morria de medo de ser agarrado por alguma fêmea. Na ocasião dessa visita, a fêmea kappa colocara cianeto de potássio na xícara de chocolate do marido, mas, por acidente, a xícara foi servida à lontra visitante. A lontra, é claro, morreu na mesma hora. E então...

— E então, a guerra teve início, é isso?

— Sim. Infelizmente, a vítima era uma lontra condecorada.

— E quem ganhou a guerra?

— Nós ganhamos, é claro. Pereceram bravamente em combate 369.500 kappas. Entretanto, essa perda é insignificante comparada à do inimigo. Veja, todos os artigos de pele existentes neste país são de lontra. Durante o conflito, eu também me juntei aos esforços de guerra para produzir em minha fábrica, além de vidros, escórias de carvão destinadas à frente de batalha.

— Que utilidade teriam escórias de carvão?

— Como ração dos soldados, é claro. Nós costumamos comer qualquer coisa quando temos fome.

— Mas isso... não se zangue, por favor. Mas dar isso para eles, no *front*... quer dizer, em nosso país, isso seria um escândalo!

— E, sem dúvida, aqui também. Mas desde que eu o admita publicamente, ninguém fará disso um escândalo. Ouça o que diz o filósofo Mag: "Confessai vós mesmos a vossa maldade, e ela se desfará." Entenda, porém, que não fui movido só por ganância, mas também por patriotismo.

Nesse instante, entrou na sala um servente do clube que, após uma mesura respeitosa, anunciou como se recitasse, sem a mínima emoção:

— Há um incêndio na casa vizinha à sua.
— In... incêndio!
Guel levantou-se assustado, e, naturalmente, eu também. Contudo, o servente continuou com a maior calma:
— Mas já foi apagado.

Seguindo com o olhar o servente que deixava a sala, Guel parecia não saber se chorava ou ria. De repente, me dei conta de que estivera odiando esse presidente da indústria de vidros. Mas agora, parado ali, ele não parecia mais o grande capitalista, mas um kappa como qualquer outro. Retirei do vaso uma rosa e entreguei-a em suas mãos.

— Embora o incêndio já esteja apagado, acredito que sua esposa deva estar muito assustada. Volte para casa e leve a ela esta rosa.

— Muito obrigado.

Guel apertou minha mão. Então sorriu e segredou em voz baixa:

— Na verdade, a casa ao lado também é minha, e a alugo a terceiros. Então posso receber o seguro de incêndio.

Ainda hoje, recordo-me perfeitamente desse sorriso — desse sorriso, não sei se odioso ou desprezível.

10

— Você parece estranho hoje, abatido. O que foi?

Era o dia seguinte ao incêndio. Com um charuto na boca, perguntei ao estudante Rap, que estava sentado numa poltrona na minha sala. Com a perna esquerda cruzada sobre a direita, ele estava tão cabisbaixo que mal se via seu bico apodrecido.

— Rap, o que foi? — insisti.

— Ah, ora, não é nada, não.

A muito custo Rap levantou a cabeça e respondeu com voz nasalada e triste.

— É que hoje eu estava lá em casa olhando distraído para fora da janela, e, sem nenhuma outra intenção, murmurei qualquer coisa como: "Veja, a violeta carnívora floresceu." Pois não é que minha irmã mudou de cor e começou a descarregar a raiva em mim? "Pois é, sou mesmo uma violeta carnívora!" E é claro que minha mãe, que sempre a protege, se juntou a ela para me destratar.

— Por que será que o florescimento de uma violeta carnívora é assim tão desagradável para sua irmã?

— Talvez ela tenha tomado como uma insinuação maldosa, de que ela estivesse à caça de machos. Mas então entrou nessa briga a minha tia, que não se dá muito bem com minha mãe, e a confusão ficou enorme. Para piorar, meu pai, que vive sempre embriagado, ouviu o bate-boca e acudiu distribuindo bofetadas a torto e a direito sem distinção. E como se não bastasse, meu irmão menor, aproveitando a confusão, roubou a carteira de minha mãe e fugiu. Deve ter ido ao cinema ou algo assim. Eu... eu não sei mais o que fazer...

Rap enterrou a cabeça entre as mãos e sem dizer mais nada começou a chorar silenciosamente. Fiquei penalizado, é claro. E também é claro que me lembrei do desprezo que o poeta Tok devotava à vida familiar. Procurei de todas as formas confortar Rap, batendo em seu ombro:

— Ora, essas coisas acontecem a qualquer pessoa. Tenha coragem!

— Ah, se o meu bico não estivesse podre...

— Você terá que conformar-se com isso. Olhe, vamos visitar Tok.

— Mas ele me despreza... porque não fui suficientemente corajoso para abandonar a família, como ele fez.

— Então vamos procurar Crabak.

Eu me tornara amigo de Crabak desde aquele concerto, e resolvi por hora levar Rap até a casa do grande compositor. Crabak levava uma vida muito mais faustosa que a de Tok. Não quero dizer que fosse comparável à de Guel, o capitalista. Ele apenas instalara uma poltrona turca numa sala repleta de antiguidades, como bonecas de Tanagra e louças da Pérsia, onde passava o tempo brincando com crianças debaixo de uma efígie de si mesmo. Naquele dia, no entanto, ele estava sentado de braços cruzados, só e carrancudo. Folhas rasgadas de papel estavam espalhadas junto aos seus pés. Rap já o visitara diversas vezes em companhia de Tok e assim não tinha por que não se sentir à vontade ali. Nesse dia, porém, impressionado com o humor de Crabak, cumprimentou-o apenas com uma leve mesura e permaneceu calado num canto.

— O que aconteceu, Crabak? — perguntei, ao invés de cumprimentá-lo.

— O que me aconteceu? Arre, veja só o que escrevem esses críticos cretinos! Estão dizendo que meus poemas líricos são incomparavelmente inferiores aos de Tok!

— Mas você é um compositor...

— Pois é, eu suportaria se fosse só isso. Mas não é que dizem ainda que, comparado a Rok, nem mereço ser chamado de músico?

Rok é um compositor muitas vezes comparado a Crabak. Mas não sendo Rok membro do Clube dos Super-Homens, nunca tive a oportunidade de conversar com ele. Só o conhecia por fotografias: o bico empinado, denotando personalidade de trato difícil.

— Rok é sem dúvida um gênio. Mas ele não possui o toque moderno da paixão que você possui.

— Você realmente pensa assim?

— Mas claro!

Crabak se levantou, agarrou uma boneca de Tanagra e subitamente a atirou de encontro ao assoalho. Rap deve ter ficado muito assustado, pois soltou um pequeno grito e quis fugir correndo. Mas Crabak nos acalmou com um gesto e disse com frieza:

— Se pensa dessa forma é porque tem ouvidos de leigo. Eu temo Rok.

— Você? Ora, não me venha com falsa modéstia!

— Falsa modéstia, eu? De que me serviria fingir-me modesto diante de vocês? Se precisasse, eu o faria diante dos críticos. Mas eu, Crabak, com certeza sou um gênio. Nesse aspecto, não temo Rok.

— Pois então, teme o quê?

— Não sei bem o que é... quem sabe, algo como a boa estrela de Rok.

— Não entendo bem o que você quer dizer...

— Veja se me entende melhor desta forma: Rok não se deixa influenciar por mim. Mas, sem querer, eu acabo sendo influenciado por ele.

— Isso porque a sua sensibilidade...

— Ouça, não se trata de sensibilidade. Rok conhece bem os seus limites, sabe do que é capaz e está sempre tranquilo. Mas eu ando sempre inconformado e irritado. É essa a distância que nos separa, que a Rok pode parecer pequena como um simples passo, mas que a mim parecem dez milhas.

— Mas as suas composições épicas...

Crabak estreitou mais ainda os olhos finos e com impaciência cortou as palavras de Rap:

— Ora, cale-se! O que sabe você? Eu conheço Rok. E o conheço melhor ainda que esses cães submissos que o cercam.

— Mas o que é isso? Acalme-se, por favor.

— Se eu conseguisse me acalmar... Sou levado a pensar que algum ser, que não conhecemos, enviou... enviou Rok a este Crabak, com o único intuito de vê-lo zombar de mim. O filósofo Mag sabe muito bem dessas coisas, embora nada mais faça além de ler alfarrábios à luz da luminária multicolorida.

— Por que diz isso?

— Pois leia *Palavras de um idiota*, que Mag acabou de escrever estes dias.

Crabak me entregou — ou melhor, me atirou — um livro. E depois, voltando a cruzar os braços, disse, seco:

— Bem, por hoje, é só.

Resolvi voltar à rua em companhia de Rap, que estava abatidíssimo. Como sempre, lá estavam as lojas, enfileiradas umas ao lado das outras à sombra das faias. Eu caminhava simplesmente calado pela rua apinhada. E foi então que nos deparamos com o poeta Tok. Ao ver-nos, Tok retirou um lenço de sua bolsa marsupial e enxugou a testa diversas vezes.

— Olá, faz tempo não os vejo! Pretendia visitar Crabak, pois também não o vejo há tempo...

Pensando que seria péssimo haver uma desavença entre esses dois artistas, falei discretamente sobre o péssimo estado de humor de Crabak.

— É assim? Bem, então não vou mais. Crabak está estressado... Eu também, a insônia tem me incomodado nestas últimas duas ou três semanas.

— Não quer passear um pouco conosco?

— Obrigado, vou deixar para outro dia... veja! — gritou ele, agarrando-me o braço com força. Um suor frio molhava seu corpo.

— O que foi?

— O que foi, senhor?

— Estranho, pareceu-me ter visto um macaco verde espiando pela janela daquele carro.

Fiquei apreensivo com seu estado e sugeri que procurasse o médico Tchak. Contudo, Tok não mostrava disposição alguma para isso, por mais que eu insistisse. Como se não bastasse, olhou-nos com suspeita, chegando até a nos dizer:

— Vejam, não sou anarquista, absolutamente! Por favor, nunca se esqueçam disso. Bem, até logo. Tchak... Deus me livre!

Ficamos ambos atônitos observando Tok, que se afastava. Ambos... eu minto — pois estava só. Sem que eu notasse, o estudante Rap se curvara no meio da calçada, de pernas abertas, observando o tráfego incessante de transeuntes e automóveis por entre as pernas. Pensei que até esse kappa tivesse enlouquecido, e o levantei assustado.

— Mas que brincadeira é essa? O que está fazendo?

Entretanto Rap respondeu em perfeita calma, esfregando os olhos:

— Não é nada, eu estava deprimido e então experimentei ver o mundo de ponta-cabeça. Mas, como era de se esperar, é a mesma coisa.

11

Estas são algumas das passagens colhidas do livro *Palavras de um idiota*, de autoria do filósofo Mag:

O idiota sempre crê que todos, exceto ele, são idiotas.

*

Poder-se-ia afirmar que nosso amor à Natureza resulta em parte do fato de que ela não nos odeia e nem nos tem inveja.

*

A arte de viver está em se desprezar os costumes da época, mas sem deixar de observá-los fielmente em todos os pormenores.

*

As coisas das quais nos orgulharíamos são sempre aquelas que não possuímos.

*

Não há quem manifeste objeção em destruir ídolos. Por outro lado, não há quem manifeste objeção em ser um ídolo. Mas quem sobe sem receio ao pedestal dos ídolos são aqueles mais abençoados pelos deuses — os idiotas, ou os tratantes, ou os heróis. (Passagem marcada à unha por Crabak.)

*

É bem possível que toda a ideologia necessária a nossa vida tenha sido esgotada já há três mil anos. Estamos apenas ateando fogo novo em lenha velha.

*

Caracterizamo-nos por transcender nossa própria consciência.

*

Se a felicidade tem por companhia a dor, e a paz tem por companhia a lassidão, então...?

*

É mais difícil advogar-se a si próprio que a terceiros. Se duvidam, vejam os advogados.

*

Orgulho, paixão e suspeita — são as três fontes de todos os vícios, há três mil anos. E quiçá também de todas as virtudes.

*

Reduzir a ganância material não traz necessariamente a felicidade. Para obtê-la, é necessário reduzir também a ganância espiritual. (Passagem também marcada a unha por Crabak.)

*

Somos mais infelizes que os homens. Eles não são tão evoluídos quanto os kappas. (Não pude conter o riso ao ler esta passagem.)

*

Realizar é poder realizar, e poder realizar é realizar. Em suma, não podemos escapar desse círculo vicioso. Isto é, somos os eternos irracionais.

*

Baudelaire, depois de ter sido acometido pela loucura, resumiu o que achava da vida em uma só palavra: — vagina. Contudo, isso não revela o homem que foi. Antes, o que o revela é o fato de a confiança em sua genialidade — na genialidade poética que lhe permitia custear a vida — tê-lo feito esquecer a palavra estômago. (Aqui também se via a marca da unha de Crabak.)

*

Se nos restringirmos à lógica, devemos naturalmente negar nossa existência. Voltaire, para quem a lógica era Deus, teve uma vida feliz — o que mostra que os homens são menos evoluídos que os kappas.

12

Numa tarde relativamente fria, cansado de ler *Palavras de um idiota*, resolvi fazer uma visita ao filósofo Mag. Então, ao passar por uma esquina sombria, vi um kappa magro como um pernilongo encostado à parede, completamente distraído. Era, sem sombra de dúvida, aquele que me roubara a caneta tempos antes. "Peguei-o", pensei, e chamei um guarda corpulento que por ali passava naquele momento.

— Por favor, interrogue aquele kappa. Ele me roubou uma caneta, há cerca de um mês.

O guarda levantou o cassetete que levava na mão direita (os guardas aqui trazem cassetetes de teixo em vez de espadas) e interpelou o kappa: "Ei, você aí!" Pensei que ele fosse fugir, mas, para minha surpresa, ele se aproximou do guarda com toda a calma. E ainda por cima cruzou os braços, atirando olhares insolentes ora a mim, ora ao guarda. Este, porém, sem se enfurecer, retirou a caderneta de dentro da bolsa marsupial e começou a inquiri-lo.

— Nome?
— Gruk.
— Profissão?
— Até dois ou três dias atrás, era entregador de correio.
— Muito bem. Agora, de acordo com este senhor, você lhe roubou a caneta.
— Sim, há um mês, mais ou menos.

— E para quê?
— Pensei em dá-lo como brinquedo ao meu filho.
— E onde está ele?
Pela primeira vez, o guarda lançou-lhe um olhar penetrante.
— Morreu faz uma semana.
— Tem o atestado de óbito?
O kappa magricela retirou um papel de sua bolsa. O guarda o examinou e, sorrindo de repente, bateu em seu ombro.
— Está tudo bem. Desculpe-me por tê-lo incomodado.
Estupefato, fiquei encarando o guarda. Enquanto isso, o magricela já se afastava, murmurando algo ininteligível. Refiz-me após alguns instantes e decidi perguntar ao guarda:
— Por que não o prendeu?
— Ele é inocente.
— Mas ele me roubou a caneta...
— Foi para dar de brinquedo ao filho, não foi? Mas a criança está morta. Se tiver qualquer dúvida, consulte o Código Penal, Artigo 1.285.

Nem bem terminou de dizer isso, o guarda já se afastava. Sem alternativa, apressei-me para a casa de Mag, repetindo entre dentes "Código Penal, Artigo 1.285". O filósofo gosta de receber visitas, tanto que, naquele dia, lá estavam reunidos o juiz Pep, o médico Tchak e o empresário Guel na sala obscura, soltando fumaça de seus cigarros sob a luz da luminária de sete cores. Sobretudo, a presença do juiz Pep me vinha a calhar. Em vez de pesquisar o Artigo 1.285 do Código Penal, preferi perguntar logo ao juiz sobre isso, assim que tomei assento numa cadeira:
— Senhor Pep, perdoe-me a extrema indelicadeza da pergunta, mas neste país não se costuma castigar malfeitores?

Pep tirou uma baforada de seu charuto de bocal dourado e respondeu sem disfarçar o enfado:

— É claro que castigamos. Temos até pena de morte.

— Pois há cerca de um mês, eu...

Relatei-lhe em detalhes o ocorrido e perguntei-lhe sobre o Artigo 1.285 do Código Penal.

— Bem, diz o artigo: "Qualquer que seja o delito cometido, cessada a materialidade das condições indutoras do referido delito, não ocorrerá processo ao delinquente." Isto é, no seu caso, o kappa era pai de uma criança, mas já deixou de ser. E, por isso, o delito está prescrito.

— Isso não é lógico.

— Você está brincando! Muito menos lógico é colocar um kappa que já foi pai e outro que é pai em igualdade de condições. É verdade, a legislação japonesa não os distingue, não é mesmo? Isso sim nos parece engraçado, he he he.

Pep lançou fora o charuto e riu baixinho, um riso indiferente. Nisso intrometeu-se Tchak, que nada entendia de legislação:

— Existe pena de morte no Japão?

— É claro que sim. No Japão, a pena é o enforcamento.

Eu me aborrecera com a frieza de Pep, e, assim, aproveitei a oportunidade para atirar-lhe uma ironia:

— A pena de morte neste país será, com certeza, mais civilizada que no Japão, não é mesmo?

— Sim, naturalmente.

Pep não perdeu a compostura.

— Neste país não utilizamos a forca. Eletricidade sim, mas é raro. Na maior parte dos casos, nem da eletricidade precisamos. Apenas declaramos ao réu o crime cometido.

— E ele morre, só com isso?
— Morre, sim. Porque nossa sensibilidade é muito mais delicada que a de vocês.
— E não acontece apenas na pena de morte. Ocorre também em assassinatos — dizia o empresário Guel, mostrando um sorriso amável e o rosto esverdeado pelo reflexo da luminária de vidro colorido. — Eu mesmo estive prestes a ter um ataque cardíaco quando um socialista me chamou de ladrão.
— Essas coisas parecem estar acontecendo com frequência maior do que imaginamos. Conheço um advogado que morreu assim.

Voltei-me para o novo interlocutor — o filósofo Mag, que como de costume falava com sorriso irônico, sem olhar particularmente para este ou aquele.

— Esse advogado fora chamado de sapo por alguém. Como você já deve saber, neste país esse epíteto equivale a bruto, desalmado. Pois isso o fez pensar todos os dias: eu sou um sapo? Não sou? Essa foi a causa da morte.
— Em suma, um suicídio.
— Mas, veja, quem o chamou de sapo tinha intenções assassinas. Se isso lhes parece de qualquer forma um suicídio...

Quando Mag assim falava, um estampido, um tiro de revólver sacudiu os ares, do outro lado da parede da sala onde nos reuníamos — na casa do poeta Tok, com certeza.

13

Corremos todos à casa de Tok. Encontramo-lo caído de costas entre os vasos de plantas alpinas, tendo na mão direita um revólver. O sangue ainda escorria da membrana em forma de prato no alto de sua cabeça. Ao seu lado, uma fêmea chorava alto, enterrando o rosto em seu peito. Aproximei-me dela e a levantei (muito embora não gostasse do contato da pele pegajosa de um kappa).

— O que aconteceu? — perguntei.

— Não sei o que aconteceu. Ele estava escrevendo e, de repente, deu um tiro na cabeça. Ah, o que vou fazer? Qurr-r-r-r-r-r! Qur-r-r-r-r-r-r! (Assim é o choro dos kappas.)

— É, Tok sempre foi egoísta... — disse o empresário Guel ao juiz Pep, abandonado tristemente a cabeça.

Este, porém, mantinha-se calado, acendendo um charuto com bocal dourado. Tchak, até então ajoelhado examinando o ferimento de Tok, anunciava para as cinco pessoas (na realidade uma pessoa e quatro kappas) ali presentes, com o jeito próprio de um médico:

— É o fim. Ele sofria de gastrite crônica, o que por si já contribuía para sua depressão.

— Parece que ele estava escrevendo algo... — murmurou o filósofo Mag, como desculpa para apanhar um papel sobre a mesa. Todos esticaram o pescoço (menos eu) para espiá-lo sobre os largos ombros de Mag.

Vinde e partamos
Ao vale que nos separa deste mundo
Onde os rochedos são escarpados,
As fontes, límpidas
E o aroma de ervas se faz sentir no ar.

Mag se voltou com um leve sorriso contrafeito.

— Isto aqui é um plágio de *Canção de Mignon*, de Goethe. Mostra que Tok se suicidou porque estava cansado como poeta.

Por acaso, chegou nesse instante o compositor Crabak, que por ali passava com seu carro. Ao se deparar com a cena, Crabak permaneceu alguns instantes calado na porta de entrada. Depois se adiantou até nós e pôs-se a falar com Mag em altos brados:

— Isso é o testamento de Tok?

— Não, é apenas o último poema que ele escreveu.

— Poema?

Mag, que também não se perturbava por nada, entregou-lhe o papel. Crabak, de cabelos em pé, absorveu-se em lê-lo, alheio a tudo, mal respondendo às perguntas de Mag.

— O que você acha da morte de Tok?

— "Vinde e partamos"... Eu também não sei quando vou morrer... "Ao vale que nos separa deste mundo."

— Mas você era um dos amigos íntimos de Tok.

— Amigo? Tok sempre foi um solitário... "Ao vale que nos separa deste mundo"... mas mesmo que Tok, infelizmente... "Onde os rochedos são escarpados..."

— Mesmo que, infelizmente...?

— "As fontes, límpidas"... Vocês são felizes... "E o aroma de ervas se faz sentir no ar..."

Eu me penalizei com a fêmea que ainda não parara de chorar, e por isso abracei-a com carinho e levei-a para uma poltrona num canto da sala. Ali, um filhote de dois ou três anos ria inocente, sem nada saber. Brinquei um pouco com ele, já que os outros não lhe davam atenção. Senti então lágrimas me virem aos olhos. Em todo o tempo naquele país, essa foi a única vez que isso me aconteceu.

— Pobres dos familiares de um kappa caprichoso como esse.

— Pois é, nem pensou no futuro deles.

O juiz Pep continuava a dialogar com o capitalista Guel, acendendo por hábito outro charuto de bocal dourado. Nesse instante, Crabak começou a falar tão alto que nos assustou. Com o poema nas mãos, ele dizia sem se dirigir particularmente a alguém:

— Perfeito! Já posso compor um belo réquiem!

Crabak apertou depressa a mão de Mag e correu em direção à porta, fazendo brilhar os olhos estreitos. A essa altura, os moradores das redondezas já se aglomeravam ali e espiavam curiosos o interior. Mas Crabak os afastou de modo brusco para os lados e saltou para dentro de seu carro, que com um estrondo partiu imediatamente e desapareceu.

— Por favor, por favor, não fiquem aí espiando!

O juiz Pep se fez de policial para dispersar a multidão e fechou a porta da casa de Tok. Com isso, o quarto ficou silencioso. Nesse ambiente já calmo onde pairava o odor do sangue de Tok misturado ao perfume das flores alpinas, conversamos então sobre os arranjos finais.

Apenas o filósofo Mag se mantinha absorto e pensativo, contemplando o corpo de Tok. Toquei-lhe o ombro e perguntei:

— Em que está pensando?

— Penso acerca desta vida de kappa.

— O que tem ela?

— O que quer que se diga a nosso respeito, em última análise, para que nós, kappas, possamos cumprir o destino de nossas vidas... — continuou Mag em voz baixa, quem sabe um pouco envergonhado: — ... é preciso de qualquer forma crer no poder de algum outro ente que não conhecemos.

14

As palavras de Mag me fizeram pensar em religião. Materialista como sou, nunca me dispusera até então a considerar esse assunto mais seriamente. Mas a morte de Tok de certa forma me emocionara, e foi assim que comecei a interessar-me pela religiosidade dos kappas. Fui logo perguntar ao estudante Rap acerca desta questão.

— Pratica-se entre nós o cristianismo, o budismo, o islamismo e o zoroastrismo, além de outras religiões. Porém, a mais influente é sem dúvida o modernismo, também conhecido como vitalismo. (Vitalismo talvez seja uma tradução incorreta. O termo original é *Quemoocha*. *Cha* corresponde ao sufixo "ismo". *Quemoo* vem de *quemal*, que não quer dizer apenas viver, mas também comer, beber e fazer sexo.)

— Quer dizer então que neste país existem igrejas e templos?

— Pois não sabia? O Grande Templo da religião modernista é a maior obra arquitetônica do país. Que tal, não quer conhecê-lo?

Assim, numa tarde nublada e abafada, Rap, todo orgulhoso, levou-me a conhecer esse templo. De fato, uma construção imponente — quase dez vezes maior que a Catedral Nicolai[4] —, que reunia diversos estilos arquitetônicos.

---
4. Catedral ortodoxa construída em Tóquio pelo padre russo Nicolai, em 1891.

Postando-me defronte ao templo e observando suas altas torres e cúpulas arredondadas, elas me evocavam a imagem assustadora de tentáculos que se erguiam ao céu. Parados diante do pórtico de entrada (e quão minúsculos parecíamos em relação a ele!), ficamos por alguns instantes absortos a contemplar esse templo incomum, que mais lembrava um monstro assombroso.

O interior também era extremamente amplo. Alguns fiéis caminhavam por entre as enormes colunas cilíndricas de ordem coríntia e, assim como nós, pareciam minúsculos. Nisso, encontramos um kappa encurvado pela idade. Rap fez uma pequena mesura, e disse de modo respeitoso:

— É um prazer vê-lo assim saudável, senhor presbítero!

O ancião devolveu a mesura.

— Mas não é o senhor Rap? Vejo que você também continua... — ficou sem palavras, pois percebera finalmente que o bico de Rap tinha apodrecido. — Ah bem, de qualquer forma, goza de boa saúde, não é mesmo? A que devemos sua presença hoje?

— Vim em companhia desta pessoa. Como sabe, ele...

E Rap se pôs com loquacidade a falar a meu respeito, quem sabe para fugir das devidas desculpas pela falta de assiduidade.

— Assim, eu estava pensando se o senhor poderia apresentar-lhe o templo.

Sorrindo generosamente, o presbítero me cumprimentou e apontou o altar com um gesto calmo.

— Realmente, não sei se lhe posso ser muito útil. Nós, fiéis, adoramos a Árvore da Vida, que está no altar em frente. Como pode ver, a Árvore da Vida possui dois frutos, um dourado e outro verde. O fruto dourado é denominado Fruto do Bem, e o verde, Fruto do Mal...

O ancião mal começara a explicar e eu já me sentia entediado, pois as palavras que ele gentilmente dizia me soavam como velhas metáforas. Naturalmente procurei demonstrar interesse, sem contudo deixar de olhar de soslaio, vez por outra, o que havia no interior do templo.

As colunas de ordem coríntia, as arcadas em estilo gótico, o piso axadrezado de aparência árabe, o oratório de porte secessionista — tudo isso contribuía para formar um conjunto harmonioso de beleza selvagem. Contudo, o que mais atraía minha atenção eram os bustos esculpidos em mármore, dispostos em nichos abertos nas paredes de ambos os lados. Pareciam familiares, e não era para menos. Dadas as explicações sobre a Árvore da Vida, o velho presbítero encurvado pelos anos nos levou ao nicho à direita para falar-nos do busto ali existente.

— Este é um de nossos apóstolos, o apóstolo Strindberg, que se revoltou contra tudo. Após passar por muitos sofrimentos, dizem que foi salvo pela filosofia de Swedenborg. Na realidade, esta não o salvou. Como nós, ele acreditava no vitalismo; a bem dizer, acho que ele não tinha alternativa. Leia *Legender*, obra que ele nos deixou. Este apóstolo foi um suicida malsucedido, como ele próprio confessa.

Um pouco deprimido, desviei o olhar para o próximo nicho. O busto nesse nicho era o de um alemão de fartos bigodes.

— Este aqui é Nietzsche, o poeta de Zaratustra. Este apóstolo buscou a salvação no ser superior que ele próprio criou. Não a obteve e acabou lunático. Mas, se não tivesse enlouquecido, é bem provável que não estivesse hoje entre nossos apóstolos...

Calou-se por alguns momentos, e depois conduziu-nos ao terceiro busto.

— Este é Tolstói. Foi, dentre os apóstolos, o que mais sofreu. Porque, sendo um aristocrata por nascimento, detestava expor seu sofrimento à turba curiosa. Este apóstolo se esforçou para crer em Cristo, sabendo entretanto que isso lhe era impossível. Chegou mesmo a declarar publicamente sua crença, como se ela fosse real. Mas, nos últimos anos de sua vida, não conseguiu mais suportar a condição de ser um trágico mentiroso. E, algumas vezes, a viga do teto de sua biblioteca lhe chegou a inspirar pavor, isso todos sabem. Mas é claro que não chegou a se suicidar, tanto é que se conta entre os apóstolos.

O quarto busto era o de um japonês. Ao vê-lo, não pude reprimir uma pontada de saudade de meu país.

— Este é Doppo Kunikida. Um poeta cuja percepção daquilo que vai na alma de um trabalhador braçal que se atira sob um trem era notável. Mas suponho que seja desnecessário discorrer acerca dele com o senhor, não é verdade? Vamos então ao quinto nicho.

— Esse não é Wagner?

— Sim. Um revolucionário, amigo do rei. O apóstolo Wagner, em seus últimos anos de vida, chegava a orar antes das refeições. Mas, naturalmente, era um adepto do vitalismo, mais que do cristianismo. São incontáveis os momentos em sua vida em que o sofrimento o levou à beira do suicídio, como revelam as cartas que ele deixou.

Enquanto assim ele dizia, já estávamos perante o sexto nicho.

— Este foi um amigo do apóstolo Strindberg. Um pintor francês de origem burguesa, que largou a mulher cheia de filhos para se casar com uma jovem taitiana de treze ou quatorze anos. Nas veias grossas deste apóstolo corria sangue marujo. Mas observe os lábios. É possível ver as marcas deixadas por arsênico. O sétimo nicho... o senhor deve estar fatigado. Venha então por aqui, por favor.

Eu estava realmente fatigado, e por isso, em companhia de Rap, segui o presbítero até outro recinto, passando por corredores onde pairava um odor de incenso. Em um canto desse recinto pequeno havia uma estátua preta de Vênus com uma oferenda de uvas silvestres junto aos pés. Eu me surpreendi um pouco, pois esperava encontrar uma cela despida de qualquer adorno. Quem sabe percebendo minha reação, o presbítero apressou-se em explicar quase constrangido, antes mesmo de oferecer-nos cadeiras:

— Por favor, não se esqueça de que nossa religião é o vitalismo. A Árvore da Vida, nosso deus, nos ensina: "Vivei intensamente." Senhor Rap, terá o senhor mostrado a este cavalheiro a nossa bíblia?

— Bem, não ainda... Na verdade, eu mesmo quase não a leio.

Rap respondeu honestamente, coçando o prato no topo da cabeça. Entretanto, o presbítero continuou calmo e sorridente.

— Então, não deve compreender. Nosso deus construiu este mundo em um único dia (a Árvore da Vida, apesar de ser uma árvore, é onipotente). E criou também o kappa fêmea. Esta fêmea, entediada, procurava um companheiro. Sensibilizado com os lamentos da fêmea, nosso deus extraiu-lhe o cérebro e criou o kappa macho. Ele abençoou este casal com as seguintes palavras:

"Comam, façam sexo, vivam intensamente..."

Suas palavras me remeteram ao poeta Tok. Infelizmente o poeta era ateu, como também sou. Não sendo um kappa, não é estranho que eu não conhecesse o vitalismo. Mas Tok era um ser daquele país e devia com certeza saber sobre a Árvore da Vida. Lastimei que ele não tivesse seguido os ensinamentos da religião e interrompi o velho presbítero para falar sobre isso.

— Ah, o pobre poeta!

O presbítero suspirou pesaroso após ouvir-me.

— Apenas três fatores determinam nosso destino: a fé, o ambiente e a oportunidade (se bem que vocês talvez acrescentassem mais um fator, a hereditariedade). Por infelicidade, faltou ao senhor Tok a fé.

— É bem possível que Tok o invejasse. Mesmo porque eu o invejo. Rap, que é jovem...

— Se meu bico fosse normal, talvez pudesse ser otimista...

Ao ouvir o que dizíamos, o presbítero suspirou outra vez. E não é que ele fitava a estátua de Vênus, com os olhos rasos de lágrimas?

— Na verdade, eu também... Olhe, isto que lhes digo é segredo, não contem a ninguém, por favor. Na verdade, eu também não posso crer em nosso deus. Mas em algum momento, minhas orações...

Exatamente no instante em que o presbítero dizia essas coisas, a porta do recinto em que estávamos se abriu de repente e uma fêmea corpulenta avançou contra ele. Tentamos contê-la, é claro, mas mas ela já havia derrubado o presbítero sobre o assoalho.

— Ah, seu velho imprestável! Hoje você me roubou outra moeda para tomar um trago, não é?

Dez minutos depois havíamos deixado o presbítero e sua mulher e descíamos depressa as escadarias da entrada do templo, como se fugíssemos.

— Desse jeito, não é de se estranhar que o presbítero não possa crer na Árvore da Vida, concorda?

Havíamos caminhado por um momento em silêncio, quando Rap me fez essa pergunta. Contudo, voltei-me ao grande templo sem responder. Suas torres e cúpulas lá estavam ainda, erguidas como tentáculos sob o céu nublado. Pairava sobre ele um aspecto sinistro, como uma miragem estampada no céu do deserto...

15

Cerca de uma semana após esses acontecimentos, ouvi do médico Tchak uma estranha história. Diziam que havia um fantasma na casa de Tok. A fêmea que lá vivera com Tok já se mudara havia muito tempo, e a casa de nosso amigo poeta fora transformada num estúdio fotográfico. Segundo Tchak, a sombra de Tok aparecia sempre por trás dos clientes nas fotos feitas nesse estúdio. Tchak não acreditava em vida após a morte, pois era materialista. E de fato, ao falar desse assunto, esboçou um sorriso maldoso para acrescentar casualmente: "Parece que afinal de contas os espíritos são existências materiais..." Eu mesmo não sou muito diferente de Tchak no que diz respeito à crença em espíritos. Entretanto, o sentimento de amizade que ainda nutria pelo poeta Tok me fez correr à livraria em busca de jornais, revistas, enfim, tudo que se referisse a sua aparição, fossem reportagens ou fotografias. De fato, encontrei fotografias onde uma aparição meio indistinta, parecida com Tok, se revelava por trás dos retratados, jovens ou velhos, machos ou fêmeas. Mais que fotografias assombradas de Tok, impressionaram-me as reportagens — em especial o relatório da Sociedade de Estudos Psicológicos sobre o fantasma de Tok. Apresento a seguir um resumo das partes essenciais desse relatório, do qual fiz uma tradução bastante precisa e literal. As partes entre parênteses são, entretanto, observações do meu punho.

RELATÓRIO REFERENTE ÀS APARIÇÕES EM ESPÍRITO DO SENHOR TOK
(PUBLICADO PELA *REVISTA DA SOCIEDADE DE ESTUDOS PSICOLÓGICOS*,
EDIÇÃO Nº 8.274)

A Sociedade de Estudos Psicológicos reuniu-se na Rua... nº 251, antiga residência do poeta Tok, morto recentemente por suicídio, e atual estúdio do fotógrafo..., com o fito de instaurar a Comissão Extraordinária de Investigação nesse local, com a participação dos seguintes membros: (omite-se a lista dos nomes).

Os dezessete membros acima referidos reuniram-se em uma das salas do referido estúdio em 17 de setembro, às 10h30 da manhã, juntamente com o Senhor Bek, presidente da Sociedade de Estudos Psicológicos, e acompanhados da senhora Hop, médium de nossa confiança. Ao entrar no estúdio referido, a senhora Hop acusou imediatamente a presença espiritual por convulsões que sacudiram todo o seu corpo, e vomitou diversas vezes. Explicou-nos depois a senhora Hop que os vômitos foram causados pela nicotina de que vinha impregnado o fluído espiritual do senhor Tok, em virtude do seu hábito de fumar intensamente.

Os membros, em silêncio, tomaram assento ao redor de uma mesa redonda, acompanhados pela senhora Hop. Após 3 minutos e 25 segundos, ela entrou em violento estado de transe e foi tomada pelo espírito do poeta Tok. Por intermédio do trabalho mediúnico dessa senhora, os membros interrogaram o espírito em turnos, a começar pelos mais idosos, estabelecendo-se então o seguinte diálogo com o espírito:

Pergunta:Por que razão você aparece em espírito?
Resposta: Porque me preocupo com minha fama *post mortem*.
Pergunta:Você, e também os outros espíritos, almejam fama póstuma?
Resposta : Eu, pelo menos, não posso deixar de almejá-la. Entretanto, um poeta japonês que encontrei por acaso desdenha dessa espécie de fama.
Pergunta:Você sabe o nome desse poeta?
Resposta: Infelizmente, me foge à memória. Guardo apenas um poema de dezessete sílabas de sua autoria. Ele gostava de compor esses poemas.
Pergunta:Diga-nos então o poema.
Resposta: *Poço antigo,*
Ouve-se o ruído
Do salto de uma rã[5]
Pergunta:Acha que o verso é de boa qualidade?

---
5. Famoso haikai composto pelo poeta Matsuo Basho (1644 ~1694).

Resposta: A qualidade não é de todo ruim. Entretanto, seria brilhante se apenas substituísse "rã" por "kappa".

Pergunta: E por quê?

Resposta: Porque nós, kappas, nos procuramos intensamente em todas as formas de arte.

O presidente Bek observou então à comissão de dezessete membros ali reunidos que estávamos em uma Reunião Extraordinária de Investigação da Associação de Estudos Psicológicos, e não em uma reunião de crítica literária.

Pergunta: Como é a vida, no mundo espiritual?

Resposta: Idêntica à dos senhores.

Pergunta: Então o senhor se arrepende de ter cometido suicídio?

Resposta: Não necessariamente. Porque, se a vida neste mundo me aborrece, tomo uma pistola e cometo um retorno à vida.

Pergunta: É fácil cometer esse retorno à vida?

O espírito de Tok respondeu a essa pergunta com outra — à sua maneira, como bem sabem os que o conhecem.

Resposta: É fácil cometer o suicídio?

Pergunta: A vida dos espíritos é eterna?

Resposta: São tantas e tão confusas as teorias acerca de nossa vida que é difícil atribuir-lhes algum crédito. Lembrem-se, entretanto, de que mesmo entre nós, espíritos, ainda se praticam as grandes religiões, como o cristianismo, o budismo, o islamismo, o zoroastrismo, além de outras.

Pergunta: E a qual delas pertence o senhor?

Resposta: Eu sempre fui um cético.

Pergunta: Contudo, o senhor já não duvida da existência do espírito, não é?

Resposta: Mas não tenho a convicção dos senhores.

Pergunta: O senhor tem muitos ou poucos amigos?

Resposta: Tenho mais de trezentos amigos, de todas as épocas e de todos os quadrantes: citando alguns dos mais famosos, Kleist, Mainleander, Weininger...

Pergunta: Suas amizades se restringem apenas aos suicidas?

Resposta: Não necessariamente. Por exemplo, Montaigne: um defensor do suicídio, é um dos amigos a quem devoto maior respeito. Contudo, não me aproximo de pessoas como Schopenhauer, um pessimista que, entretanto, não cometeu suicídio.

Pergunta: Schopenhauer está em boa forma?

Resposta: Ele acabou de fundar o Movimento Pessimista Espiritual, e discute a virtude do retorno à vida. Mas descobriu que o cólera é causado por vírus, e parece ter ficado muito aliviado com isso.

Em seguida, os membros da comissão interpuseram perguntas sucessivas sobre notícias dos espíritos de personagens como Napoleão, Confúcio, Dostoiévski, Darwin, Cleópatra, Buda, Demóstenes, Dante e Senno Rikyu. Tok, entretanto, não mostrou interesse em dar respostas detalhadas a essas perguntas, preferindo perguntar ele próprio sobre os comentários que surgiram a seu respeito.

Pergunta: Como está minha fama, após a morte?
Resposta: Um crítico o considerou "poeta menor".
Pergunta: Deve ser um despeitado, alguém a quem não enviei uma coletânea dos meus poemas. Publicou-se a edição completa de minhas obras?
Resposta: Ela foi publicada, realmente. Mas consta que a venda não é satisfatória.
Pergunta: Será com certeza objeto de admiração de todos daqui a trezentos anos, isto é, quando os direitos autorais caducarem. E o que aconteceu com minha amiga, com quem eu vivia?
Resposta: Tornou-se esposa do editor Rak.
Pergunta: Infelizmente, ela não sabe ainda que Rak tem um olho postiço. E o meu filho?
Resposta: Ouvimos dizer que ele está em um orfanato público.

Após um momento de silêncio, Tok retomou as perguntas:

Pergunta: E minha casa?
Resposta: Transformou-se em estúdio fotográfico.
Pergunta: Minha escrivaninha?
Resposta: Não temos informação.
Pergunta: Em uma das gavetas dessa escrivaninha, deixei um maço de dez cartas, que guardava como um tesouro. Oh, mas os senhores, pessoas atarefadas, felizmente nada têm a ver com isso. Mas, agora, meu espírito está aos poucos mergulhando na penumbra. Devo me despedir. Adeus, senhores! Adeus, meus bondosos amigos!

Com essas últimas palavras, a senhora Hop voltou a si. Todos os dezessete membros da comissão aqui presentes atestam perante Deus a veracidade desse diálogo. (Registre-se ainda que efetuamos o pagamento à senhora Hop, médium de nossa inteira confiança, no valor da diária por ela recebida quando atriz.)

16

Essa reportagem fez com que me desiludisse aos poucos deste país, despertando-me o desejo de retornar ao nosso mundo dos homens. Contudo, por mais que procurasse, não conseguia encontrar o buraco por onde caí e que me trouxe a esta terra. E, enquanto isso, vim a saber por Bag, o pescador, que nos arredores da cidade vivia um certo kappa já idoso, que lia livros e tocava flauta o dia todo em doce tranquilidade. Pensei que talvez pudesse descobrir o caminho para fora desta terra com a ajuda dele, e assim, fui procurá-lo imediatamente. Ao chegar lá, entretanto, o que encontrei, numa casa realmente pequena, foi um kappa que de idoso nada tinha, aparentando no máximo doze ou treze anos, com a cartilagem em forma de prato na cabeça ainda flácida. Tocava uma flauta na santa paz. Pensei que por certo teria errado de casa, mas perguntei-lhe o nome, apenas para certificar-me. E, de fato, era ele o velho indicado por Bag.

— Mas o senhor me parece muito jovem...

— Ah, vejo que você não conhece muito a meu respeito. Pois saiba que, por obra do destino, nasci do ventre da minha mãe já com os cabelos encanecidos. Desde então venho rejuvenescendo com o tempo, e estou agora deste jeito, uma criança. Mas se me permitir avaliar a idade que tenho, supondo que eu já tivesse sessenta anos antes de nascer, devo ter agora 115 ou 116.

Circulei o olhar pelo quarto onde ele se achava. Talvez fosse apenas impressão, mas naquele ambiente simples, entre a mesa e as cadeiras rústicas, parecia pairar uma atmosfera de pureza e felicidade.

— Noto que leva uma vida muito mais afortunada que outros de sua espécie, não?

— Bem, isso pode ser verdade, pois era um velho quando criança e me vejo jovem quando velho. Assim, não sou atingido pela sede da ganância, própria dos velhos, nem mergulho na licenciosidade dos jovens. De qualquer forma, minha vida foi certamente pacífica, mesmo que não tenha sido, quem sabe, afortunada.

— Dessa maneira, só pode ter sido pacífica.

— Decerto, não foi apenas por essas razões. Tinha, além de tudo, boa saúde e posses suficientes para não passar por privações durante a vida inteira. Mas acho que minha maior fortuna foi mesmo ter nascido velho.

Conversei por algum tempo com este kappa sobre Tok, que se suicidara, e sobre Guel, que não deixava de consultar um médico todos os dias. Mas por algum motivo o velho kappa não mostrava interesse por esses assuntos.

— Diria que o senhor não tem tanto apego à vida como os outros, estou certo?

Fitando meu rosto, o velho me deu a seguinte resposta:

— Mas, como qualquer outro, antes de deixar o ventre de minha mãe fui consultado por meu pai se queria vir ao mundo.

— Eu, porém, vim parar nesta terra devido a uma queda acidental. Poderia, por favor, indicar-me o caminho de volta?

— Só há um caminho.

— E qual seria?

— O mesmo por onde veio.

Os pelos do meu corpo se arrepiaram a essa resposta, não sei por quê.

— Infelizmente, não consigo encontrá-lo.

Por alguns instantes, o velho manteve os olhos límpidos sobre o meu rosto, e, então, ergueu-se devagar. Dirigiu-se a um canto do quarto e puxou uma corda que pendia ali do teto. Abriu-se uma clarabóia, cuja existência me passara despercebida até aquele momento. Do lado de fora dessa clarabóia redonda descortinava-se o céu azul e sem nuvens por entre ramos estendidos de pinheiros e ciprestes. Mas havia algo mais, havia o pico de Yarigatake erguendo-se para o alto como uma ponta de seta! Pulei de alegria, feito criança ao ver avião.

— Vá, siga por ali — disse o velho kappa, apontando para a corda — na verdade, uma escada de corda, como pude ver depois.

— Então, com sua licença.

— Devo preveni-lo, entretanto. Não se arrependa depois.

— Não se preocupe, não me arrependerei.

Mal respondi e já estava subindo pela escada de corda, observando, enquanto subia, a cartilagem em forma de prato do velho kappa distanciar-se cada vez mais lá embaixo.

17

Regressando do país dos kappas, passei algum tempo enojado com o cheiro da pele humana. Comparado a nós, homens, os kappas são bem asseados. E não foi só isso. Habituado a conviver com eles, a cabeça humana me parecia disforme e repulsiva. Creio que os senhores não me compreenderão... Sem mencionar os olhos e a boca, este nariz é algo assustador. Assim, evitava ao máximo me encontrar com qualquer pessoa. Mas aos poucos me acostumei com os homens, e, decorrido meio ano, já conseguia andar por qualquer lugar. Mesmo assim, escapavam-me algumas palavras em língua kappa durante conversações, e isto me perturbava.

— Você estará em sua casa amanhã?
— *Qua*.
— Como disse?
— Ah, quero dizer, estarei.

Aconteciam coisas como essa.

Entretanto, um ano após regressar, fracassei em um empreendimento...

(Chegando a este ponto, o doutor S. o interrompeu: "Não fale desse assunto." Explicou-me depois que o paciente se excitava a ponto de se tornar violento, e nem os enfermeiros podiam contê-lo.)

Está bem, não vou falar sobre isso. Mas o fracasso despertou-me a vontade de regressar ao país dos kappas. É isso mesmo. Eu não queria "ir", mas "regressar" a esse país, pois via nele minha própria terra natal.

Deixei a casa sorrateiramente e procurei tomar um trem da Linha Central. Infelizmente, fui detido por um policial e internado neste hospício. Mesmo aqui, passei o período inicial pensando no país dos kappas. Como estaria o médico Tchak? E o filósofo Mag, quem sabe meditando como sempre debaixo da luminária de vidro de sete cores? E meu grande amigo, o estudante Rap, com seu bico apodrecido? Uma tarde, nebulosa como a de hoje, eu me entretinha nestas recordações quando por pouco não deixei escapar um grito. Isso porque, sem que eu soubesse quando e como, Bag, o pescador, se infiltrara em meu quarto e estava bem diante de mim, fazendo repetidas mesuras. Recuperado do susto que levei, talvez tenha rido ou chorado, nem sei bem. Mas, de qualquer forma, estava sem dúvida emocionado por poder falar outra vez na língua kappa.

— Olá, Bag, meu velho! Por que veio ter aqui?

— Sim, senhor, vim visitá-lo. Disseram que o senhor estava doente.

— E como soube disso?

— Por notícia divulgada pelo rádio — disse Bag, rindo satisfeito.

— Mas deve ter sido difícil chegar até aqui.

— Que nada, foi muito fácil. Pois não sabe que os rios e canais de Tóquio são como ruas para os kappas?

Lembrei então que os kappas são seres anfíbios, como os sapos.

— Rios? Não existem rios nestas proximidades.

— Oh, não seja por isso, vim percorrendo os dutos d'água. Depois, foi só abrir uma válvula de incêndio...

— Abriu uma válvula de incêndio?

— O patrão se esqueceu de que existem mecânicos entre os kappas?

Desde então, passei a receber a visita de diversos kappas. Eles vinham a cada dois ou três dias. De acordo com o doutor S. deste manicômio, sofro de demência precoce. Mas segundo o médico Tchak (o que vou dizer certamente irá ofendê-los), eu não sofro de nenhuma demência precoce, quem sofre são os senhores todos, inclusive o doutor S. E se até o médico Tchak me visitou, é claro que o estudante Rap e o filósofo Mag também vieram. Nenhum deles aparece à plena luz do dia, exceto o pescador Bag. É à noite que eles vêm, em grupos de dois ou três — particularmente em noites de luar. Ainda ontem conversei sob o luar com o empresário da indústria de vidros Guel e com o filósofo Mag. Além disso, o músico Crabak deleitou-me com um número de violino. Estão vendo aquele ramalhete de lírios negros, ali sobre a mesa? Pois Crabak me trouxe de presente, ontem à noite.

(Eu me voltei para olhar, mas não havia ramalhete nenhum sobre a mesa.)

E este livro, estão vendo? O filósofo Mag se deu ao trabalho de me trazer. Deem uma olhada no primeiro poema. Ah, é verdade, os senhores não sabem ler a escrita dos kappas. Pois então vou lê-lo para os senhores. Esta é uma edição recente das obras completas de Tok.

(Ele abriu um catálogo telefônico velho, e começou a ler o seguinte poema, em voz bem alta):

Entre flores de coqueiro e bambus,
Dorme Buda, e já há muito tempo.

Entre figueiras ressequidas à beira do caminho,
Parece que Cristo também já morreu.

*Mas nós precisamos descansar
Mesmo que seja no palco, defronte ao cenário*

(Visto por trás, o cenário é apenas lona remendada!)

Mas eu não sou tão pessimista quanto este poeta. Pelo menos, não enquanto meus amigos kappas não deixarem de me visitar. Ah, ia me esquecendo. Os senhores se recordam de meu amigo Pep, o juiz? Ele perdeu o emprego, e acabou realmente louco. Dizem que foi internado num manicômio na terra deles. Até gostaria de ir visitá-lo, se o doutor S. me permitisse...

Rashomon
(1915)

Certo dia, ao cair da tarde, um servo se abrigava sob o imenso portal de Rashomon[1], aguardando que a chuva passasse.

Não havia mais ninguém senão ele sob o amplo portal, exceto um grilo agarrado a uma das imensas colunas redondas, cuja pintura de laca se descolava em alguns pontos. Estando o portal em plena via Suzaku[2], seria de se esperar que se vissem além do servo dois ou três *momieboshi*[3] ou *ichimegasa*[4] fugindo da chuva. E, no entanto, não havia ninguém senão ele.

Isso porque Kyoto, naqueles últimos anos, havia sido continuamente assolada por catástrofes: terremotos, vendavais

---

1. Portal de entrada de Kyoto, capital do império japonês no período Heian (794-1185), época desta narrativa.
2. Principal via de acesso ao centro de Kyoto.
3. Um dos diversos tipos de *eboshi*, casquete utilizado antigamente por homens quando alcançavam a maturidade. O material utilizado para a sua confecção varia conforme a época. No período Heian, era feito de papel endurecido por laca preta. Os aristocratas faziam uso constante do mesmo, e os plebeus só em dias de festa. Os homens deviam escolher o tipo apropriado à sua categoria social e à faixa etária.
4. Chapéu de cone alto e abas redondas e largas, feito de junco traçado, utilizado no período Heian por damas de classe alta. Os cavalheiros também o usavam em dias de chuva.

e incêndios, que instalaram fome e miséria por toda a cidade. Crônicas dessa época falam de imagens de Buda e de utensílios de altar destruídos, transformados em lenha vendida à margem das ruas, ainda com restos de laca e de folhas de ouro e prata. Assim, não havia mais quem se importasse com a conservação do portal. Animais passaram a fazer dele seu antro. Salteadores também. Por fim, criou-se o hábito de levar cadáveres de indigentes até ali e abandoná-los. Com isso a lugubridade tomou conta do local e ninguém mais se aproximava dele após o cair do sol.

As pessoas deixaram de frequentá-lo. Os corvos, não. Surgiam em bando, não se sabia de onde. À luz do dia, grasnavam e voavam em círculos sobre os adornos da alta cumeeira. Era possível vê-los, em especial ao entardecer, espalhados como grãos de gergelim sobre o céu avermelhado acima do portal. Vinham, é claro, bicar a carne dos cadáveres. Contudo, não se via sombra deles em parte alguma naquele momento, talvez devido à aproximação da noite. O que se podia ver eram seus excrementos pontilhando de branco a escadaria arruinada, onde longas folhas de relva brotavam por entre as fendas do piso. O servo estava lá, no mais alto dos sete degraus da escadaria. Apertava nas mãos a beirada da túnica de cor azul já desbotada que vestia, e observava com olhar perdido a chuva que caía sem parar, incomodado pela enorme espinha avermelhada que surgira em sua face direita.

Eu disse acima que o servo se abrigava da chuva esperando que ela passasse. Porém, ele não tinha para onde ir, mesmo que a chuva cessasse. Teria normalmente regressado à mansão do amo, mas fora despedido do serviço quatro ou cinco dias antes, não obstante os longos anos de dedicação

— uma calamidade, sem dúvida, embora insignificante diante das outras que levaram Kyoto à decadência. Portanto, seria melhor dizer que o servo se achava sob o portal de Rashomon acossado pela chuva que caía, sem ter outro lugar para onde ir. O clima sombrio e chuvoso desse dia contribuía, e não pouco, para alimentar o sentimentalismo desse servo da Era Heian. A tormenta que se iniciara ao findar da hora do macaco[5] parecia interminável. Enquanto ouvia distraído o som do aguaceiro sobre o pavimento da via, que já perdurava por horas a fio, o servo cogitava, antes de tudo, como ganhar o pão do dia seguinte. Rebuscava nos meandros de suas lucubrações incoerentes uma saída para essa situação, afinal de contas, irremediável.

A chuva envolvia o Rashomon e concentrava nele todo o seu ruído trazido desde longe. Com a obscuridade do entardecer, o céu parecia baixar a cada instante sobre o portal. Olhando para o alto, as telhas projetadas em diagonal pareciam sustentar as nuvens negras e pesadas.

Não há espaço para escrúpulos quando se quer remediar uma situação irremediável. Escrúpulos terminariam por deixá-lo sob sete palmos de terra ou morto de fome à beira da estrada para ser transportado até esse portal e abandonado como um cão. Mas então deixaria os escrúpulos de lado? Depois de idas e vindas do pensamento, ele chegava finalmente a esta questão. *E se* os abandonasse? O tempo passava e, no entanto, não conseguia prosseguir além do "*e se*". O servo já admitia essa hipótese. Contudo, não tinha coragem para aceitar a sequência lógica do "*e se*": outro recurso não lhe restaria senão roubar.

---

5. Entre 3 e 5 horas da tarde.

Soltou um sonoro espirro e levantou-se, aparentando cansaço. As tardes frias de Kyoto já começavam a exigir aquecimento. Sem qualquer cerimônia, o vento, aliado à escuridão, invadia o portal por entre suas colunas. Até o grilo pousado numa delas já se fora.

O servo encolheu o pescoço e levantou a gola da túnica, circulando o olhar pelos arredores. Pensava em passar a noite ali, se encontrasse um lugar onde pudesse dormir ao abrigo de olhares e da intempérie. Por felicidade, descobriu uma escada larga, também revestida de laca, que conduzia a um mirante lá no alto, onde, se houvesse companhia, com certeza seria apenas a de cadáveres. Cuidando para que a rústica espada de punho de madeira em sua cintura não fugisse da bainha, o servo firmou o pé calçado com sandália de palha no primeiro degrau.

Momentos depois, um homem encolhido como um gato na metade da escada perscrutava o mirante com a respiração contida. A fraca claridade proveniente de alguma chama no mirante iluminava vagamente sua face direita onde, de permeio à barba rala, se notava uma enorme espinha inflamada.

O servo acreditara que encontraria somente cadáveres no mirante e se descuidara no começo. Entretanto, ao subir alguns degraus, pareceu-lhe que havia alguém lá em cima com uma tocha acesa e que a movimentava de um lado a outro. Isso porque o reflexo amarelado de uma chama movia-se pelo teto, revelando as teias de aranha estendidas nos cantos. Esse alguém, quem quer que fosse, não teria vindo com uma tocha acesa ao alto do Rashomon por motivos corriqueiros, numa noite chuvosa como aquela.

Furtivamente, o servo galgou os degraus da íngreme escada até o topo, rastejando feito lagartixa. E, esticando tanto quanto possível o pescoço, espiou medrosamente o interior do mirante.

Tal como ouvira dizer, lá estavam os cadáveres em desordem. Devido à pouca claridade, mais escassa do que presumira, não saberia dizer ao certo quantos eram. Distinguia vagamente os corpos, alguns nus, outros vestidos. E, claro, parecia haver tanto homens quanto mulheres. Todos eles estirados sobre o piso, os braços estendidos e a boca aberta, perfeitos bonecos moldados em barro. Ao vê-los assim, era de se duvidar que tivessem sido um dia seres humanos viventes. Jaziam calados pela eternidade, expondo as partes salientes de seus corpos, como peito e ombros, à luz que em contraste ocultava em sombras as reentrâncias.

O forte odor dos corpos em decomposição levou o servo a tapar instintivamente o nariz com a mão, mas no instante seguinte sua mão já se esquecia do gesto. Uma intensa emoção lhe roubou toda a sensibilidade do olfato.

Um vulto até então despercebido se encolhia entre os cadáveres. Era uma velha de aspecto simiesco, magra e de baixa estatura, de cabelos brancos e vestindo um traje de cor escura. Trazia à mão direita uma lasca de pinho em chamas e examinava atentamente o rosto de um dos cadáveres, presumivelmente o de uma mulher, a julgar pelos longos cabelos.

Movido por um misto de pavor e curiosidade, por um momento o servo se esqueceu até de respirar. Emprestando as palavras dos antigos cronistas, *"sentiu os pelos de seu corpo inteiro se arrepiarem"*.[6] A velha espetou a lasca de pinho

---

6. O autor cita uma expressão constante da crônica *Konjaku Monogatari*, na qual este conto se inspirou.

ardente numa fenda do assoalho para segurar a cabeça do cadáver que examinava. E então passou a arrancar-lhe os longos fios de cabelo um por um. Lembrava uma macaca a catar piolhos de um filhote. A cada movimento da mão os fios se soltavam com facilidade.

Enquanto ela os arrancava, o pavor cedia lugar a uma furiosa ira dirigida à velha. Aliás, faltaria com a verdade se dissesse que a velha era o objeto de sua ira. Mais precisamente, era a indignação com a maldade do ser humano que crescia nele a cada minuto. E se nessa hora alguém lhe propusesse o dilema a que se vira entregue momentos antes sob o portal, a escolha entre as alternativas de roubar ou morrer de fome, teria com certeza optado pela última sem hesitar. A cólera começava a arder com a intensidade da chama que crepitava na lasca de pinho fincada no assoalho.

Naturalmente, o servo não conhecia as razões que levavam a velha àquele comportamento. Assim, a bem da verdade, era impossível imputar-lhe virtude ou maldade. Mas, esquecido de que ele próprio cogitara, havia poucos instantes, recorrer ao roubo para sobreviver, o simples ato de roubar os cabelos de um cadáver, naquela noite chuvosa no alto do Rashomon, já lhe parecia imperdoável.

Impulsionado pelas pernas, o servo saltou os últimos degraus da escadaria, avançando para a velha em largas passadas com as mãos sobre o punho da espada. Nem é preciso dizer o quanto a velha se assustou. Ao ver o servo, levantou-se num pulo como se houvesse sido lançada por uma catapulta.

— Aonde vais?

Praguejando, o servo se pôs à frente da velha que, apavorada, procurava fugir aos tropeços sobre os cadáveres.

A velha tentou empurrá-lo para escapar. O servo a empurrou de volta, impedindo a fuga. Por alguns momentos atracaram-se em meio aos cadáveres sem dizer palavra. O resultado não podia ser outro: o servo derrubou a velha sobre o assoalho, torcendo-lhe o braço em pele e osso, magro como uma perna de galinha.

— Que fazias? Dize! Se não disseres...

Com um empurrão, o servo soltou a velha e sacou a espada da bainha, aproximando a lâmina de seus olhos. Mas ela permanecia calada. Com as mãos trêmulas, ofegante, os olhos arregalados a ponto de saltarem das órbitas, continuava obstinadamente calada. Ao vê-la assim, o servo teve a clara percepção de que a vida ou a morte dessa velha mulher dependia apenas de uma decisão sua. De repente, essa percepção acalmou a intensa labareda de ódio que ardia até então em sua alma. Restou apenas a sensação de orgulho e satisfação que as pessoas sentem quando concluem um trabalho bem feito. Abrandando a voz, disse à velha:

— Não sou nenhum agente policial. Sou apenas um viajante, que há pouco passava pelo portal. Por isso, não vou levar-te em cordas. Basta que me digas o que fazias a estas horas aqui no alto deste portal.

A velha arregalou ainda mais os olhos injetados, fixando sobre o servo um olhar penetrante de ave de rapina, e mexeu os lábios que as rugas profundas mal distinguiam do nariz. No pescoço delgado, a traqueia saliente se moveu e uma voz crocitante de corvo, entrecortada pela respiração ofegante, chegou aos ouvidos do servo.

— Tava arrancando... Tava arrancando estes cabelos pra fazer uma peruca.

A banalidade da resposta decepcionou o servo. E então, junto com a decepção, a ira ressurgiu, carregada de desprezo. A velha pareceu ter sentido essa mudança de humor, pois, com uma voz que soava como o murmúrio de um sapo, disse gaguejando, com os cabelos arrancados do cadáver ainda nas mãos:

— Tá certo, tirar cabelo de uma defunta não é boa coisa. Mas toda esta gente aqui fez por merecer. Esta aqui a quem arranquei os cabelos, tás ouvindo, cortava cobras em pedaços de quatro polegadas, secava e vendia nos acampamentos de soldados dizendo que era peixe seco. Não tivesse morrido de peste, taria inda por aí vendendo. E vê só, tão dizendo que os soldados gostavam tanto do "peixe" dela, porque era gostoso, que não deixavam faltar na hora de comer. Eu não acho ruim o que ela fez, tá bom? Se não fizesse isso, morria de fome, que remédio, tá bom? Ela sabia que tava fazendo coisa ruim porque não tinha outro jeito e, assim, vai ver perdoa isto que tô lhe fazendo.

Algo assim disse a velha.

O servo embainhara a espada, e, com a mão esquerda posta sobre o punho, ouvia com indiferença essa história, sua mão direita outra vez entretida com a espinha pustulenta e avermelhada do rosto.

Sentia nascer um novo ânimo que lhe faltara lá embaixo, sob o portal. Entretanto, esse ânimo o impulsionava agora em direção oposta àquela que o levara a interpelar a velha. Já não hesitava entre assaltar ou morrer de fome. Essa última alternativa se desvanecera por completo da consciência e estava fora de qualquer cogitação.

— Ah, é verdade? — interrogou desdenhosamente, após ouvi-la. De súbito, a mão direita que estava sobre a espinha agarrou a velha pela gola do quimono. E gritou como se fosse mordê-la:

— Então, não te importarás se te roubar, não é? Eu também morro de fome se não o fizer.

Rapidamente o servo arrancou-lhe o quimono. Com um chute brutal, derrubou-a sobre os cadáveres quando ela tentava agarrar-se a seus pés. Cinco passos apenas o separavam da boca da escada. Com o quimono de tecido escuro embaixo do braço, o servo desceu correndo pela escada íngreme para o fundo da noite.

A velha, estendida como morta, ergueu o corpo dentre os cadáveres. Murmurando ou talvez gemendo, engatinhou até o alto da escada sob a claridade da tocha ainda acesa. Derrubando a cabeça pela abertura do piso, olhou para baixo, fazendo pender os cabelos curtos e brancos.

Outra coisa não havia por lá senão a cavernosa escuridão da noite.

Do servo, não se soube mais.

O NARIZ
(1916)

Em Ikenoô[1], não há quem não conheça o nariz do *naigu* Zenchi. Seu nariz tem seis ou sete polegadas de comprimento e cai por cima do lábio superior até abaixo do queixo. O formato — bem, ele possui uma espessura uniforme desde a base até a ponta, tal qual uma linguiça fina pendurada no meio do rosto.

Com mais de cinquenta anos de idade, o *naigu* veio sofrendo constantemente, em seu íntimo, por causa do nariz — desde o tempo em que não passava de um principiante no monastério até aqueles dias, quando conseguira ascender ao cargo de *naidojo gubu*[2] ou, abreviadamente, *naigu*. Claro está que fingia indiferença, como se o nariz não fosse objeto de sua preocupação. Assim se comportava não apenas por acreditar que seria inconveniente a um monge, devotado à adoração do paraíso vindouro, preocupar-se com o nariz. Mais do que isso, agia assim por detestar que as pessoas soubessem que ele se incomodava com o nariz. O *naigu* temia mais que qualquer outra coisa que a palavra "nariz" viesse à tona durante as conversas cotidianas.

---

1. Bairro da cidade de Uji, em Kyoto.
2. Monge budista de alta hierarquia, selecionado a servir no Palácio Imperial, para rezar pela saúde do imperador.

Mas ele se perturbava além da conta com o nariz por dois motivos. Primeiro, porque o nariz longo era de fato um transtorno. Para começar, impedia-o de se alimentar sozinho. Se tentasse fazê-lo, a ponta chegava antes à comida dentro da tigela. Por isso, o *naigu* pedia sempre a um discípulo que se sentasse à sua frente com uma tábua de cerca de uma polegada de largura e vinte de comprimento, e erguesse com ela seu nariz durante toda a refeição. Mas não se tratava de uma operação fácil, tanto para o discípulo que erguia o nariz como para o próprio *naigu*, que tinha o nariz erguido. Certa vez, um menino aprendiz substituiu o discípulo nessa tarefa. O menino, ao espirrar, estremeceu a mão, e o nariz acabou dentro da papa de arroz. Esta história se espalhou até a cidade de Kyoto. Contudo, fatos como esse não constituíam a causa principal dos sofrimentos do *naigu* devidos ao nariz. Na realidade, ele sofria pois o nariz feria seu amor-próprio.

Para consolar o narigudo Zenchi, as pessoas de Ikenoô costumavam dizer que ele devia se considerar feliz por poder ocupar um cargo como o de *naigu*, mesmo porque, com um nariz como aquele, nenhuma mulher aceitaria ser sua esposa. Alguns até chegavam a comentar que ele se tornara monge por causa do nariz. Mas o *naigu* não sentia que as atribulações causadas por esse nariz haviam sido atenuadas, nem um pouco, por ter-se feito monge. Seu amor-próprio era demasiadamente sensível para que ele deixasse de sentir as consequências do nariz, por exemplo, no casamento. E, por isso, ele tentava se recuperar das sequelas causadas ao amor-próprio, lançando mão tanto de recursos ativos quanto de passivos.

Em primeiro lugar, pensou em fazer o nariz parecer menos longo do que era na realidade. Para isso, ele procurou uma posição diante do espelho, quando não havia ninguém presente, observando o rosto de todos os ângulos, buscando com toda perseverança uma solução. Às vezes, insatisfeito em apenas mudar a posição do rosto, apoiava-o na mão ou encostava o dedo ao queixo, observando-se pacientemente no espelho. Mas nunca o nariz lhe proporcionou a satisfação de parecer mais curto. Ao contrário, chegava algumas vezes a parecer até mais longo, zombando de suas tentativas. Nessas horas, o *naigu* guardava o espelho na caixa e voltava relutante à mesa de rezas para entoar sutras à deusa Kannon.

O *naigu* se preocupava também com o nariz alheio. O templo de Ikenoô realizava com frequência oferendas e preleções. Assim, diversos alojamentos destinados a monges haviam sido construídos lado a lado no interior do templo, e, na sala de banho, os monges mantinham todos os dias a água aquecida. Muitas pessoas ligadas à vida religiosa frequentavam esse local. O *naigu* observava com persistência o rosto delas. Queria encontrar pelo menos uma que tivesse um nariz como o seu, para se tranquilizar. Por isso, nem prestava atenção às túnicas azul-marinho ou aos quimonos brancos de algodão e muito menos aos chapéus alaranjados e aos pesados *koromo*[3] que, de tão corriqueiros, passavam até despercebidos. O *naigu* não via pessoas, via apenas narizes. Encontrara narizes aduncos, mas, igual ao seu, nenhum. Aos poucos, o acúmulo de decepções aumentava o desconforto em seu espírito. E esse desconforto o levou certa vez a apertar involuntariamente com os dedos a ponta pendente do longo

---

3. Toga usada por sacerdotes.

nariz enquanto conversava com alguém e a enrubescer, não obstante a sua idade, feito um adolescente.

Chegou enfim a procurar, tanto nas escrituras budistas como fora delas, exemplos de personagens que tivessem um nariz como o seu, para obter pelo menos um pouco de consolo. Entretanto, em nenhuma das escrituras budistas constava que Mokuren ou Sharihotsu[4] possuíam narizes compridos. Naturalmente, tanto Ryuju[5] quanto Memyo[6] eram santos que tinham narizes normais. E quando ouviu, durante uma introdução à história da China, que Ryu Gentoku, famoso senhor de guerra dos domínios de Shoku-Kan, era dono de longas orelhas, lamentou por não ter sido o nariz, o que teria lhe diminuído a aflição.

Não é preciso dizer que, ao lado desses pungentes esforços passivos, o *naigu* tentava reduzir ativamente o comprimento do nariz. De fato, já tentara de tudo: tomara infusões de *karasu-uri*[7], passara até urina de rato nele. E não é que ele resistia, teimando em se manter dependurado por cima dos lábios com as mesmas cinco ou seis polegadas de comprimento?

No outono de certo ano, porém, um monge discípulo que fora a Kyoto a serviço do *naigu* voltou com uma receita para encurtar o longo nariz, que lhe fora ensinada por um médico que ele conhecia. O médico era originário da China e servia na época como monge auxiliar no Templo de Choraku-ji.

---

4. Mokuren, Shirahotsu — nomes atribuídos em japonês a discípulos de Buda.
5. Nome japonês de Nagarjuna, monge budista hindu que viveu entre os séculos II e III, autor de diversas obras da literatura budista.
6. Nome japonês de Asvaghosa, poeta budista hindu que viveu por volta do século II.
7. Cucurbitácea que produz frutos alaranjados.

O *naigu*, porém, fingindo como sempre nem se importar com o nariz, evitou mostrar-se de pronto interessado em seguir a receita. Ao invés disso, deu a entender que se constrangia em ter de incomodar os discípulos sempre à hora das refeições, porém desejando em segredo que o discípulo se desse ao trabalho de convencê-lo a pôr em prova a receita. Obviamente, esse estratagema do *naigu* não passou despercebido ao discípulo, mas isso não lhe causou antipatia. Ao contrário, quem sabe os sentimentos que levavam o *naigu* a estratagemas como esse sensibilizaram o discípulo, que, exatamente como se esperava, começou a insistir que ele testasse a receita. E o *naigu*, também como o esperado, acedeu à sua insistência fervorosa.

A receita era extremamente simples: consistia apenas em ferver o nariz e deixar que alguém pisasse nele.

Água quente havia todos os dias na sala de banho. Assim, o discípulo foi até lá e trouxe água em uma pequena tina, tão quente que nem se podia mergulhar o dedo nela. Porém, não era possível introduzir diretamente o nariz na tina, pois havia o risco de o vapor queimar o rosto. Resolveu-se assim tapá-la com uma bandeja furada no centro e introduzir o nariz na água quente através do furo. O nariz, só ele na fervura, não provocava sensação de ardor. Após um instante, disse o discípulo:

— Bem, já deve estar fervido.

O *naigu* não conseguiu reprimir um sorriso contrafeito, pois achou que seria custoso a quem apenas ouvisse imaginar que falavam de um nariz. O nariz fervido coçava como se houvesse sido picado por pulgas.

Quando o *naigu* extraiu o nariz pelo orifício da bandeja, o discípulo começou a pisoteá-lo, ainda fumegante, com toda a força. Deitado no chão com o nariz estendido sobre as tábuas do assoalho, o *naigu* via diante de seus olhos os pés do discípulo subirem e descerem. De vez em quando, o discípulo olhava compungido para a cabeça calva do *naigu*, e dizia coisas como:

— Senhor, não está doendo? O médico recomendou que pisasse com força, mas não está doendo?

Nessas horas, o *naigu* tentava fazer que não com a cabeça, mas não havia como movê-la naquelas circunstâncias. Assim, erguia apenas os olhos, mas tudo que via eram rachaduras na pele dos pés do discípulo. Por isso respondia com voz irritada:

— Não está doendo, não!

De fato, como o nariz que era pisoteado estava coçando, isso lhe causava até algum prazer.

O discípulo seguiu pisando por certo tempo, até que erupções pequenas como grãos de milhete começaram a surgir. A essa altura, o nariz pisoteado mais parecia um passarinho depenado e grelhado inteiro. Ao ver essas erupções, o discípulo suspendeu as pisadas e murmurou:

— Isto deve ser arrancado com uma pinça, foi o que disseram.

O *naigu*, com uma expressão emburrada de insatisfação, deixou que o discípulo agisse à vontade. Compreendia, é claro, sua boa intenção. Mas embora compreendesse, era desagradável ter o nariz manipulado como se fosse um produto qualquer. Mas nada podia fazer senão observar contrariado enquanto o discípulo arrancava com uma pinça as pequenas bolhas de gordura expelidas pelos poros do nariz, assim como faria um paciente submetido a uma operação conduzida por um médico suspeito. As gorduras arrancadas pareciam talos de penas de ave e tinham cerca de meia polegada de comprimento.

Terminada esta operação, o discípulo, visivelmente aliviado, disse:

— Agora, basta ferver novamente o nariz.

O *naigu* deixou que o discípulo prosseguisse, com o cenho ainda franzido de desagrado.

Mas, retirando o nariz da fervura pela segunda vez, notou que ele realmente havia encurtado de repente. Não era muito diferente de um nariz adunco normal. Acariciando o nariz assim encolhido, o *naigu* espiou, meio envergonhado, o espelho que o discípulo lhe estendeu.

O nariz — aquele nariz que caía dependurado até abaixo do queixo — encolhera como mágica e permanecia agora docilmente um pouco acima do lábio superior, conservando seus últimos alentos. Exibia algumas marcas avermelhadas, provavelmente produzidas pelas pisadas. Mas, agora, ninguém mais riria dele. Dentro do espelho, o rosto do *naigu* observava o rosto fora do espelho piscando os olhos com satisfação.

Durante todo esse dia persistiu porém o receio de que ele voltasse a crescer. Assim, o *naigu* levava a toda hora a mão à ponta do nariz, quer durante as orações, quer durante as refeições. Mas o nariz permanecia comportado acima dos lábios e não dava sinais de que despencaria para baixo deles. Passada uma noite, ao acordar no dia seguinte, o *naigu* tocou antes de tudo a ponta do nariz. Ele continuava curto. O *naigu* experimentou então uma sensação de alívio como jamais sentira em muitos anos — como se houvesse naquele momento concluído a meritória tarefa de transcrever na íntegra, letra por letra, o extenso *Hokekyo*.[8]

Mas eis que dois ou três dias depois o *naigu* se descobriu diante de uma situação imprevista. Um samurai, que viera visitá-lo no templo de Ikenoô para tratar de algum assunto, parecia achá-lo mais engraçado agora do que antes, e não despregava os olhos de seu nariz, sem nem conseguir conversar muito. Além disso, até o menino aprendiz — aquele que derrubara o nariz dele na papa de arroz — baixara os olhos ao cruzar com ele fora do salão do templo, tentando a princípio conter o riso para depois explodir numa gargalhada. Não foi apenas uma ou duas vezes que monges serviçais, circunspectos enquanto recebiam as ordens do *naigu*, começaram a rir assim que ele lhes deu as costas.

A princípio, ele creditara tudo isso à transformação do seu rosto. Contudo, essa explicação parecia não ser satisfatória. Sem dúvida, não seria outra a razão porque o menino e os monges serventes haviam rido dele. Mas lhe parecia que alguma coisa mudara no jeito como riam. Os risos não eram os mesmos de antes, quando tinha um nariz longo. Parecia até que para eles o nariz curto, com o qual não estavam habituados, era mais cômico que o longo, que já conheciam. No entanto, parecia haver algo mais.

— Antes, ninguém ria assim descaradamente — o *naigu* chegava a murmurar de vez em quando, interrompendo o sutra que entoava e inclinando, pensativo, a cabeça calva. Em momentos como esse, o nosso adorável *naigu*, observando

---

8. Uma das escrituras sagradas do budismo da seita Nichiren, composta de oito a dez volumes.

distraído o retrato de Fugen[9] pendurado perto dele, recordava-se com saudade da época em que o seu nariz ainda era longo, quatro ou cinco dias antes, e se acabrunhava como um pobre-diabo a recordar-se dos dias passados de opulência. Lamentavelmente, faltava-lhe clarividência para elucidar o enigma.

Dois sentimentos contraditórios habitam o coração dos seres humanos. Por certo, não há quem deixe de se compadecer pela infelicidade de uma pessoa. Porém, se essa infelicidade for superada de alguma forma, isso produz naqueles ao seu redor uma espécie de insatisfação. Com um pouco de exagero, podemos dizer que elas têm certo desejo de que a pessoa caia de volta em sua infelicidade. Esse desejo, embora passivo, se transforma, sem que se dê conta disso, em animosidade. A razão do desconforto do *naigu* não era outra senão esse egoísmo próprio de espectadores, que sentira na própria pele com as atitudes dos monges e homens comuns de Ikenoô.

Por isso o *naigu* vivia todos os dias mal-humorado. Ralhava maldosamente com qualquer pessoa ao menor deslize, tanto que até o discípulo que tratara seu nariz passou a difamá-lo: "O *naigu* será castigado por falta de reverência!" Entretanto, o travesso menino aprendiz foi quem mais o irritou. Certo dia, ao ouvir latidos incessantes de um cachorro, ele foi ver o que acontecia e se deparou com o menino, que, brandindo um pedaço de madeira de mais de vinte polegadas, perseguia um cachorro peludo e magro. Gritava ao persegui-lo: "Vou bater no teu nariz! Vou bater no teu nariz!" O *naigu* arrebatou-lhe o pedaço de madeira das mãos e com ele castigou-lhe a

---

9. Santo budista que simboliza sabedoria e misericórdia.

cabeça. Era a mesma peça de madeira utilizada antigamente para erguer seu longo nariz durante as refeições.

Amargurado, ele se reprovou nessa hora por ter encurtado inadvertidamente o maldito nariz.

Uma noite, o vento que parecia ter começado a soprar ao entardecer fazia soar ruidosamente os sinos de cobre da torre do templo. O seu tinido, que chegava até o travesseiro do *naigu*, e o frio considerável impediam o velho homem de pegar no sono. Assim, ele permanecia insone dentro das cobertas quando percebeu, por acaso, que sentia coceira no nariz havia algum tempo. Tocando-o, reparou que ele estava intumescido como se tivesse um edema. Pareceu-lhe também que estava um pouco quente.

— Quem sabe o nariz esteja doente por ter sido encurtado com tanta violência... — murmurou o *naigu*, envolvendo o nariz com as mãos com todo respeito, como se estivesse levando flores perfumadas para o altar de Buda.

Na manhã seguinte, ao despertar cedo como de costume, o jardim parecia luminoso, coberto como se achava por um tapete dourado de folhas caídas das árvores de ginkgo e das castanheiras. No cume da torre, o *kurin* reluzia à escassa luminosidade da manhã, decerto por causa da geada. O *naigu* Zenchi, de pé na varanda onde o gradil havia sido erguido, sorveu profundamente o ar da manhã.

Foi quando voltou a experimentar certa sensação quase esquecida.

Levando às pressas a mão ao nariz, o que sentiu não foi aquele nariz curto da noite anterior. Era o outro, que descia de cima do lábio superior e se dependurava por cinco ou seis polegadas, até abaixo do queixo — o mesmo nariz longo de outros tempos. O *naigu* viu que o nariz recuperara o comprimento anterior em uma só noite. E, nesse instante, aquele alívio que sentira ao descobrir que o nariz se encurtara regressou de súbito ao seu espírito.

— Agora, ninguém mais caçoará de mim — murmurou para si mesmo, balançando o longo nariz à brisa outonal.

Destino
(1917)

O que havia na porta era apenas uma cortina de palha trançada, de malha grossa. Assim, era possível enxergar a rua, mesmo do interior da oficina. O trânsito de pessoas era intenso nessa via que dava acesso ao Templo de Kiyomizu. Passou um monge carregando um gongo. Passou uma mulher em traje de viagem. E, logo depois, uma carruagem elegante puxada por um boi castanho, coisa rara. Todas essas figuras apareciam e passavam num instante, uma após outra, ora da direita, ora da esquerda, entre as malhas da cortina feita de palha de espadana esparsa. Só a cor da terra da estreita ruela permanecia constante no meio de toda essa movimentação, sob o sol da tarde que aquecia a primavera.

Um jovem samurai de baixa estirpe observava distraído da oficina esse trânsito de pessoas. Então, como se acabasse de lhe ocorrer essa ideia, resolveu puxar um dedo de prosa com o ceramista dono da oficina.

— Muita gente continua cultuando a deusa Kannon, como sempre, não é mesmo?

— É verdade — respondeu o ceramista, um pouco incomodado, talvez porque estivesse concentrado no trabalho que realizava. Mas tratava-se de um velhinho um tanto quanto cômico, de olhos pequenos e nariz arrebitado, sem um resquício sequer de algo que se assemelhasse à maldade, fosse no rosto, fosse na aparência. O que vestia parecia ser uma roupa leve de cânhamo que, com o *eboshi*[1] amarrotado que trazia à cabeça, lhe conferia o aspecto de um personagem das pinturas do bispo Toba[2], famoso naquela época.

— Talvez eu devesse ir também. Nunca progrido na vida, é insuportável!

— O senhor graceja.

— Ora, se conseguisse assim alcançar os favores da deusa, eu até passaria a adorá-la. Em troca de seus favores, iria visitá-la todos os dias, ou mesmo participar das reclusões no templo. Tudo isso seria barato, considerando-se os benefícios. Você sabe, é uma espécie de negócio que fazemos com os deuses.

O jovem samurai, que falava com a arrogância própria da idade, umedeceu o lábio inferior com a língua e olhou curiosamente para o interior da oficina. Era apenas uma cabana coberta de sapé, tendo ao fundo um bambuzal, tão apertada que era fácil dar com o nariz na parede. Ali, em contraste com o intenso movimento da rua do lado de fora da cortina de palha, potes e vasilhames permaneciam absolutamente estáticos e silenciosos, expondo a superfície acastanhada de barro à pacífica brisa primaveril, como se assim estivessem durante séculos. Pelo jeito, nem andorinhas vinham aninhar-se sob o beiral da casa.

---

1. Espécie de casquete utilizado antigamente por homens quando alcançavam a maturidade.
2. Monge e pintor famoso, que viveu no período final da Era Heian.

Como o ancião não respondia, o samurai continuou:

— O senhor deve ter visto e ouvido muitas coisas até essa idade. O que me diz? A deusa Kannon favorece mesmo o nosso destino?

— Bem, senhor, ouvi dizer que em outros tempos, coisas como essa aconteciam vez ou outra.

— Que coisas seriam?

— Que coisas? Ora, não há como descrevê-las com uma só palavra... Mas é conversa que por certo não interessará a pessoas como o senhor.

— Não diga isso! Pobre de mim! Como vê, tenho algum sentimento de devoção. Se a deusa me favorecesse, poderia amanhã mesmo...

— Seria devoção ou negócio?

O ancião riu, vincando o canto dos olhos. Estava um pouco mais descontraído, talvez porque o barro que modelava começava a tomar formato de pote.

— Coisas como os desígnios dos deuses, meu senhor, são de difícil compreensão para as pessoas da sua idade...

— Podemos, de fato, não compreender. É por isso que estou lhe perguntando, para que me explique.

— Veja bem, se os deuses irão ou não favorecer nosso destino, não vem muito ao caso. A questão é se os seus favores foram bons ou maus para quem os recebeu...

— Basta recebê-los e logo se saberá se é um bom ou mal destino.

— Aí está. Receio que as pessoas como o senhor terão um pouco de dificuldade em discernir essas coisas.

— Acho mais difícil entender esse raciocínio do que discernir os favores recebidos.

O sol devia estar baixando. As sombras sobre a rua estavam um pouco mais longas que antes. Arrastando atrás de si as sombras alongadas, duas vendedoras levando barriletes de madeira sobre cabeça passavam por trás das malhas da cortina. Uma delas levava um ramo de cerejeira, quem sabe um enfeite para o quarto.

— É o que acontece, por exemplo, com essa mulher, que possui uma loja de missô no mercado do leste.

— Pois então! Não estou pedindo para ouvir suas histórias, desde aquela hora?

Ambos permaneceram calados por algum tempo. O samurai observava a rua absorto, arrancando com as unhas os pelos da barba. Algo brilhava como conchinhas brancas, provavelmente pétalas caídas do ramo de cerejeira havia pouco.

— Afinal, meu velho, vai contar ou não? — perguntou o jovem samurai um instante depois, com voz sonolenta.

— Pois bem, permita-me então que lhe conte. Como sempre, é uma conversa antiga.

Com essa introdução, o velho ceramista começou bem devagar. Desfiava com pachorra a sua história, como só sabem fazer aqueles a quem pouco interessa se o dia é curto ou longo.

— Faz bem uns trinta ou quarenta anos, aquela mulher veio até o Templo de Kiyomizu para rezar diante do altar da deusa Kannon. Era então uma jovem. "Conceda-me a graça de uma vida livre de atribulações", assim ela rogou à deusa. Nada mais compreensível, pois nessa época ela havia perdido a mãe, a única pessoa que lhe restava no mundo, e penava para conseguir o sustento de cada dia.

"A falecida mãe era uma vidente muito frequentada em certa época, mas correram boatos de que ela recorria a raposas[3] em sua vidência, e depois disso ninguém mais a procurou. Era uma velha de pele alva, ainda atraente e bem encorpada, apesar da idade. Eu diria que, daquele jeito, ela poderia atrair mais homens que raposas..."

— Gostaria que me falasse mais da filha do que da mãe...

— Mas, ora essa!... Bem, essa mãe faleceu. E o que poderia fazer a pobre jovem? Não tinha como ganhar a vida. Bonita e inteligente como era, envergonhava-se do estado de miséria em que se encontrava, e relutava em cumprir um período de reclusão no templo para rogar favores à deusa, pois não queria expor sua pobreza à vista de outros.

— Pois era assim tão bonita?

— Ah, sim senhor. Na minha opinião a jovem não faria vergonha em nenhum ambiente, nem por sua índole, nem por suas feições.

— Ai se fosse hoje, que pena... — disse o jovem samurai, esticando com um puxão a manga de sua túnica azul escura um tanto desbotada. O velho riu fungando e prosseguiu lentamente com sua história. No bambuzal ao fundo, um rouxinol cantava sem parar.

— Não obstante, passou vinte e um dias em reclusão, e no último dia desse período, teve um sonho. No grupo de pessoas reunidas com ela em prece no salão do templo havia um monge corcunda que entoava interminavelmente algo parecido com um sutra. Por certo isso a incomodou, pois, mesmo sonolenta como estava, a voz do monge não lhe saía do ouvido. Soava como se as minhocas no interior da terra sob o piso do templo murmurassem. E então, de repente, a

---

3. A crendice popular japonesa atribui poderes sobrenaturais a raposas.

voz passou a soar como linguagem humana que, segundo a jovem, lhe disse: 'Um homem irá assediar-te durante a volta a tua casa. Será melhor obedecê-lo.'

"Nisso, ela despertou assustada. O monge continuava entoando o sutra, mas por mais que ela prestasse atenção, apurando os ouvidos, não conseguia entender palavra alguma do que ele dizia. Nesse momento, ao erguer os olhos por acaso, viu sob a fraca luz da luminária a imagem da deusa Kannon. O rosto, sutilmente austero e belo, era-lhe familiar, uma vez que se habituara a adorá-lo naqueles tempos. Porém, ao fitar esse rosto, pareceu que alguém repetia outra vez junto a seu ouvido: 'Será melhor obedecê-lo!' Assim, a jovem foi levada a acreditar cegamente que se tratava de uma revelação da deusa Kannon."

— Que coisa estranha!

— Deixando o templo tarde da noite, ela descia a ladeira em direção a Gojo quando, de fato, um homem a agarrou por trás. Era uma noite tépida de começo de primavera, mas, infelizmente, escura. Assim, ela não pode ver o rosto do homem e muito menos reparar em seus trajes. Sentiu apenas que tocara seu bigode enquanto lutava para livrar-se dele. De fato, um terrível destino lhe fora reservado ao término do período de reclusão.

"Ela perguntava ao homem o nome dele, mas ele não o revelava. Perguntava-lhe onde morava, mas ele não respondia. Apenas ordenava repetidas vezes que o obedecesse e a arrastava ladeira abaixo, cada vez mais para o norte, mantendo-a presa. De nada adiantava gritar ou chorar, pois àquela hora ninguém mais passava por ali."

— Ah! E depois?

— Enfim, ela foi carregada para dentro da torre do Templo Yasaka e, segundo suas palavras, passou a noite ali. O que aconteceu então são coisas que nem precisam ser contadas, ainda mais por velhos como eu.

O ancião riu outra vez, criando vincos nos cantos dos olhos. As sombras sobre a rua pareciam agora ainda mais alongadas. As pétalas de cerejeira esparsas pelo chão estavam agora reunidas deste lado da rua, talvez sopradas pela brisa caprichosa, e pontilhavam de branco os espaços entre os pedregulhos sob o beiral.

— Ora, não brinque! — disse o samurai, voltando a arrancar os pelos da barba do queixo como se houvesse se lembrado de fazê-lo. — E a história acaba aí?

— Se fosse apenas isso, nem teria me dado o trabalho de contar.

O ancião prosseguiu, ainda a trabalhar o pote:

— Ao amanhecer, o homem teria dito à jovem que o que acontecera fora com certeza obra da fatalidade, e lhe pediu que se tornasse sua mulher.

— Entendo.

— Havia aquela revelação recebida em sonho. A jovem estava disposta a seguir as recomendações da deusa Kannon, e por isso acabou concordando. Realizaram então uma pequena cerimônia para selar o casamento, apenas por formalidade. Depois, veja o senhor, o homem deu de presente à jovem dez cortes de damasco e dez de seda que ele trouxera dos fundos da torre, dizendo que eram para as despesas iniciais. Talvez nem o senhor pudesse imitar um gesto como esse...

O samurai sorriu e deixou de responder. O rouxinol também havia deixado de cantar.

— Então o homem saiu apressado para algum lugar, dizendo apenas que voltaria ao entardecer, deixando-a sozinha para cuidar da casa. A solidão era enorme. Era uma situação aflitiva, mesmo para uma pessoa inteligente como ela. Para se distrair, a jovem foi casualmente até o interior da torre e teve uma surpresa. Além de peças de damasco e seda, havia ali objetos de valor incalculável, como grandes quantidades de pedras e ouro em pó, depositados em um baú de couro! Mesmo corajosa como era, não deixou de ter um sobressalto diante dessa cena.

"Abastança não é crime, mas tratando-se de um tesouro como aquele, não restava mais dúvida: o homem era ladrão ou salteador. Foi o que pensou, e de imediato o pavor veio juntar-se à solidão, que até aquele momento fora seu único sentimento. Não devia permanecer naquele lugar mais um minuto sequer. Quem poderia dizer o que lhe aconteceria se tivesse a má sorte de ser surpreendida ali pelos agentes da lei?

"Ela procurava apressadamente uma porta por onde fugir, quando ouviu que alguém a chamava com voz rouca, de trás do baú de couro. Nem é preciso dizer o susto que isso lhe causou, pois nunca imaginara que houvesse outra pessoa naquele recinto. Olhando bem, viu uma figura indistinta — não saberia dizer se era um ser humano ou lesma-do-mar — encurvada entre a montanha de sacos empilhados de ouro em pó. Mas era uma monja de cerca de sessenta anos, com pruridos nos olhos, cheia de rugas, baixinha e encurvada. Ciente ou não das preocupações que afligiam a jovem, essa velha arrastava os joelhos em sua direção para cumprimentá-la e se apresentar numa voz melosa, surpreendente para uma velha.

"Para a jovem, não era momento de delongas, porém sua situação se agravaria se desse a perceber sua intenção de fugir. Assim, apoiando o cotovelo sobre o baú de couro, iniciou a contragosto uma conversa desinteressante sobre banalidades com a velha. Depreendeu da conversa que a velha era para o homem uma espécie de cozinheira. Mas quando a conversa chegava às atividades do homem, estranhamente, a velha não dizia sequer uma palavra. Isso já bastava para que a jovem se incomodasse, mas a velha, além disso, não ouvia bem, de modo que a jovem se via forçada a repetir palavras e explicar diversas vezes um mesmo assunto, ficando tão exasperada que tinha vontade de chorar.

"Isso continuou até a tarde. Então, enquanto conversavam sobre trivialidades como as flores de cerejeira que desabrochavam no Templo de Kiyomizu ou a ponte em Gojo que estava sendo construída, por felicidade a velha começou a cochilar, talvez por causa da idade. E também, decerto, por causa das respostas tolas que a jovem lhe dava. Servindo-se dessa oportunidade, a jovem engatinhou em direção à porta, atenta ao ressonar da velha, e com extremo cuidado abriu uma fresta. Por sorte, não havia ninguém lá fora.

"Nada teria acontecido se ela tivesse fugido nesse momento. Porém, a jovem lembrou-se das peças de damasco e de seda que ganhara naquela manhã e foi buscá-las junto ao baú de couro onde as havia deixado. Por um descuido, tropeçou num saco de ouro em pó e tocou involuntariamente o joelho da velha. Que confusão! Desperta, a velha monja ficou atônita por alguns instantes, mas de repente se agarrou feito louca nos pés da jovem. E então se pôs a falar com rapidez, protestando quase aos prantos. Pelo que a jovem pôde compreender das frases que lhe chegavam entrecortadas aos ouvidos, a velha parecia estar dizendo que seria punida com violência caso a jovem fugisse. Entretanto, a jovem também corria risco de morrer se permanecesse ali, e por isso não deu ouvidos aos protestos da velha. Começou assim uma luta feroz entre as duas mulheres.

"Foram tapas e pontapés. Sacos de ouro em pó foram arremessados — uma confusão de derrubar os ratos das vigas do teto! A velha brigava com uma força respeitável, emprestada do desespero, mas enfim prevaleceu a vantagem da diferença entre as idades. Quando, pouco depois, a jovem se esgueirou pela porta da torre afora levando as peças de damasco e seda, a velha monja já não falava. Seu corpo jazia de costas num canto escuro da torre, sangrando pelo nariz e coberto desde a cabeça por ouro em pó.

"Escapando do Templo Yazaka, a jovem buscou abrigo na casa de uma pessoa conhecida nos arrabaldes de Gojo, evitando naturalmente as áreas muito habitadas do centro. Esta pessoa também era pobre, mal ganhava o sustento de cada dia, mas lhe ofereceu todo conforto: água fervida, papa de arroz — quiçá porque ela lhe presenteara com uma peça de seda. A jovem conseguiu, por fim, um momento de sossego."

— Eu também fiquei aliviado! — O samurai retirou o leque preso à cintura e abriu-o com destreza, emitindo um estalido enquanto observava o sol da tarde através da cortina. Um grupo de cinco ou seis trabalhadores em roupas brancas, a serviço do templo, acabara de passar debaixo desse sol, rindo ruidosamente. Suas sombras se alongavam e ainda podiam ser vistas sobre o chão. — Então tudo se resolveu dessa forma, não é?

— Porém — disse o velho ceramista, dando a entender que não, com um movimento exagerado da cabeça —, quando a jovem se encontrava ainda na casa dessa pessoa, houve uma agitação enorme na rua e gente praguejando. Diziam: "Veja aquilo! Veja aquilo!" A jovem se assustou outra vez, pois tinha a consciência pesada. Seria o salteador que chegava em busca de vingança? Quem sabe, agentes da lei? Os receios a impediam de terminar a papa que comia.

— Entendo.

— Ela foi então espiar pela fresta da porta o que acontecia lá fora. Cinco ou seis agentes da lei, conduzidos por um suboficial, marchavam com ostensiva soberba entre a multidão de homens e mulheres. Vinham arrastando um homem amarrado, com a túnica rasgada e a cabeça descoberta. Os agentes, ao que parecia, haviam prendido um salteador e estavam agora a caminho de seu esconderijo para averiguações.

"Pois não é que o salteador não era outro senão aquele que abordara a jovem na ladeira de Gojo, na noite anterior? Ao reconhecê-lo, ela não conseguiu conter as lágrimas. Isso ela própria me contou. Não se tratava de amor ou coisa parecida. Contudo, ao ver o salteador amarrado, comoveu-se de repente por pena de si mesma, e acabou chorando... Bem, pelo menos foi o que ela me disse. De fato, essa história me levou a refletir profundamente..."

— Sobre o quê?

— ... que se devia pensar muito bem antes de pedir qualquer favor à deusa Kannon.

— Mas, convenhamos, meu velho. Depois disso, de alguma forma a mulher encontrou meios para sobreviver, não foi?

— De alguma forma? Longe disso, ela hoje é dona de uma fortuna, que lhe permite viver sem desconfortos de qualquer natureza, pois aproveitou bem o dinheiro da venda das peças de damasco e de seda. Nesse ponto, a deusa Kannon não faltou à promessa.

— Pois então os sofrimentos pelos quais ela passou valeram a pena.

De repente, os raios do sol lá fora adquiriram tons amarelados do entardecer. Ouvia-se de todos os lados o farfalhar tênue de folhas de bambu agitadas pelo vento. O trânsito das pessoas pela rua parecia ter cessado por um momento.

— Que tenha cometido um assassinato, ou se casado com um salteador, o que há de se fazer se não foi por vontade própria, não é mesmo? — O samurai devolveu o leque à cintura e se levantou.

O velho ceramista se pôs a lavar a mão suja de barro na água de uma vasilha. Entretanto, tanto o samurai como o ceramista deixavam perceber certa insatisfação pelo dia de primavera que aos poucos findava e também pelos sentimentos inconclusos ainda restantes entre eles.

— Seja como for, essa mulher é uma felizarda.
— O senhor está brincando.
— Absolutamente. Você não concorda?
— Eu? Olhe, eu rejeitaria de qualquer forma um destino como esse.
— Hum... está certo disso? Eu o aceitaria, de muito bom grado.
— Sugiro então que cultue a deusa Kannon.
— Sim, sim. Rezarei à deusa, em reclusão, amanhã mesmo.

Os salteadores
(1917)

1

— Velha, ó velha de Inokuma!

No cruzamento das vias Suzaku e Ayanokoji, um samurai feio e caolho em seus vinte anos de idade acenava com um leque para chamar a atenção de uma velha que por ali passava. Vestia uma modesta túnica azul marinho e trazia à cabeça um *momieboshi*.[1]

O sol abrasava nesse dia de julho. Um céu mormacento, coberto de rastros alongados de névoa, pesava sobre as casas da cidade. Na esquina onde o homem se deteve, um salgueiro de poucos ramos, magricela e doentio — parecia ter sido atingido pela peste comum naqueles tempos — lançava uma sombra apenas simbólica sobre a terra. Mas nem brisa havia que viesse mover suas folhas esturricadas. E tampouco transeuntes, pois àquela hora o tráfego havia cessado na extensa via castigada pelo sol, com certeza por causa do calor excessivo.

---

1. Um dos diversos tipos de *eboshi*, casquete utilizado antigamente por homens quando alcançavam a maturidade. O material utilizado para sua confecção varia conforme a época. No Período Heian, era feito de papel endurecido por laca preta. Os aristocratas faziam uso constante do mesmo, e os plebeus só em dias de festa. Os homens deviam escolher o tipo apropriado à sua categoria social e à faixa etária.

O que se via eram apenas os sulcos produzidos pelas rodas da carruagem de boi que acabara de passar, serpeando sinuosamente ao longo da via, e uma pequena víbora que a carruagem esmagara, expondo sua carne esverdeada no ferimento aberto pelas rodas. Por algum tempo ela agitara a ponta da cauda em convulsão, mas jazia agora com o gordo ventre para cima, sem mexer sequer uma escama de seu corpo. Se havia uma única gota de umidade nessa esquina tórrida e coberta de poeira, só poderia provir do líquido putrefato e malcheiroso que escorria do ferimento da víbora.

— Velha!

A velha se voltou assustada. Teria cerca de sessenta anos. Seus cabelos amarelados caíam sobre o quimono surrado, de cor escura. Arrastava uma sandália de palha puída no calcanhar, e seu rosto, de olhos redondos e boca larga, lembrava a cara de um batráquio. Tinha uma aparência miserável e caminhava apoiando-se em uma longa bengala de forquilha.

— Ah, é você, Taro!

A voz vinha sufocada pelo calor. Ela voltou alguns passos arrastando a bengala, e molhou com a língua o lábio superior antes de perguntar:

— Então, o que quer?

— Não é nada, não... — O caolho forçava um sorriso em seu rosto marcado por leves cicatrizes de varíola e tentava parecer despreocupado, mas sua voz soou um tanto tensa quando disse:

— Queria apenas saber por onde andaria Shakin estes dias, só isso.

— Você só se interessa por minha filha? Uma mulher e tanto, não é mesmo? Nem se parece com a mãe...

A velha de Inokuma ergueu o canto dos lábios num sorriso sarcástico.

— Não, não! É porque nem sei ainda o que se combinou para esta noite.

— E acha que algo mudou? Essas coisas nunca mudam. O ponto de encontro é o Rashomon. A hora é a primeira do javali.[2] Foi sempre assim, há muito tempo.

A velha circulou um olhar astuto pelos arredores e, quem sabe tranquilizada pela ausência de transeuntes, lambeu os lábios grossos.

— Você sabe, minha filha foi espionar a mansão. Diz ela que entre os samurais daquela casa não há nenhum que seja valente. Esta noite, ela vai relatar tudo em detalhes.

Porém, protegendo-se dos raios de sol com o leque, o homem a quem a velha chamara de Taro torceu a boca em desdém.

— Já vi tudo, com certeza ela se engraçou com algum samurai da mansão...

— Que nada, ela se fez passar por vendedora ou coisa parecida para poder entrar lá.

— Por se tratar dessa mulher, sabe-se lá o que andou aprontando, seja qual for o disfarce que usou!

— Como sempre desconfiado, não? É por isso que minha filha não gosta de você. Ciúme tem limite, sabia?

A velha deu um riso fungado e levantou a bengala para cutucar a víbora morta à beira da via. Um bando de moscas douradas que se aglomerara sobre o cadáver levantou voo, para em seguida retornar.

---

2. Dez horas da noite.

— Assim, vai perdê-la para Jiro. Eu não me incomodo, mas sei que você vai criar caso. Se até o velho faz cena de vez em quando, quanto mais você!

— Não precisa dizer, eu sei! — replicou o outro com uma carranca, e lançou irritado uma cuspidela na raiz do salgueiro.

— É o que diz, mas não sabe nada! Agora, você está aí cheio de pose, mas parecia louco quando desconfiou que havia alguma coisa entre minha filha e o velho, lembra? Se o velho tivesse um pouco mais de sangue nas veias, teria havido briga de espada!

— Isso já passou, foi um ano atrás!

— Não importa quantos anos sejam, é a mesma coisa! Não dizem que quem faz uma vez, faz três? E olhe lá se fica só nisso! Eu mesma repeti as mesmas besteiras nem sei quantas vezes, até chegar a esta idade.

A velha riu, mostrando os poucos dentes da boca.

— Está brincando? Mais do que isso, nosso alvo hoje à noite é um oficial da Justiça! Já cuidaram de tudo? — mudou de assunto Taro. Seu rosto tostado revelava impaciência.

Escurecia de repente. Quem sabe a crista de uma nuvem tivesse entrado no caminho do sol. À sombra, o ventre gorduroso da víbora morta parecia ainda mais lustroso.

— Que seja oficial da Justiça, e daí? Ele tem apenas quatro ou cinco samurais de baixo nível. Até eu dou conta deles, como já fiz em outros tempos.

— Valente, hein, velha? Bem, e nós? Quantos temos?

— 23 homens, como sempre. Mais eu e minha filha. Akogi nos aguardará no portal de Suzaku, por causa de seu estado.

— Por falar nisso, o parto já está próximo, se não me engano.

Taro retorceu outra vez a boca com escárnio. Nesse instante, a sombra da nuvem se desfez. A claridade voltou intensa, de causar dor à vista. A velha de Inokuma endireitou o corpo e soltou um riso rouco como grasnido de corvo.

— A idiota! Vá saber quem a engravidou. Bem que ela andava caída por Jiro, mas não creio que tenha sido ele.

— Nem me preocupo com isso, não sou pai dessa mulher. Só que, no estado em que se encontra, ela terá dificuldade em fazer o que quer que seja.

— Ora, quem quer arruma jeito para tudo, mas o problema é que ela não quer. Assim, até avisar os companheiros eu tenho de fazer sozinha: Juro de Makinoshima, Heiroku de Sekiyama, Tajomaru de Takeichi. São três que devo procurar ainda. Ai, nesta tagarelice, já está quase na hora do cordeiro.[3] Você deve estar enjoado desta conversa.

Junto com essas palavras, sua bengala se pôs em movimento.

— E Shakin?

Um rápido tique nervoso, quase imperceptível, prendeu os lábios de Taro nessa hora. Mas a velha não notou.

— Acredito que esteja hoje em casa, em Inokuma, tirando uma sesta. Até ontem, ela esteve fora.

O caolho fitou demoradamente a velha, e disse, em tom calmo:

— Bem, então nos encontraremos ao anoitecer.

— Sim, e até lá tire uma sesta você também.

A velha tagarela começou a andar arrastando a bengala. A figura simiesca, vestida de quimono escuro, caminhava pela

---

3. Duas horas da tarde.

via Ayanokoji erguendo poeira pelos calcanhares da sandália de palha, sem se incomodar com o calor. Por um instante, o samurai a seguiu com o olhar. Cuspiu mais uma vez à raiz do salgueiro fechando a carranca no rosto coberto de suor e, em seguida, girou sobre os calcanhares.

As moscas douradas continuavam esvoaçando sobre o cadáver da cobra. Voavam e pousavam, zumbindo de leve sob o sol.

2

Com as raízes dos cabelos amarelados molhadas de suor, a velha de Inokuma seguia seu caminho apoiando-se na bengala a cada passo, sem se deter sequer para espanar a poeira do verão que lhe sujava os pés.

Ela conhecia esse caminho muito bem, pois transitara por ele muitas vezes, desde os tempos da mocidade. Mas tudo havia mudado, para onde quer que se voltasse os olhos. A própria cidade de Kyoto não era nem sombra do que fora naqueles tempos em que servira na cozinha do Palácio Imperial como criada — nos tempos em que, assediada por um homem de nível social incrivelmente superior, acabara dando à luz a Shakin. Mesmo nas amplas vias onde outrora carruagens de boi costumavam transitar com frequência, hoje o cardo florescia triste e inútil sob o sol. Viam-se figueiras com seus frutos verdes no interior das cercas de madeira arruinadas, prestes a cair, e bandos de corvos se juntavam desde a manhã nos lagos ressequidos, sem se intimidar com a presença humana. Ela mesma se via de repente com os cabelos embranquecidos, coberta de rugas e encurvada pelos anos. Se a capital deixara de ser aquilo que fora em outros tempos, ela também seguira o mesmo destino.

Sua antiga beleza se transfigurara, e assim também a sua alma. Lembrava-se de como discutira e chorara ao saber que o marido atual mantinha relações com sua filha. Mas, agora, isso lhe parecia simplesmente natural. Mesmo matar e roubar eram atividades tão corriqueiras quanto qualquer trabalho, bastava acostumar-se. Da mesma forma como as ervas tomavam as ruelas e vias de Kyoto, a brutalidade invadira sua alma a tal ponto que nem lhe causava mais tristeza. Contudo, vendo por outro lado, quando parecia que tudo mudara, nada havia mudado. Era incrível a semelhança entre o que a filha andava fazendo hoje e o que a velha fizera no passado. Até mesmo essas coisas que os jovens Taro e Jiro andavam fazendo não diferiam tanto das coisas que seu marido atual costumava fazer na juventude. Assim, a humanidade segue repetindo eternamente as mesmas coisas. Pensando bem, a cidade continuava sendo a mesma, e ela também...

Vagos pensamentos como esse começavam a brotar na alma da velha de Inokuma. Seus olhos redondos adquiriam doçura, devido quem sabe à emoção, e o rosto de batráquio se descontraía. Nisso, a velha de repente se pôs a andar mais ligeira com a bengala, enquanto um sorriso meloso surgia no rosto enrugado.

E não sem razão. Poucos metros adiante, um muro de barro meio destruído separava a via de uma área coberta por capim alto (a área provavelmente fora o jardim de uma antiga mansão). Dentro dela, duas ou três paineiras idosas esparramavam seus ramos, nos quais se viam pequenas flores vermelhas, sobre as telhas do muro cobertas de musgo e calcinadas pelo sol. Quatro estacas de bambu seco fincadas à sombra dos ramos sustentavam esteiras velhas que serviam de parede a uma estranha cabana. Pela aparência e pelo local onde se encontrava, parecia um abrigo de pedintes.

Contudo, o que chamara a atenção da velha fora um jovem samurai de dezessete ou dezoito anos, em pé e de braços cruzados diante da cabana. Vestia uma túnica pardacenta, trazia uma espada de bainha preta e, por algum motivo, observava com atenção o interior da cabana. Seu semblante — as sobrancelhas inocentes, a face cansada que não obstante conservava certo viço infantil — levou a velha a reconhecê-lo de pronto.

— O que é que você faz aí, Jiro? — perguntou a velha de Inokuma, aproximando-se dele e apontando o queixo em sua direção.

O rapaz voltou-se surpreso, mas, ao se deparar com os cabelos encanecidos, a cara de sapo e a língua que percorria os lábios espessos, abriu um sorriso mostrando os dentes alvos. Calado, ele apontou o interior da cabana.

Uma mulher miúda, com cerca de quarenta anos, jazia deitada sobre um tatame roto estendido sobre o chão, tendo por travesseiro uma pedra. Estava quase nua, com apenas uma peça íntima de linho lhe cobrindo o corpo. Observando melhor, a pele viscosa e amarelada da região do peito e do ventre estava intumescida a ponto de soltar com certeza sangue pustulento ao primeiro toque. Sob a axila, e em particular na base do pescoço, onde o sol incidia através dos rasgos da esteira, viam-se manchas escuras que lembravam abricó apodrecido, de onde parecia vir o odor fétido que pairava.

Uma pequena tigela de barro de bordas partidas havia sido abandonada ao lado da cabeceira (viam-se restos de arroz aderidos ao fundo da tigela — certamente alguém servira papa de arroz nela). E dentro dela, cinco ou seis pedregulhos cheios de barro caprichosamente empilhados por obra da crueldade de alguém. Para coroar esse trabalho, um pequeno ramo de paineira com flores e folhas ressequidas fora espetado no meio dos pedregulhos, simulando grotescamente guarnições, como se tudo aquilo fosse um prato elegante.

Vendo essa cena, até mesmo a rude velha de Inokuma recuou alguns passos com asco estampado no rosto. Cruzou-lhe a mente nesse momento a imagem do cadáver da víbora que vira havia pouco tempo.

— Mas o que é isso? É uma vítima da peste?

— Sim. Alguém das redondezas deve ter abandonado essa mulher aqui, por não saber mais o que fazer. E ninguém saberia, do jeito que ela está.

Jiro sorriu, mostrando outra vez os dentes brancos.

— E que faz você aí, vendo essas coisas?

— Oh, nada! Eu passava por estas bandas quando vi dois ou três cachorros vira-latas rondando. Acreditavam ter achado comida e queriam devorá-la. Eu os afugentei a pedradas. Se eu não tivesse vindo, a esta hora talvez já tivessem devorado um dos braços dessa mulher.

A velha apoiou o queixo sobre a bengala e observou mais uma vez o corpo da mulher, com atenção. No antebraço estendido, que caía no tatame em sentido oblíquo sobre a poeira do chão, notavam-se marcas arroxeadas de mordida sobre a pele pardacenta — deixadas pelos cachorros. Contudo, a mulher continuava quieta e de olhos cerrados. Era impossível saber se ela continuava respirando. Novamente uma violenta repulsa agrediu a velha como uma bofetada.

— Afinal de contas, ela está viva ou morta?

— Nem sei.

— Ora, ela está bem. Se morreu, não importa que os cachorros a devorem — disse a velha, e empurrou a cabeça da mulher de longe, com a bengala.

A cabeça caiu do travesseiro de pedra e rolou sem qualquer resistência sobre o tatame, arrastando os cabelos pela areia. Mas a enferma permanecia com os olhos fechados, sem mover um músculo da face.

— Não adianta, ela não se move. Se nem mesmo se mexeu com as mordidas dos cachorros...

— Então, está morta.

Jiro mostrou os dentes brancos, sorrindo pela terceira vez.

— Que esteja, mas deixar que os cachorros a devorem é crueldade.

— Crueldade? Se estiver morta, não vai sentir dor, mesmo mordida por cachorros — respondeu a velha, arregalando os olhos em tom de escárnio e endireitando o corpo com o apoio da bengala. — E mesmo que esteja viva, talvez seja melhor para ela terminar de uma vez com o sofrimento com uma mordida no pescoço do que ficar estrebuchando. De qualquer forma, ela não irá durar muito tempo mesmo...

— E dá para ficar assistindo a uma pessoa ser devorada por cães, sem fazer nada?

A velha de Inokuma passou a língua sobre o lábio superior, para murmurar em seguida, impertinente:

— Mas matança entre os homens nós assistimos tranquilamente.

— Isso até que é verdade...

Jiro coçou a cabeça e sorriu mostrando os dentes pela quarta vez, fitando a velha com ternura.

— Para onde estava indo, velha?

— Vou falar com Juro, de Makinoshima, com o Tajomaru, de Takeichi, e... Acho que vou lhe pedir para transmitir um recado a Heiroku, de Sakiyama.

Enquanto assim dizia, a velha já se punha a caminho.

— Ah, sim, posso ir até ele.

Jiro resolveu enfim deixar a cabana da enferma e pôs-se a caminhar ao lado da velha pela via, sob o forte sol.

— Ai, aquilo me deixou enjoada!

A velha fez uma careta exagerada, e continuou:

— Mas então, você conhece a casa de Heiroku. Seguindo direto e dobrando à esquerda no portão do templo Ryuhonji[4], você encontrará a mansão do oficial da Justiça. A casa dele está uma quadra adiante. Aproveite e dê uma circulada ao redor da mansão, e veja como andam as coisas para hoje à noite.

— Não precisa me dizer. É para isso que vim até aqui.

— Muito inteligente, partindo de você. Se fosse seu irmão, eu não lhe confiaria uma tarefa como essa. Sei lá, ele é capaz até de nos denunciar, se lhe der na veneta. Mas você é confiável.

— Que língua, a sua! Coitado do mano!

— O quê?! Até que sou uma das que falam melhor dele! Porque o velho, esse diz coisas que nem a você posso repetir.

— É por causa do que aconteceu.

---

4. Templo da seita budista Nichiren, fundada em 1321.

— Mesmo assim, de você ele não fala mal.
— Com certeza porque me trata como criança.
Enquanto conversavam, eles prosseguiam caminhando por uma rua estreita. A miséria da cidade de Kyoto se desenrolava às suas vistas à medida que prosseguiam. Descampados abertos entre as casas, cobertos de artemísia e cheirando a mato, restos de muros de barro antigos ao longo da via aqui e ali, pinheiros e salgueiros esparsos que sobraram de outros tempos — tudo que se via, assim como o vago odor de cadáveres, não deixava de lembrar que a grande cidade estava em decadência. Apenas uma pessoa passou por eles no caminho — um pedinte inválido, que rastejava com as sandálias calçadas nas mãos.
— Mas olhe aqui, Jiro, tome muito cuidado!
O rosto de Taro viera casualmente à mente da velha de Inokuma, e ela disse com um sorriso amargo.
— Seu irmão pode muito bem perder a cabeça por minha filha.
A advertência, porém, pareceu ter causado a Jiro um choque maior que o esperado. Franzindo repentinamente as sobrancelhas salientes, ele baixou os olhos, talvez por desgosto.
— Estou me cuidando, é claro.
— Eu sei que está — disse a velha, um pouco surpresa pela brusca mudança de humor do rapaz, e repetiu murmurando, lambendo como sempre os lábios: — Eu sei que está.
— Mas o que posso fazer, se o mano está desconfiado?
— Se você pensa assim, não há mais remédio. A verdade é que encontrei minha filha ontem. Ela me disse que vocês haviam marcado um encontro no portão do templo Ryuhonji

hoje, ao findar da hora do carneiro.[5] E também que ela evitava o seu irmão já há meio mês. Espere só até que ele saiba disso. Vai haver outro barulho.

Jiro concordava diversas vezes com a cabeça, nervoso, tentando interromper a torrente de palavras da velha. Mas ela não parecia querer calar-se tão facilmente.

— E se isso acontecer, você sabe como são nossos companheiros, eles logo puxarão as espadas. Eu disse isso também para Taro quando o encontrei agora há pouco. Minha filha pode sair ferida, só isso me preocupa. Ela tem o gênio que tem, e Taro é teimoso. Por isso, eu queria lhe pedir que olhasse por ela. Você tem bom coração, é incapaz até de ver cachorros devorando um cadáver.

A velha forçou uma risada seca, quem sabe para dissipar a inquietação nascida em seu espírito. Mas Jiro caminhava calado, com o semblante sombrio, abaixando pensativamente o rosto.

— Tomara que não aconteça uma tragédia...

A velha de Inokuma apertou o passo da bengala, rezando do fundo da alma, com sinceridade, para que isso não viesse a acontecer.

Mais ou menos neste mesmo momento, três ou quatro moleques da cidade passavam diante da cabana da enferma com a cobra morta pendurada na forquilha de um galho. Um deles, mais travesso, tomou impulso e atirou de longe a cobra sobre o rosto da mulher. O ventre esverdeado e gorduroso da cobra caiu sobre sua face. A cauda, molhada por uma

---
5. Três e meia da tarde, aproximadamente.

secreção putrefeita, se estendeu sobre sua testa. De repente, as crianças soltaram um grito e se espalharam para todos os lados, correndo apavoradas.

A mulher que parecia morta abrira nesse momento as pálpebras frouxas e amareladas e, fitando o céu com um olhar turvo feito clara de ovo decomposta, mexera um dedo sujo de areia. Um débil lamento, um suspiro talvez, lhe escapara do interior dos lábios ressequidos.

3

Tendo se despedido da velha de Inokuma, Taro caminhava em passos desanimados pela via Suzaku em direção ao norte. Nem se incomodava em procurar as sombras. Abanava de vez em quando o leque para produzir um pouco de vento.

Os transeuntes eram muito poucos nessa hora do dia. Um samurai com um *ayaigasa*[6] à cabeça para se proteger do sol, montando um baio com uma sela ricamente ornamentada, passava calmamente pela via, seguido por um pajem que carregava sua armadura numa caixa. Depois dele, apenas andorinhas inquietas, com os ventres alvos reluzentes, em alguns voos rasantes sobre a areia do chão. Nuvens de verão brilhantes como metal derretido se avolumavam ao longe, sem um movimento, sobre os telhados de madeira e de casca de cipreste.[7] As casas, alinhadas uma após outra em ambos

---

6. Cobertura para a cabeça tecida de palha de junco e revestida de seda, utilizada por samurais.

7. Permitidos apenas para as mansões de fidalgos e aristocratas.

os lados da via, estavam mergulhadas em silêncio profundo, dando a impressão de que, por trás das portas de madeira e das cortinas de palha, todo o povo da cidade tivesse morrido.

"É como diz a velha de Inokuma. Posso perder Shakin para Jiro. Agora, percebo essa ameaça bem diante dos olhos. Não é inconcebível que essa mulher — ela se entregou até ao padrasto — prefira Jiro, que embora tostado de sol é jovem e bonito, a mim, caolho e feio. Ainda por cima, tenho a cara marcada por cicatrizes de varíola. Eu, que sempre confiei em Jiro — desde criança tão apegado a mim! Acreditei que ele tivesse a consideração de resistir aos assédios de Shakin por respeito aos meus sentimentos, que bem conhece. Pensando bem, não passou de pura ingenuidade. Eu o superestimei. Ou melhor, o erro foi ter subestimado o poder de sedução de Shakin. Jiro não é a única vítima. Muitos foram levados à desgraça por causa de um único olhar dessa mulher — muitos, mais que essas andorinhas que esvoaçam neste calor. Tanto assim que sou um deles, estou nesta situação só por ter visto uma única vez aquela mulher ..."

Uma carruagem feminina com cobertura de tecido vermelho cruzou a esquina da Rua Shijobomon em direção ao sul, e passou diante de Taro. Ela escondia a passageira em seu interior, mas a cortina de seda da carruagem, tingida em uma tonalidade degradante de vermelho, chamava a atenção pelo contraste com a miséria da rua. Um menino boiadeiro e um criado acompanhavam a carruagem. Eles lançaram um olhar desconfiado a Taro, mas o boi seguia pachorrento sem lhe dar atenção, baixando os cornos e ondulando preguiçosamente o lombo negro, lustroso como laca. Taro, entretanto, perdido em seus pensamentos, nada percebeu senão o reflexo fulgurante do sol em um adorno metálico da carruagem, que lhe feriu os olhos por um momento.

Parado, deixou que a carruagem passasse para retomar a caminhada silenciosa, derrubando sobre o chão o olhar caolho.

"Quando me recordo dos dias em que eu trabalhava como guarda da cadeia oriental da cidade, sinto como se fossem reminiscências de um passado já bem distante. Se comparo aquilo que fui ao que hoje sou, eu mesmo tenho a impressão de ver duas pessoas distintas. Naqueles tempos, eu ainda respeitava as Três Relíquias[8] e tratava de não infringir as leis do império. Agora, chego até a roubar. Às vezes, ateio fogo. Já matei, e não foram apenas duas ou três vezes. Ah, naqueles tempos — eu jogava dados com meus companheiros da guarda e ria prazerosamente com eles. Comparado aos dias de hoje, como eu era feliz!

"Parece até ter sido ontem, mas pensando bem, já passou um ano desde que aquela mulher chegou à prisão por crime de roubo, conduzida por um agente policial. Por acaso, comecei a conversar com ela através das grades. Essas conversas se tornaram cada vez mais frequentes, e nós já trocávamos confidências sobre nossas vidas. Até que, por fim, acabei fazendo vista grossa quando a velha de Inokuma e seus companheiros violaram a cela para libertá-la e deixei-os escapar.

---

8. Três relíquias do budismo, a saber, o Buda, os Ensinamentos e o Sacerdócio.

"A partir dessa noite, passei a frequentar amiúde a casa da velha. Shakin me aguardava ao entardecer naquele quarto com janela gradeada, e sinalizava imitando guinchos de rato[9] para que eu entrasse. Não havia ninguém na casa exceto Akogi, a criada. Shakin fechava então a janela e acendia a lamparina. Depois, enchia o pequeno quarto de alguns tatames de área com bandejas e mesinhas, e fazíamos a nossa festa. Vinham os risos, os choros, as desavenças e reconciliações — enfim, nos comportávamos como qualquer par de namorados e assim passávamos as noites.

"Chegava ao entardecer para sair às primeiras horas da manhã — isso durou, quem sabe, um mês? Foi quando aos poucos comecei a entender muitas coisas sobre a vida de Shakin: ela era filha da velha de Inokuma e enteada do velho, comandava um bando formado por vinte e poucos salteadores que provocavam confusão na cidade e vivia então como prostituta vendendo charme. Entretanto, longe de provocar desprezo, isso só contribuía para lhe dar certa aura de mistério, como se ela fosse uma figura saída das páginas de algum *soshi*.[10] Vez ou outra ela me convidava a fazer parte definitivamente de seu grupo de ladrões, mas eu recusava sempre. Ela então caçoava de mim, chamando-me de covarde. Eu me enfurecia..."

— *Hai, hai*! — alguém tocava um cavalo. Taro abriu apressadamente o caminho.

---

9. As prostitutas costumavam chamar fregueses arremedando guinchos de rato.
10. Antigos manuscritos com páginas costuradas, contendo composições literárias: contos, poesias, lendas, etc.

Um servo, vestindo apenas uma camisa, conduzia um cavalo com duas sacas de arroz, uma de cada lado. Surgira da esquina da Rua Sanjobomon e descia a via em direção ao sul, tocando o cavalo sem sequer enxugar o suor nesse sol abrasador. Uma andorinha desceu em voo razante sobre a sombra escura projetada pelo cavalo, para depois subir ao céu na direção oposta, com as asas reluzentes. Mas retornou de repente, caindo do alto como uma flecha, passou diante do nariz de Taro e foi se abrigar debaixo da cumeeira do outro lado da via.

"E com o passar do tempo percebi, por acaso, o que havia entre ela e o padrasto. A bem da verdade, eu sabia que não era o único a manter relações com Shakin. Ela mesma com frequência se gabava para mim de suas conquistas amorosas, mencionando fidalgos e monges. Mas eu sempre pensei que, embora seu corpo conhecesse muitos homens, só eu havia conquistado sua alma. Sim, a fidelidade de uma mulher não estava em seu corpo — assim acreditava, e, com isso, aplacava o ciúme. Naturalmente, talvez tenha sido ela quem me levou aos poucos a pensar dessa forma. No entanto, isso atenuava um pouco o sofrimento em minha alma. Mas as relações entre ela e o padrasto eram outra coisa.

"Quando percebi o que passava, senti um enorme desgosto. Se padrasto e filha se comportavam dessa maneira, eu não teria então remorso em matá-los. E a mãe, a velha de Inokuma, que assistia a tudo isso calada, era mais desprezível que um animal. Pensando assim, nem sei quantas vezes levei a mão ao punho de minha espada ao ver a cara daquele velho beberrão. Mas, nessas horas, Shakin tratava o velho com um desprezo propositado. Essa manobra, embora descarada, entorpecia minha alma. Se ela me dizia 'Você não sabe quanto eu detesto o meu padrasto!', eu não conseguia odiá-la, embora odiasse o velho. E assim venho convivendo com ele até hoje. Temos ódio um do outro, mas nada acontece. Se o velho fosse um pouco mais corajoso — ou melhor, se eu tivesse um pouco mais de coragem, creio que a esta altura um de nós estaria morto..."

Ao erguer o rosto, Taro percebeu que havia dobrado a via Nijo e estava atravessando a pequena ponte sobre o Mimitogawa sem se dar conta disso. O rio, ressequido, se transformara num filete de água e reluzia à luz do sol como uma lâmina de espada em brasa, escorrendo com leve murmúrio entre as casas e os esparsos salgueiros verdes. Bem distante rio abaixo, dois ou três pontos escuros perturbavam o brilho das águas, parecendo cormorões. Mas deviam ser mesmo crianças a brincar.

Num instante, as recordações dos dias da infância — quando costumava pescar bordalo sob a ponte de Gojoh em companhia do irmão — voltaram à alma de Taro, tristes e saudosas, ligeiras como o sopro da brisa em meio ao calor desse dia. Contudo, tanto ele como o irmão já não eram mais os mesmos daqueles dias.

Enquanto atravessava a ponte, a dureza voltou num lampejo ao rosto de Taro, levemente marcado pela varíola.

"Foi então que um dia soube de repente que o mano, na época um funcionário inferior a serviço do antigo magistrado regional de Chikugo[11], encarregado de serviços gerais, fora

---

11. Cidade a sudoeste da província de Fukuoka.

detido e encarcerado na prisão ocidental da cidade, acusado de roubo. Sendo um guarda de presídio, eu sabia muito bem dos sofrimentos pelos quais passam os encarcerados. Assim, eu me senti na pele do mano e me afligi pelo que poderia acontecer ao seu corpo pouco robusto, ainda em fase de desenvolvimento. Falei de minhas aflições a Shakin. Ela me respondeu, como se fosse a coisa mais simples do mundo: "Por que não arrombamos a prisão?" Até a velha de Inokuma, que estava a seu lado, insistiu que assim fizéssemos. Finalmente eu me decidi, e junto com Shakin, reunimos quatro ou cinco salteadores. Nessa mesma noite, causamos uma confusão no presídio e resgatamos o mano sem muito trabalho. Guardo até hoje no peito a cicatriz do ferimento que recebi nessa ocasião. Entretanto, mais que a cicatriz, restou indelével a memória do assassinato que cometi. Matei um guarda do presídio. O grito agudo e o cheiro de sangue do homem não me saem da lembrança. Eu os sinto até neste momento, neste ar quente e abafado.

"A partir do dia seguinte, eu e o mano nos tornamos fugitivos, escondidos na casa da velha e de Shakin. Uma vez que infringimos a lei, não faria a mínima diferença aos agentes de policiamento se levássemos uma vida honesta ou se vivêssemos perigosamente. Já que um dia morreremos, melhor então viver pelo menos por mais um dia — quando assim pensei, eu me vi finalmente submisso a Shakin e incluído em seu bando, juntamente com o mano. Desde então eu provoco incêndios, mato. Não há maldade que não tenha feito. No começo, é claro, fazia essas coisas a contragosto. Mas, ao fazê-las, vi com surpresa como era fácil. De repente, comecei a pensar que a maldade estava na própria natureza humana..."

Taro havia dobrado a esquina meio distraído. Havia ali um montículo de terra rodeado de pedras.[12] Duas lápides erguidas lado a lado no topo do montículo recebiam em cheio o sol da tarde. Algumas lagartixas de aspecto repelente, pretas como fuligem, grudadas ao pé das lápides, se espalharam em rebuliço para todos os lados, assustadas com os passos de Taro antes mesmo que sua sombra as atingisse. Mas Taro nem percebeu.

"À medida que acumulava crimes, eu me sentia cada vez mais atraído por Shakin. Por ela, eu matava e roubava. Arrombei a prisão para resgatar o mano, sim, mas também porque temia ser desprezado por Shakin se abandonasse um irmão à própria sorte. Por tudo isso, não gostaria de perdê-la por nada neste mundo.

"Mas eis que isso está prestes a acontecer. Vou perdê-la para meu irmão de sangue. Meu próprio irmão, a quem salvei arriscando minha vida! E nem sei se de fato já a perdi. Sempre acreditei em Shakin, perdoava-a mesmo quando ela seduzia outros homens, pois pensava que isso fazia parte de nossos planos criminosos. Conseguiria, quem sabe, fechar os olhos às relações com o padrasto se pensasse que ele a seduziu sem que Shakin se desse conta disso, chegando-se a ela como pai. Mas, com Jiro, é outra coisa.

"No fundo, eu e o mano não somos tão diferentes quanto parecemos. Se bem que a varíola, que nos acometeu sete ou oito anos atrás, se manifestou de forma violenta em mim,

---

12. Túmulo simples, sem laje, feito de terra amontoada.

mas suave no mano. Por isso, Jiro pôde conservar a boa aparência que trouxe do berço e se tornou um belo rapaz, enquanto eu me tornei caolho, aleijado para o resto da vida. Se, caolho e feio como sou, pude no entanto conservar o amor de Shakin até agora (talvez isso seja apenas presunção), o motivo não é outro senão minha energia espiritual. Mas Jiro tem a mesma energia, pois tivemos os mesmos pais. É natural, portanto, que Shakin se sinta atraída por ele. Também não creio que ele possa resistir à sedução de Shakin, assim como eu não pude. Sempre tive vergonha de minha feiura. Por isso, sempre fui tímido nas questões amorosas. E, no entanto, no caso de Shakin, amei-a loucamente. Como então esperar que Jiro, consciente de sua bela aparência, não responda à sedução de Shakin?

"Pensando assim, vejo que não há nada de estranho na aproximação de ambos. E é por isso que sofro. Meu próprio irmão quer me arrebatar Shakin — arrebatá-la por inteiro. Isso acontecerá um dia, sem dúvida. Ah, perderei não só Shakin, mas, com ela, também o mano! No lugar dele, ganharei um desafeto — chamado Jiro! Não tenho piedade dos meus inimigos, mesmo porque eles não terão piedade de mim. Dessa forma, é previsível onde tudo isso vai acabar: eu mato o mano, ou ele me mata!"

Um odor acentuado de cadáveres humanos agrediu as narinas de Taro. Não vinha, por certo, da morte que trazia em sua alma. Olhando ao redor, ele encontrou os cadáveres putrefatos de duas crianças desnudas, amontoados um sobre o outro junto a uma cerca na ruela de Inokuma. A pele, talvez alterada pelo sol forte, punha à mostra em alguns pontos a carne flácida e esverdeada, onde moscas douradas pousavam. Além disso, formigas apressadas já se juntavam sob o rosto de uma das crianças, jogada de bruços.

A cena pareceu a Taro uma visão do próprio futuro, aberta diante de seus olhos. Instintivamente, ele mordeu com força o lábio inferior.

"Shakin parece me evitar, particularmente nestes dias. Nunca está sorridente nos raros momentos em que a vejo. Algumas vezes, chega até a me insultar. Nessas horas, eu me enfezo. Esbofeteei-a algumas vezes, já lhe dei pontapés. Mas, enquanto a agrido com chutes e bofetadas, me vejo castigando a mim mesmo. Não é para menos. Seus olhos abrigam meus vinte anos de vida. Por isso, perder Shakin é o mesmo que perder a mim mesmo. Perderei Shakin, perderei o mano, e me perderei. Quem sabe tenha chegado o momento de perder tudo..."

Enquanto pensava sobre isso, chegou à porta da casa da velha, onde havia um pano branco pendurado. O cheiro de cadáver chegava até ali, mas havia uma nespereira ao lado da porta carregada de folhas verdes e escuras, e um pouco de sua sombra fresca caía sobre a janela. Quantas vezes passara debaixo dessa árvore para entrar por essa porta! Mas como seria de agora em diante?

Subitamente esgotado e sentimental a ponto de lhe brotarem lágrimas, Taro se aproximou mansamente da porta. Nesse instante, o grito estridente de uma mulher, vindo do interior da casa, chegou aos seus ouvidos, misturado à voz do velho. Poderia ser Shakin, ele precisava agir.

Taro afastou o pano da porta e, apressado, deu um passo para o interior escuro da casa.

4

Após despedir-se da velha de Inokuma, Jiro, com a alma pesada, subiu a escadaria de pedra do Templo de Ryuhon-ji, vagaroso como se contasse um a um os degraus. Sentou-se enfim pesadamente ao pé de uma coluna redonda com a pintura de laca carmesim descolada aqui e ali. Mesmo o sol de verão não chegava até ali, obstruído pelas telhas que se projetavam obliquamente para o alto. Atrás, no interior escuro, uma imagem solitária de *Kongo Rikishi*[13], de pé sobre folhas verdes de loto, erguendo alto em sua mão esquerda uma maça, protegia em silêncio os recintos do templo. O busto estava sujo de excremento de andorinha. Ali, Jiro recuperou pela primeira vez a calma e se dispôs a refletir sobre seus sentimentos.

O sol continuava abrasando a rua em frente, fazendo com que brilhassem como contas de um rosário as asas negras das andorinhas que ali esvoaçavam. Um homem de túnica branca vinha com um enorme guarda-sol aberto. Torturado pelo calor, passou lentamente, levando uma carta presa em um *fumibasami*[14] de bambu verde. Depois dele, mais ninguém — nem sequer um cachorro que viesse lançar sua sombra sobre o muro de barro que se estendia adiante.

---

13. Nome em japonês dado ao deus budista *Vajra-pani*, vigoroso e feroz, defensor dos ensinamentos da religião.
14. Bambu rachado na ponta, onde se prendiam cartas levadas a nobres da corte imperial.

Jiro tirou o leque enfiado na cintura e se pôs a abrir e fechar com os dedos suas varetas negras. Na sua memória, as recordações do seu irmão iam surgindo uma após outra.

"Por que tenho de sofrer tanto? Meu irmão — meu único irmão — me tem na conta de rival. Eu sempre tento puxar conversa quando o encontro, mas ele mal me responde e corta o assunto. Não é de se estranhar, sem dúvida, se levo em conta o que há entre mim e Shakin estes dias. Mas não deixo de me sentir culpado pelo mano todas as vezes em que me encontro com Shakin. Depois, assalta-me uma tristeza sem conta. Eu amo o mano mais que nunca nessas horas, chego a chorar em segredo. Pensei muitas vezes em dar adeus a ele e a Shakin e partir para o leste. Isto é pura verdade! Assim, esqueceria Shakin e o mano deixaria de me odiar. Nessas horas, procurava o mano com o intuito de despedir-me dele discretamente, mas fui sempre tratado com frieza. Ia então procurar Shakin — e acabava por esquecer o que havia decidido a muito custo. E como me maldisse por isso, todas as vezes!

"Contudo, o mano nada sabe dos meus sofrimentos, pois está obcecado em me ver como rival no amor. Não me importaria que ele me xingasse. Que cuspisse em meu rosto. Ou que me matasse, se fosse o caso. Gostaria apenas que ele soubesse o quanto odiei traí-lo, o quanto senti por ele. Se mesmo depois disso ele quisesse me matar, então morreria satisfeito por suas mãos, não importa de que forma. Seria, aliás, mais feliz morrer de vez a suportar o sofrimento destes dias.

"Amo Shakin, mas, ao mesmo tempo, a odeio. Fico irritado só de pensar em sua inconstância. Além disso, ela é uma mentirosa contumaz. É capaz de matar sem pejo algum, e usando de muita violência — isso, mesmo eu ou o mano hesitamos em fazer. Às vezes, vejo-a dormindo, toda largada, e me pergunto como pude deixar-me atrair por uma mulher como aquela. Principalmente quando a vi entregar sem qualquer pudor o corpo a um desconhecido. Tive ganas de matá-la naquela mesma hora com estas mãos. Odiei Shakin a esse ponto, mas não conseguia resistir à tentação de seus olhos. Não há outra mulher que tenha, como ela, um coração tão horripilante e um corpo tão divino. Acho que o mano não compreendeu ainda o que é este ódio que sinto por Shakin. Mesmo porque ele parece não odiar tanto a alma animalesca dessa mulher quanto eu. As aventuras de Shakin com outros homens são um exemplo. A forma como ele as vê diverge completamente de como as vejo. Shakin pode ser vista com qualquer um, mas o mano nada diz. São caprichos do momento, que ele aceita e perdoa — assim me parece. Mas eu não sou assim. Para mim, sempre que Shakin profana o próprio corpo, profana também a própria alma. Ou algo ainda pior que isso. Certamente não posso aceitar que Shakin entregue sua alma a outros. Isso me é mais doloroso do que vê-la entregar apenas o corpo. Por isso, tenho ciúmes do mano. Eu me culpo por isso, mas tenho ciúmes. Pensando bem, creio que há entre mim e o mano uma diferença fundamental no que diz respeito à ideia do que é o amor. Talvez essa diferença esteja contribuindo mais ainda para nossos desentendimentos..."

Completamente absorto nesses pensamentos, Jiro contemplava a rua distraído. Nesse instante, porém, uma gargalhada estridente irrompeu de um dos lados perturbando o sossego do solar ofuscante. Vinha seguida de vozes: uma voz aguda, de mulher, misturada a uma voz masculina, em fala mal articulada. Trocavam pilhérias indecentes. Jiro se ergueu instintivamente, guardando outra vez o leque na cintura.

Mal pusera os pés sobre o degrau da escadaria, deixando a coluna sob a qual estivera sentado, quando um casal passou à sua frente, seguindo pela rua em direção ao sul.

O homem vestia-se como samurai, e trazia à cabeça um *eboshi*. Tinha cerca de trinta anos. Trazia uma espada adornada com folhas de metal batido. Parecia embriagado. A mulher, vestida de seda tingida com padrões em verde claro, cobria-se com um *ichimegasa*[15] e tinha o rosto oculto por um *kazuki*[16], mas era sem dúvida Shakin, como denunciavam a voz e o comportamento. Desviando dela os olhos, Jiro desceu a escadaria mordendo o lábio. Entretanto, os dois pareciam não lhe dar atenção.

— Tudo certo, então? Olhe, não vá se esquecer, hein?

— Não tenha medo. Deixe tudo comigo e fique calma.

— Eu sei, mas é questão de vida ou morte para mim. Quero ter certeza de que você entendeu bem.

O homem abriu a boca cercada de barba rala e avermelhada para rir, mostrando até o fundo da garganta. Cutucando de leve o rosto de Shakin com o dedo, disse:

— É também para mim.

— Olhe só como diz!

---

15. Chapéu de palha de cone alto e aba larga e arredondada, próprio para mulheres.
16. Peça de vestuário feminino utilizado por damas da corte e mulheres da casta dos samurais, utilizada para esconder o rosto quando saíam de casa.

Os dois passaram pela frente do templo e seguiram até a esquina onde havia pouco Jiro se despedira da velha de Inokuma. Ali eles pararam e ficaram por algum tempo flertando despudoradamente, em plena via pública. Enfim o homem se afastou dela, voltando-se diversas vezes para atirar gracejos, e dobrou a esquina em direção ao leste. Shakin girou sobre os calcanhares e veio ao encontro de Jiro, rindo ainda. Jiro se encontrava ao pé da escadaria, enrubescido feito criança, sem saber se estava triste ou alegre, e deu com os olhos grandes e escuros de Shakin, que espiavam do interior do *kazuki*.

— Viu aquele sujeito? — perguntou Shakin sorridente, abrindo o *kazuki* e mostrando o rosto úmido de suor.

— E eu poderia deixar de ver?

— Aquele homem... bem, vamos nos sentar aqui.

Os dois se sentaram lado a lado no último degrau da escadaria. Por sorte, o único pinheiro fora do portão, de tronco sinuoso, projetava sua sombra naquele local.

— Ele é um samurai a serviço do oficial da Justiça — disse Shakin, tirando o *ichimegasa* assim que se sentou. Era uma mulher pequena, com uma agilidade felina nos braços e nas pernas. Tinha 25 ou 26 anos e compleição mediana. Seu rosto era ao mesmo tempo belo e selvagem. A testa estreita e a face cheia, dentes perfeitos e lábios lascivos, olhos vivos e sobrancelhas lânguidas — elementos que pareciam incompatíveis se uniam com uma naturalidade surpreendente, sem a mínima dificuldade. Os longos cabelos que lhe caíam sobre os ombros eram particularmente belos. Quando o sol batia neles, um lustro esverdeado surgia sobre o negro, tal como nas penas das asas de um corvo. O fascínio imutável daquela mulher, contudo, parecia odioso a Jiro.

— Seu amante, não é?

Shakin sorriu estreitando os olhos e abanou inocentemente a cabeça.

— Como ele é bobo! Me obedece em tudo, parece um cachorro! Graças a ele, estou sabendo de tudo.

— De quê?

— De quê? Ora essa, da mansão do oficial, de que mais podia ser? É um tagarela. Me contou até sobre o cavalo que acabaram de comprar. Ah, é mesmo, vou pedir a Taro que roube esse cavalo. É um corcel de três anos originário de Michinoku. Nada mau, não é?

— Sim, porque para o mano as suas vontades são sagradas.

— Ai, detesto ciúmes! E principalmente em relação a alguém como Taro. Está certo, estive um pouco caída por ele, no começo. Mas, agora, ele não é nada para mim.

— Um dia você estará dizendo isso de mim também.

— Talvez sim, talvez não — disse Shakin, outra vez com um riso estridente. — Ficou zangado? Então, vamos dizer que não.

— Você é um demônio por dentro.

Jiro franziu o cenho, apanhou uma pedra a seus pés e a lançou para longe.

— Pode ser. Infelicidade a sua, que se apaixonou por um demônio... ainda desconfia de mim? Está bem, se é assim...

Shakin permaneceu por algum tempo calada fitando a rua, mas, de repente, voltou-se para Jiro. Um sorriso frio passou por seus lábios e se apagou.

— Se está assim tão desconfiado, vou lhe contar algo que gostará de ouvir.

— Coisa boa?

— Sim.

Ela se aproximou de Jiro. O perfume da maquiagem leve lhe chegou às narinas misturado ao odor de suor. Jiro desviou o rosto instintivamente, arrepiado de excitação.

— Quer saber? Eu contei tudo àquele homem.

— Contou o quê?

— Contei que íamos invadir hoje à noite a mansão do oficial.

Jiro não acreditava no que ouvia. A excitação sufocante que sentira se apagou de imediato. Atônito, fitou o rosto da mulher.

— Não se assuste assim, afinal, não é nada... — disse Shakin zombeteira, em voz baixa. — Eu disse ao homem: "Eu durmo num quarto bem junto à cerca viva de cipreste que dá para a via. Ontem à noite, ouvi vozes do lado de fora da cerca. Eram com certeza salteadores. Quatro ou cinco homens estavam combinando invadir a mansão em que você serve. Fariam isso esta noite. Estou lhe avisando em nome de nossa amizade. Portanto, trate de se cuidar, pois será perigoso." Por isso, acredito que eles estarão preparados. Ele foi buscar socorro. Estava dizendo que conseguiria juntar vinte ou trinta samurais.

— Mas por que você fez uma coisa desnecessária como essa?

Perturbado, Jiro perscrutou o olhar de Shakin.

— Desnecessária coisa nenhuma.

Shakin, misteriosa, esboçou um sorriso. Com a mão esquerda, tocou a direita de Jiro.

— Fiz por você.

— Por quê?

Uma suspeita assustadora se formava no espírito de Jiro. Será possível?...

— Não entendeu ainda? Se, depois disto, eu pedir a Taro que roube o cavalo... entendeu? Ele, sozinho, não será capaz de enfrentá-los. Nem que outros venham socorrê-lo. Não será bom para nós dois?

Jiro sentiu como se tivesse recebido uma ducha de água fria.

— Você vai matar meu irmão!

Shakin balançou afirmativamente cabeça, com ingenuidade, enquanto brincava com um leque nas mãos.

— Isso é ruim?

— Ruim? Você preparou uma armadilha para meu irmão, para...

— E, por acaso, você seria capaz de matá-lo?

Jiro percebeu que Shakin o observava com um olhar penetrante, feito uma gata. Havia uma força assustadora nesse olhar que entorpecia aos poucos sua consciência.

— Mas isso é covardia!

— Pode ser, mas o que fazer?

Shakin largou o leque e tomou a mão de Jiro entre as suas.

— Se fosse apenas o mano, ainda vá lá, mas é preciso expor a vida de todos os nossos companheiros ao perigo? — disse Jiro, e se arrependeu de imediato. Esperta, a mulher não deixou passar a oportunidade.

— Quer dizer que se fosse só ele não teria importância? Por quê?

Jiro livrou sua mão das mãos de Shakin. Ergueu-se, e na frente dela se pôs a andar calado de um lado a outro, com as feições alteradas.

— Se Taro pode morrer, então os outros também, não importa quantos forem... — disparou Shakin, erguendo os olhos para Jiro.

— Mas e a velha? Como ela fica?

— Se ela morrer, morreu.

Jiro parou de andar, e do alto olhou para Shakin. O olhar da mulher ardia feito brasa, com desprezo e paixão.

— Por você, sou capaz de matar qualquer um.

Essas palavras feriam como uma picada de escorpião. Jiro sentiu outra vez uma espécie de arrepio.

— Mas o mano...

— Veja, estou sacrificando até minha mãe!

Shakin baixou os olhos. Seu rosto, tenso, se descontraiu de repente, e lágrimas brilhantes caíram sobre a areia escaldante.

— E eu, que já contei tudo àquele homem... não posso mais voltar atrás... e se souberem do que fiz, eu... eu serei morta pelos companheiros... Por Taro... Você sabe disso!

Enquanto Shakin balbuciava isso, uma coragem desesperada brotava espontaneamente na alma de Jiro. Pálido, ajoelhado sobre a terra, ele apertou entre suas mãos geladas a mão de Shakin.

Ambos sentiram que, nesse aperto de mãos, um tácito e terrível acordo fora selado.

5

Taro, que erguera o pano branco e dera um passo ao interior da casa, foi surpreendido por uma cena insólita.

No recinto pouco espaçoso, a porta corrediça que dava para a cozinha se desprendera e estava caída sobre um biombo. Com isso, o vaso de barro usado para fumegar a casa contra os mosquitos fora ao chão, partindo-se em dois e espalhando cinzas e folhas de pinho ainda não queimadas pelo chão. Uma criada de dezesseis ou dezessete anos, de cabelos ondulados e pele morena, gritava feito louca, coberta de cinzas. Um velho calvo, gordo por excesso de bebida, a agarrava pelos cabelos. A criada esperneava com a roupa em desalinho. Enquanto isso o velho, segurando com a mão esquerda os cabelos da mulher, ergueu alto com a direita um bule de bico quebrado. Tentava forçar a mulher a ingerir o conteúdo — um líquido fuliginoso. O líquido entretanto caía descontrolado sobre o rosto da mulher, banhando-lhe os olhos e o nariz numa torrente pardacenta, quase não atingindo a boca. Irritado, o velho procurou abrir à força a boca da mulher. Ela evitava ingerir uma só gota do líquido, sacudindo fortemente a cabeça de um lado a outro, a ponto de ter alguns fios de cabelo arrancados. Nessa luta, entrelaçavam os braços e as pernas de tal forma que Taro, vindo da claridade para o interior obscuro da casa, mal conseguia distinguir a quem eles pertenciam. Mas soube imediatamente quem eram os dois.

Descalçando impacientemente as sandálias, Taro se precipitou para dentro do quarto e, agarrando a mão direita do velho, arrancou-lhe o bule com facilidade enquanto o repreendia, irado:

— Mas o que está fazendo?

Suas palavras severas foram prontamente respondidas pelo velho, que retrucou como se quisesse mordê-lo:

— E o que você está fazendo?

— Eu? Eu faço isto!

Taro jogou longe o bule e fez o velho soltar os cabelos da mulher. Em seguida, ergueu o pé e acertou o velho, levando-o ao chão sobre a porta caída. Surpresa com o socorro repentino, a mulher — era Akogi — recuou alguns metros engatinhando, mas, vendo que o velho caía de costas, juntou as mãos a Taro como se estivesse erguendo preces aos deuses, e se curvou tremendo. Então correu imediatamente para fora, descalça e com os cabelos em desalinho, esquivando-se com a agilidade de um coelho, passando pela cortina de pano branco. O velho de Inokuma quis sair ferozmente em sua perseguição, mas foi outra vez atingido pelo pé de Taro e caiu em meio às cinzas. A essa altura, Akogi corria cambaleando, ofegante, para debaixo da nespereira.

— Socorro! Assassino! — gritou o velho, deixando de lado a valentia inicial. Em seguida, encetou uma fuga em direção à cozinha, derrubando o biombo. Taro estendeu rapidamente a mão e agarrou a gola da túnica amarela do velho, arrastando-o de volta.

— Assassino! Assassino! Socorro! Ele quer assassinar o pai!

— Que bobagem! Vou lá matar um homem como você? — caçoou Taro, mantendo o velho imobilizado sob o joelho. Porém, ao mesmo tempo, crescia nele o desejo irreprimível de matá-lo. Isso não lhe custaria nada. Bastava dar uma estocada — só uma estocada naquele pescoço de pele vermelha e enrugada — e tudo estaria terminado. A resistência da ponta da lâmina na mão ao atingir o tatame, varando o pescoço do velho, o estertor de seu corpo transmitido ao punho da espada, o cheiro do sangue refluído ao retirar a espada do corpo — essas imagens fizeram com que Taro levasse instintivamente a mão ao punho da espada.

— Mentira! Mentira! Você sempre quis me matar! Ei, venham me salvar! Assassino! Quer matar o pai!

Talvez percebendo o que ia pela alma do adversário, o velho de Inokuma começava outra vez a se debater, tentando escapar a todo custo.

— Quero saber por que você estava maltratando Akogi daquele jeito. Vai, começe a explicar. Senão...

— Eu explico, eu explico! ... Eu vou explicar! Mas você vai me matar do mesmo jeito, eu sei!

— Cale a boca! Vai me explicar ou não?

— Eu vou! — disse o velho forçando a voz e esperneando para se desvencilhar. — Eu vou, já disse. Eu queria apenas que ela tomasse um remédio. Mas a idiota não quis de jeito nenhum. Assim, acabei usando a violência, foi só isso. E outra coisa: quem fez o remédio foi a velha. Não tenho nada a ver com isso.

— Remédio? Remédio para abortar, não é? É verdade que Akogi é uma idiota, mas você quis forçá-la a algo que ela não queria, seu velho desumano!

— Está vendo? Contei porque você mandou, mas mesmo assim você quer me matar! Assassino, bandido!

— Quem foi que disse que vou matá-lo?

— Se você não quer me matar, então por que pôs a mão na espada?

O velho gritou espumando, erguendo a cabeça calva molhada de suor para encarar Taro. O samurai sobressaltou-se. "Se for matá-lo, tem de ser agora!", pensou num lampejo. Instintivamente, firmou o joelho sobre as costas do velho e, empunhando com força a espada, fixou os olhos em sua nuca. Pouco abaixo do tufo de cabelos cinzentos ainda restantes, dois tendões mantinham a pele vermelha e arrepiada sem rugas, só ali. Mas ao ver essa nuca, Taro foi possuído por uma estranha compaixão.

— Assassino! Assassino do pai! Mentiroso! Quer matar o pai! Quer matar o pai!

O velho continuava gritando, e, finalmente, escapou do jugo dos joelhos de Taro. Levantou-se num pulo e foi se proteger atrás da porta caída, lançando olhares inquietos à direita e à esquerda, procurando fugir na primeira oportunidade. O rosto inchado e vermelho, de olhos e nariz disformes e feições ladinas, fazia Taro se arrepender por não tê-lo matado. Porém, largando devagar o punho da espada, sentou-se a contragosto sobre um tatame envelhecido estendido ali perto. Sorria contrafeito, como se lamentasse esse capricho do próprio gênio.

— Minha espada não mata gente como você!

— Se matar, será assassino do pai!

Tranquilizado pelos modos de Taro, o velho de Inokuma surgiu medrosamente de trás da porta caída e sentou-se ressabiado em frente a Taro.

— Por que serei assassino do pai, se o matar? — perguntou Taro, raivoso, voltando os olhos em direção à janela. No quadrilátero de céu recortado pela moldura, o sol incidia sobre as faces das folhas da nespereira, criando diversas tonalidades de verde nos ramos, imóveis na ausência da brisa.

— Claro que será! Pois Shakin é minha filha adotiva, então você é meu filho adotivo!

— Então, você que faz dela sua mulher, o que é? Homem ou bicho?

Preocupado com a manga da túnica que se rasgara durante a refrega, o velho retrucou como se grunhisse:

— Nem um bicho mata o pai!

Taro torceu os lábios num sorriso desdenhoso.

— A língua continua afiada, hein, velho?

— Que nada!

O velho de Inokuma volveu de repente um olhar agudo a Taro, e retrucou com um riso fungado:

— Eu lhe pergunto então: você pensa em mim como num pai? Consegue pensar em mim como num pai?

— Não preciso nem responder.

— Não consegue!

— Claro que não!

— Aí está, você é um irresponsável! Olhe aqui, Shakin é filha da velha. Mas não é minha filha. Mas se eu, que vivo com a velha, devo tratar Shakin como se fosse minha filha, então você, que vive com Shakin, deve me tratar como pai! Mas isso você não faz! Além disso, me agride! E você tem a coragem de me dizer que devo tratar Shakin como filha, que não posso tratá-la como minha mulher! Se sou um bicho porque não faço isso, você também é, por querer matar o pai!

O velho tagarelava apontando o dedo encarquilhado ao adversário com ar vitorioso.

— Está vendo? Tenho ou não tenho razão? Até mesmo você pode ver quem está com a razão. Além do mais, eu e a velha nos conhecemos há muito tempo, desde quando eu trabalhava como criado da guarda do Palácio Imperial. Não sei o que a velha sentia por mim, mas eu estava apaixonado por ela.

Taro não esperava nem em sonhos ouvir da boca desse velho bêbado, ladino e miserável, confidências sobre o passado. Até porque achava improvável que ele tivesse sentimentos humanos. O velho apaixonado pela velha, e a velha, objeto de amores do velho... Taro não conseguiu reprimir o sorriso que lhe subia à face.

— Mas descobri que a velha me traía.

— O que quer dizer que a velha não gostava de você.

— Isso não prova que a velha não gostava de mim. Não me interrompa, ou paro de falar! — reclamou com severidade. Mas arrastou-se para perto de Taro e continuou, engolindo saliva: — Depois disso, a velha engravidou desse outro homem. Mas isso não foi nada. O que me causou surpresa foi ela ter desaparecido, logo após dar à luz a criança. Perguntei a outras pessoas por ela. Uns diziam que ela havia morrido de peste, outros que ela descera até Tsukushi.[17] Soube depois que ela havia apenas ido morar com uma conhecida, em Narazaka. O mundo então perdeu a graça. Passei a beber e a jogar. Finalmente, levado por certas pessoas, acabei me rebaixando a ponto de ser um salteador. Mas se roubasse seda, a seda me fazia lembrar da velha, se roubasse brocado, o brocado também a evocava. Fui reencontrá-la só depois de dez, quinze anos. E quando a vi, depois desse tempo todo...

A essas alturas, o velho já estava sentado sobre o mesmo tatame que Taro. Ele se calou, embargado pela emoção. Por alguns instantes ficou calado, com o rosto molhado de lágrimas, sem poder articular uma palavra. Taro fitava com o único olho o velho em soluços, como se visse nele outro homem.

---

17. Nome antigo de Kyushu.

— E quando a vi depois desse tempo todo, a velha já não era mais a mulher de outros tempos. Nem eu era o mesmo. Mas a filha que trazia, Shakin, era tão parecida com a velha quando a conheci que me deu a impressão de que ela voltara. Então, pensei: se eu me separar da velha outra vez agora, terei de separar-me também de Shakin. Se não quiser separar-me de Shakin, só me resta viver com a velha. Bem, farei da velha minha mulher. Foi o que pensei, e vim morar com as duas neste casebre, aqui em Inokuma...

O velho aproximara a cara chorosa ao rosto de Taro para confessar essas coisas em voz lamurienta. Seu hálito de saquê atingiu as narinas de Taro que, aturdido, tapou o nariz com o leque.

— Pois então, até hoje, a única mulher por quem me apaixonei perdidamente foi a velha do passado, só ela, ou seja, a Shakin de agora, só ela. E você me chama de bicho a toda hora, por causa disso! Você detesta tanto assim este velho? Se detesta, então me mate de uma vez! Seria até um consolo para mim. Mas, veja bem, você também será um bicho, por ter matado o pai! Um bicho matando outro... que piada!

À medida que as lágrimas secavam, o velho erguia o dedo encarquilhado e voltava ao que era, maldoso e rabugento.

— Um bicho matando outro, é isso mesmo! Mate-me, vamos! Você é um covarde! Ah, vi que naquela hora, quando eu quis fazer Akogi ingerir o remédio, você ficou furioso! Vai ver foi você quem engravidou Akogi! Se você não é bicho, quem é?

Dizendo isso, o velho escapou ligeiro para trás da porta caída, pronto para fugir à mínima ameaça de agressão. Seu rosto, que se tornava roxo, se distorcia numa expressão maldosa. Exasperado pelos impropérios além da conta, Taro ergueu-se e levou a mão ao punho da espada. Abandonou porém seu intento, moveu os lábios de repente e lançou uma cusparada no rosto do velho.

— Isto é suficiente para um bicho da sua laia!

— Pare de me chamar de bicho! Shakin não é sua mulher apenas! É também mulher de Jiro, certo? Você, que rouba a mulher do irmão, também é um bicho!

Taro se arrependeu novamente de não ter dado cabo do velho. Mas, ao mesmo tempo, temia que sua fúria assassina retornasse. Com o único olho brilhando como fogo, ergueu-se para sair. O velho foi atrás dele, sacudindo o dedo e vertendo uma enxurrada de provocações.

— Você acreditou na história que ouviu? Pois era tudo mentira! É mentira que a velha seja uma antiga conhecida, e também é mentira que Shakin se pareça com ela! Está ouvindo? É tudo mentira! Você não pode me repreender, nem se quiser! Eu sou mentiroso! Eu sou um bicho! Um desalmado, que escapou de ser morto por você!

Enquanto proferia esses desatinos, o velho, embriagado, enrolava a língua cada vez mais. Mesmo assim, continuava a vociferar insultos sem nexo, batendo os pés no chão e dardejando todo o ódio que conseguia pelos olhos turvos. Um sentimento de repulsa insuportável impeliu Taro a tapar os ouvidos e abandonar rapidamente a casa em Inokuma. Fora, os raios de sol já caíam em ângulo levemente oblíquo. As andorinhas continuavam esvoaçando ligeiras, banhadas pelo sol.

— Pra onde ir agora...

Inclinando de leve a cabeça, Taro se deu conta de repente de que havia vindo até Inokuma para encontrar Shakin. Já não sabia onde poderia encontrá-la.

— Bem, vou até o Rashomon e espero lá a chegada do fim do dia. Que mais posso fazer?

Essa decisão escondia a vaga esperança de encontrar Shakin nesse lugar. Ela costumava vestir-se com roupas masculinas nas noites em que partiam para um assalto. As roupas, juntamente com as armas, estavam guardadas no mirante no andar superior do Rashomon, dentro de um baú revestido de couro. Decidido, Taro se pôs a caminho pela ruela em largas passadas, em direção ao sul.

Dobrou depois a via Sanjo para oeste, e desceu até a via Yonjo pela margem do rio Mimitogawa. Ao chegar a esta via, Taro viu um casal que ia conversando ao longo do muro do templo Ryuhonji, um quarteirão adiante, na direção norte.

A túnica de cor de folha seca e o quimono de seda verde-clara seguiam atravessando as ruelas, sobrepondo suas sombras e deixando atrás alegres risadas. A bainha preta da espada do homem luziu entre o voo incessante das andorinhas, e, de repente, os dois desapareceram da vista.

Com o rosto sombrio, Taro se deteve à margem da via e murmurou em voz sofrida:

— De qualquer maneira, são todos uns bichos!

6

A noite de verão avançava rapidamente, trazendo a primeira hora do javali.[18]

---

18. Nove horas da noite.

A lua não subira ainda. Na cidade de Kyoto, adormecida e silenciosa em meio à densa e pesada escuridão, só a superfície das águas do rio Kamogawa brilhava esbranquiçada e débil sob a tênue claridade das estrelas. As luzes se extinguiram finalmente nas ruelas e vias. Tanto o Palácio Imperial como os prados e as casas da cidade perdiam as cores e os contornos em uma só planície extensa e difusa sob o céu estrelado dessa noite tranquila. Um profundo silêncio dominava toda a região, sem distinguir a oriental da ocidental, quebrado apenas pelo canto ocasional dos cucos lançados de pontos opostos. Se houver nesse ambiente alguma luz acolhedora, ou vozes, ainda que tênues e distantes, viriam talvez do templo de Kujaku Myoô[19], em cujo interior tomado pela fumaça dos incensos os adeptos rezam em vigília à imagem da divindade repleta de azinhavre e ouro em pó, em torno de tochas acesas diante do altar. Ou quem sabe dos monges pedintes reunidos debaixo das pontes Shijo e Gojo em volta de fogueiras alimentadas com lixo. Ou ainda de fogos-fátuos queimando ao acaso entre capins e sobre telhas, acesos, segundo dizem, por velhas raposas do Portal Sujaku, que costumam surgir à noite para assustar os transeuntes. Mas, exceto isso, a noite avançava silenciosamente a cada instante, mergulhando na densa escuridão, impregnada com o odor dos fumos de ervas repelentes, todos os recantos da cidade, desde a estrada de Senbon ao norte até a de Toba ao sul, fazendo pouco caso da brisa ligeira que balançava as folhas do *kawarayomogi*.[20]

---

19. Nome em japonês da divindade budista Mahamayuri — deus-pavão, que socorre os envenenados
20. Planta da família do crisântemo, que cresce à beira de rios.

E, então, estranhos zumbidos de cordas de arco[21] começaram a soar ao redor do portal de Rashomon nos confins da via Sujaku, ao norte do Palácio Imperial. Soavam como o rufar de asas de morcegos, de pontos diferentes, respondendo uns aos outros. Homens de aparência suspeita começaram a surgir de algum lugar, alguns sozinhos, outros em grupos de três, cinco ou oito. Vinham preparados, cada um com sua arma predileta: espadas na cintura, flechas nas costas, empunhando machados ou carregando alabardas, como se via à luz inconstante das estrelas. Com sandálias de palha e as pernas bem protegidas, juntaram-se sobre a ponte de pedra em frente ao portal e se enfileiraram. Taro estava à frente deles. Logo atrás dele vinha o velho de Inokuma, com sua alabarda reluzindo ameaçadoramente na escuridão, esquecido da desavença ocorrida entre eles havia pouco. Jiro o seguia, e, mais atrás, a velha de Inokuma. Até Akogi se encontrava ali, um pouco afastada. No meio dos homens, Shakin, envolta em túnica negra e com uma espada à cintura, trazia às costas uma aljava e se apoiava num arco. Ela passou os olhos pelo grupo e abriu seus belos lábios:

— Prestem atenção, hoje nosso adversário é mais perigoso. Estejam preparados. Quero quinze ou dezesseis homens com Taro, para invadir a mansão pelos fundos. O restante virá comigo para atacar pela frente. Estamos de olho no corcel procedente de Michinoku. Taro, deixo-o para você, está bem?

Taro contemplava calado o céu estrelado, mas ao ouvir isso concordou contraindo os lábios.

---

21. Zumbidos provocados pela corda de um arco distendida e solta sem a flecha, para esconjurar fantasmas.

— Quero também deixar claro: nada de tomar crianças ou mulheres como reféns, ouviram? Senão a situação se complica depois. Estão todos aqui? Então, vamos partir!

Ela ergueu o arco para dar o comando, mas ao ver Akogi mordendo as unhas, aflita, acrescentou com bondade:

— Você nos aguardará aqui. Voltaremos em algumas horas, ouviu?

Akogi voltou-lhe um olhar embevecido, feito criança, e concordou em silêncio.

— Vamos lá! Não falhe, hein, Tajomaru! — O velho de Inokuma se voltava ao companheiro ao lado, segurando a alabarda. O homem, vestido com uma túnica bordô, estalou o copo da espada contra a bainha e fungou sem nada responder. Um outro, com a pele do rosto esverdeada pela barba recém-raspada e carregando nos ombros um machado, retrucou em seu lugar:

— Veja lá você também! Não vá se assustar outra vez com sombras!

A isso, os 23 assaltantes soltaram um riso abafado, avançaram feito uma nuvem negra pela via Suzaku com Shakin entre eles, excitados e sedentos de sangue, e desapareceram imediatamente, diluídos na escuridão como a água barrenta das enchentes invadindo as terras baixas.

Solitária e altaneira, a alta cumeeira do Rashomom se impunha sobre a via Suzaku contra o céu embranquecido pelo luar. Aves noturnas piavam intermitentes, ora próximas, ora distantes. Akogi, que até então estivera no alto dos espaçosos degraus de pedra da escadaria do portal, desaparecera também — mas, pouco depois, uma luz tênue se acendeu em uma das janelas do mirante no alto do portal. O rosto pequeno de uma mulher surgiu na janela a contemplar a lua que subia a distância. Observando do alto a cidade de Kyoto, aos poucos banhada pelo luar, Akogi sorria feliz todas as vezes em que sentia a criança em seu ventre se mexer.

7

Brandindo a espada ensanguentada, Jiro enfrentava dois samurais e três cachorros e se via forçado a recuar duas ou três quadras numa ruela. Nem podia se preocupar com a segurança de Shakin. Os samurais não lhe davam trégua, valendo-se da superioridade numérica. Os cães o assaltavam eriçando os pelos do dorso, por trás e pela frente. Nesse momento, a luz do luar, embora precária, era suficiente para que não errasse os golpes de espada, e em meio a ela Jiro lutava desesperadamente, cercado pelos homens e cães.

Matar seus adversários, ou ser morto por eles — para sobreviver, só lhe restava uma alternativa. Junto com essa resolução, uma coragem desvairada, à beira do desatino, se fortalecia a cada instante em seu espírito. Aparava a espada do adversário, devolvia um contragolpe esquivando-se simultaneamente das presas do cão que lhe atacava as pernas. Mas isso não bastava. Em certos momentos, era necessário girar a espada após o contragolpe para se defender das presas do cachorro que vinha por trás. Naturalmente, fora ferido mesmo assim. Na tênue claridade do luar, ele via um filete escuro escorrer da têmpora esquerda misturado ao suor. À beira da morte, Jiro nem se incomodava com a dor. Já sem o *eboshi* e com a túnica em frangalhos, as sobrancelhas salientes franzidas em uma única linha no rosto empalidecido, apenas lutava, brandindo mecanicamente a espada em todas as direções como se fosse comandado por ela.

Jiro não saberia dizer quanto tempo essa refrega durou. Mas, de repente, um dos samurais ergueu a espada e, vergando o corpo para trás, soltou um grito estridente. A espada de Jiro havia cortado fundo a virilha dele nesse instante, atingindo com certeza até os ossos, pois houve ruído de ossos partidos. A espada saiu cortando a semiescuridão em um arco transversal faiscante. Mas volteou no ar para repelir de baixo para cima a espada de outro adversário e ferir ao mesmo tempo o seu cotovelo. O adversário fugiu para os lados de onde viera. Jiro lançou-se ao seu encalço e se preparava para atingi-lo com um golpe quando um cão de caça, saltando feito uma bola, mordeu-o no braço. Jiro recuou pulando, mas, enquanto erguia a espada ensanguentada, sentiu de repente as forças se esvaírem dos músculos. Exausto, acompanhou com a vista a sombra negra do adversário em fuga debaixo do luar. Percebeu de repente, como se despertasse de um pesadelo, que estava precisamente diante do portão do templo Ryuhonji.

Apenas uma hora antes, o grupo de salteadores que atacara a mansão do oficial da Justiça pelo portão de entrada fora recebido com uma saraivada de flechas, disparadas dos abrigos de carruagens, dispostos em ambos os lados de um portão interno. Esta reação inesperada causou alvoroço. Juro de Makinoshima, que estava à frente, foi ao chão como se escorregasse, com uma seta cravada fundo na coxa. Num instante, mais dois ou três foram atingidos, recebendo ferimentos no rosto e no cotovelo, e deram as costas afobados. Obviamente, não era possível saber quantos eram os arqueiros, mas as setas com penas brancas e coloridas, algumas com ruidosos *kabura*[22], choviam incessantes. Até Shakin, que se mantinha atrás, fora atingida por uma flecha perdida, que trespassou de viés a manga da túnica.

— Não acertem a chefe! Atirem! Atirem! Mostrem que nossas flechas também são afiadas! — esbravejara Heiroku de Katano, batendo no cabo do machado.

— Vamos lá! — respondeu alguém, e as flechas partiram assobiando também da parte dos assaltantes. Os gritos de Heiroku despertaram certo remorso em Jiro, que se afastara com as mãos sobre o punho da espada. Ele espiou de soslaio o rosto de Shakin. Ela estava imperturbável, apoiada sobre o arco, voltando as costas ao luar e observando a batalha, até com um leve sorriso no canto dos lábios. Ao lado deles, Heiroku, irritado, erguia novamente a voz:

— Por que não estão cuidado de Juro? Querem assistir à morte de um companheiro, por medo das flechas?

Com a flecha atravessada na coxa, Juro se arrastava apoiado na espada, sem conseguir se erguer, e se debatia feito corvo com a asa partida, desviando das setas como podia. Vendo seu estado, Jiro sentiu arrepios no corpo e desembainhou instintivamente a espada. Percebendo seu gesto, Heiroku lançou-lhe de viés um olhar severo:

— Você fica ao lado da chefe! Deixe que os peões cuidem de Juro! — determinou, com escárnio.

---

22. Peças pequenas adaptadas nas pontas das setas, que produzem ruído ao serem disparadas. Utilizadas para intimidar os adversários.

Injuriado pela ironia dessas palavras, Jiro mordeu os lábios e fuzilou-o com os olhos.

Então, no momento exato em que um grupo de salteadores corria em direção a Juro para salvá-lo, um bando feroz de seis ou sete cães de caça se atirou contra eles de dentro do portão, por entre setas sibilantes, ao toque ensurdecedor de uma trombeta. Tinham presas afiadas e orelhas pontudas, e corriam latindo ferozmente, erguendo uma nuvem de poeira esbranquiçada, perceptível mesmo no escuro da noite. Atrás deles, um grupo de dez ou quinze samurais saíram correndo do portão com as armas nas mãos, disputando a vanguarda. Os assaltantes partiram ao contra-ataque fazendo luzir suas espadas e alabardas numa floresta de lâminas, tendo à frente Heiroku, que brandia seu machado. Superada a hesitação inicial, investiam contra o inimigo urrando como animais. Shakin buscou agilmente a proteção de um muro em ruínas. Instalou uma seta de pena de gavião no arco, pronta para atirar, mostrando no rosto uma excitação assassina e mantendo ainda o sorriso no canto dos lábios. Os dois grupos se fundiam num só, cruzando as armas enquanto berravam enlouquecidos, lutando ao redor de Juro ainda estendido no chão. Entre eles, os cães ladravam sedentos de sangue, e por algum tempo a batalha prosseguiu indefinida. Foi quando um dos salteadores do grupo que atacara pelos fundos chegou correndo, coberto de poeira e suor, ferido e ensanguentado. Sua espada, com o fio roto, revelava que lá a luta também fora difícil.

— O pessoal vai bater em retirada! — disse o homem, arfando, ao descobrir Shakin sob a fraca claridade do luar.

— Mesmo porque Taro, nosso homem principal, foi cercado por eles do outro lado do portão!

Nas sombras do muro em ruínas, Shakin e Jiro instintivamente trocaram olhares.

— E o que aconteceu com ele?

— Não sabemos. Pode ser que... acho que não, tratando-se dele, deve estar em segurança.

Jiro virou o rosto e se afastou de Shakin. Mas o salteador, apenas um peão, não se preocupou com isso.

— E parece que até o velho e a velha estão feridos. Pelo jeito, devem ter morrido lá uns quatro ou cinco dos nossos.

Shakin balançou a cabeça. E com voz sombria disse a Jiro, que se afastava:

— Então vamos nos retirar também. Assobie, Jiro!

Com expressão petrificada, Jiro levou os dedos da mão esquerda à boca e soltou dois assobios estridentes. Era o sinal de retirada conhecido apenas pelos companheiros. Os salteadores, entretanto, não se voltaram para fugir. (Na verdade, provavelmente porque não puderam, cercados como estavam por homens e cães.) O som do assobio varou os ares da noite abafada e se perdeu além da ruela. Brados e latidos, assim como o retinir das espadas, se intensificavam ainda mais, fazendo estremecer as estrelas no céu distante.

Um tique nervoso passou pelas sobrancelhas de Shakin.

— Paciência, então vamos embora sem eles!

Mal acabara de dizer isto, e antes mesmo que Jiro emitisse novamente o sinal, os salteadores debandaram para a direita e para a esquerda, dando passagem a um grupo de homens e cães que investiam contra eles. A corda do arco gemeu nas mãos de Shakin, e um cão branco que vinha na vanguarda caiu de lado uivando de dor, com uma flecha de pena de gavião atravessada no ventre. Num instante, o sangue escuro jorrou de seu ventre, desenhando manchas sobre a areia. Mas o homem que vinha logo atrás não se intimidou, e com a espada erguida atacou Jiro pelo flanco. O golpe foi aparado quase automaticamente pela espada de Jiro, e os ferros tiniram alto soltando faíscas. Nessa hora, Jiro reconheceu à claridade do luar o samurai amigo de Shakin.

A cena à qual assistira no portão do templo Ryuhonji ressurgiu vivamente em sua memória. Súbito, uma suspeita assustadora brotou em sua alma: não teria Shakin combinado com o samurai não apenas o assassinato de seu irmão, mas também o dele próprio? Essa suspeita momentânea lhe causou tamanha raiva que lhe escureceu a vista. Desviando de um golpe do adversário com uma rápida esquiva, atravessou-lhe o peito segurando a espada firmemente com as duas mãos. Pôs-se em seguida a pisotear o rosto do samurai que fora ao chão.

Jiro sentiu o sangue quente do homem em suas mãos e a dura resistência na ponta de sua espada, que tocava as vértebras. E sentiu ainda o moribundo morder diversas vezes a sola da sandália que calçava enquanto pisoteava seu rosto. Sem dúvida, isso trouxe uma excitação prazerosa ao seu desejo de vingança. Mas, ao mesmo tempo, teve a alma tomada por uma indescritível sensação de fadiga. Em outras circunstâncias, teria largado o corpo e buscado com sofreguidão um instante de repouso. Contudo, outros samurais já o cercavam por todos os lados enquanto pisava o rosto do adversário e procurava extrair sua espada do peito dele. Um deles até se aproximara sorrateiro por trás, apontando perigosamente a ponta de sua alabarda às suas costas. De repente, o homem cambaleou e caiu de bruços, rasgando a manga da túnica de Jiro com a ponta da arma. Uma flecha de pena de gavião viera sibilando e o atingira na nuca.

Depois disso, tudo parecera um sonho a Jiro. Urrando como um animal, lutou como pôde contra a chuva de espadas que caía de todos os lados. Nada percebia além da enorme balbúrdia de vozes e ruídos indistintos que brotava ao seu redor, dos rostos cobertos de sangue e suor que se destacavam da confusão para logo desaparecer. Em tudo isso, porém, a preocupação por Shakin, que deixara para trás, lampejava vez ou outra em seu espírito como as faíscas produzidas por sua espada, para se extinguir ante o perigo da morte, cada vez mais próximo. Restava o silvo das espadas e das flechas riscando o ar, que enchiam a ruela estreita como o zumbido de uma nuvem de gafanhotos cobrindo o céu. Foi assim que Jiro recuara pouco a pouco pela ruela em direção ao sul, acossado pelos dois samurais e pelos três cães.

Tendo matado um adversário e posto em fuga o outro, pensou que apenas os cães não lhe dariam muito trabalho — vã esperança. Os cães eram apenas três, excelentes animais, iguais em tamanho e no pelo malhado. Se comparados a um bezerro, poderiam até ser maiores, nunca menores. Com a boca molhada de sangue humano, eles lhe atacavam os pés sem cessar, de todos os lados. Jiro chutava o focinho de um, mas o outro saltava para atacar seu ombro, enquanto o terceiro já tentava morder a mão que empunhava a espada. Logo depois, circulavam ao seu redor formando um turbilhão, abaixando a cabeça entre as patas dianteiras como se farejassem a areia, erguendo as caudas e latindo ferozmente. Jiro, que se sentira aliviado após liquidar um adversário, se via agora às voltas com o ataque obstinado dos cães de caça.

Quanto mais nervoso ficava, mais os golpes que desferia se perdiam no ar, levando-o por vezes a desequilibrar-se. Os cães aproveitavam esses momentos para chegar cada vez mais perto, bafejando seus hálitos quentes. Não lhe restava agora senão um último recurso: fugir, na esperança de encontrar um refúgio, ou esperar que os cães desistissem de persegui-lo. Assim, recolheu a espada após um golpe frustrado, saltou com dificuldade sobre as costas de um cão que lhe atacava os pés e correu a toda velocidade. Contudo, essa tática foi tão inútil quanto palha atirada a alguém que se afoga. Ao vê-lo fugir, os cães vieram como flechas em seu encalço, enrolando as caudas e erguendo poeira com as patas traseiras.

Seu plano não apenas fracassara como o levara diretamente a um perigo ainda maior. Jiro havia dobrado de forma brusca a esquina do Templo de Ryuhon-ji para o oeste, e não correra nem dois quarteirões quando latidos ainda mais numerosos que os dos cães em sua perseguição feriram seus tímpanos, varando as trevas da noite à sua frente. Viu a rua esbranquiçada pelo luar coberta por uma matilha, como uma nuvem escura e cheia de pernas, disputando por todos os lados alguma presa. Sem perder um instante sequer, um dos cães de caça passou veloz por Jiro e soltou um uivo, como se pedisse ajuda aos companheiros. Novos apelos e respostas foram trocados na matilha, que num instante investia contra ele, envolvendo-o num redemoinho vivo de peles malcheirosas. Um ajuntamento de cães como esse, no meio da noite e numa ruela como aquela, não era comum. Jiro se deparara com o bando de cães ferozes que, às dezenas, perambulavam sedentos de sangue como se a cidade em miséria fosse seu domínio, e que agora disputavam a dentadas a carne e os ossos da mulher enferma ali abandonada.

Ao ver a nova presa, os cães de imediato se lançaram sobre Jiro como espigas de trigo ao vento, atacando-o por todos os lados. Um vigoroso cão negro saltou sobre sua espada; outro, parecido com uma raposa sem rabo, chegou por trás e se atirou rente ao seu ombro. Bigodes ensanguentados e focinhos gelados roçavam seu rosto; patas sujas de areia passavam raspando nas suas sobrancelhas. Eram tantos que nem havia como escolher um alvo para tentar atingir com a espada. Para onde quer que olhasse, adiante ou atrás, só se viam olhos verdes e brilhantes, e bocas arfantes que infestavam toda a ruela e apertavam cada vez mais o cerco ao redor de seus pés. Brandindo a espada em círculos, Jiro se recordou de repente das palavras da velha de Inokuma. "Se é para morrer, que seja de uma vez!" — gritou ele dentro da alma, cerrando conformado os olhos. Mas, ao sentir no rosto o hálito quente de um cão que tentava lhe morder o pescoço, abriu-os outra vez por puro instinto, brandindo a espada num movimento horizontal. Quantas vezes teria repetido essa ação? Mas seus braços começavam a enfraquecer, e, a cada movimento, mais a espada lhe pesava. As pernas já não o sustentavam direito. A quantidade de cães que acorriam dos campos ou das frestas dos muros arruinados aumentava a cada instante, superando em muito a dos que conseguira eliminar.

Jiro ergueu o olhar desesperado e fitou a pequena lua no alto do céu, mantendo a espada em guarda com ambas as mãos. Num lampejo, lembrou-se do irmão e de Shakin. Ele, que pretendera matar o irmão, estava agora prestes a morrer devorado pelos cães. Não haveria castigo mais rigoroso que esse. Ao pensar assim, lágrimas encheram seus olhos. Os cães continuavam sem trégua. Um dos cães de caça agitou o rabo malhado e Jiro sentiu suas presas agudas se cravarem no músculo da coxa.

Neste momento, vindo do fundo dos quarteirões de Kyoto na noite parcamente iluminada pelo luar, se ouviu o som longínquo de cascos de cavalo, que tomou volume e se ergueu ao céu como vento, sobrepujando os latidos dos cães.

Entrementes, no mirante do portal de Rashomon, Akogi observava a lua distante com um sorriso tranquilo. Emagrecida pela estiagem, a lua subia solitária e vagarosa a meio-horizonte, em meio à pálida claridade que se espalhava sobre os contornos da Serra Oriental. A sombra escura da ponte sobre o Rio Kamogawa surgia agora nítida em contraste com o brilho prateado das águas iluminadas pelo luar.

Não era apenas o rio. Toda a cidade de Kyoto lá em baixo, momentos atrás mergulhada na escuridão e exalando o odor de cadáveres, surgia agora como uma miragem, banhada pela luz fria. Os *kurin*[23] e os telhados dos mosteiros brilhavam tênues, e todos os objetos estavam envoltos na fosca claridade e nas sombras do luar. O perfil das cristas das montanhas ao redor se dissolvia no luar, como se elas derretessem ao devolver à noite o calor do dia. Todos os cumes pareciam contemplar pensativamente a cidade em decadência através

---

23. Adorno constituído por nove argolas, que enfeita a ponta da coluna central da torre dos templos e que sobressai sobre o teto.

da névoa fina — nisso, um tênue odor de *nozenkazura*[24] flutuou pelos ares. Essa trepadeira, que estendia seus ramos profusos em meio ao matagal em ambos os lados do portal, enroscara-se nas colunas envelhecidas e ganhara as vigas do telhado cobertas de teias, alcançando as telhas bambas prestes a despencar.

Recostada à janela, Akogi inflava as narinas para aspirar o perfume das flores da trepadeira e divagava. Pensava em Jiro, de quem sentia saudade, na criança que se agitava em seu ventre, ansiando por ver a luz do dia o quanto antes. Os pensamentos se sucediam sem parar. Akogi não chegara a conhecer seus pais. Sequer se lembrava do local onde nascera. Recordava-se apenas de ter passado por um portal, pintado e enorme como esse do Rashomon, carregada nos braços ou nas costas de alguém. Mas também não estava certa disso. Só se lembrava, vagamente, das coisas que lhe aconteceram depois que já se entendia por gente. E eram todas coisas das quais seria melhor nem lembrar. Fora maltratada certa vez por moleques da cidade, jogada de cabeça para baixo da ponte de Gojo sobre a ribanceira. Outra feita, fora amarrada e pendurada nua em uma viga do teto de um templo por não ter resistido à fome e roubado. Shakin a salvara por acaso nessa hora, e desde então passara a fazer parte do bando. Contudo, seus sofrimentos não terminaram. Era pouco inteligente, quase idiota por nascença, mas nem por isso sua alma deixava de entender o sofrimento como sofrimento. Havia sido cruelmente castigada pela velha de Inokuma por desobedecê-la. O velho, por sua vez, lhe exigia

---

24. Trepadeira originária da China, que floresce no verão.

absurdos quando embriagado. Mesmo Shakin, que em geral a tratava com carinho, arrastava-a às vezes pelos cabelos, quando ficava nervosa. Se até eles agiam assim, os outros salteadores, então, não hesitavam em agredi-la. Nessas horas, Akogi fugia para o alto do Rashomon para chorar sozinha. E se Jiro não viesse nessas horas para consolá-la com palavras bondosas, a essa altura já teria se atirado lá de cima, e provavelmente estaria morta há muito tempo.

Alguma coisa escura como fuligem esvoaçou sob o luar, saindo das telhas e subindo ao céu suavemente azulado — por certo um morcego. Akogi contemplou embevecida as estrelas esparsas nesse céu. A criança em seu ventre se agitava, inquieta. Akogi permaneceu atenta aos movimentos, como se os escutasse. O bebê lutava, querendo vir ao mundo para experimentar esses mesmos sofrimentos dos quais sua alma lutava para se livrar. Mas Akogi não pensava nisso. A alegria de ser mãe, de se tornar ela própria mãe de uma criança, se espalhava por toda a sua alma como o perfume de *nozenkazura*.

De súbito lhe ocorreu um pensamento: quiçá o bebê estivesse perturbado por não conseguir dormir. Talvez chorasse por isso, agitando as mãos e os pés. "Durma, meu bem, durma quietinho, que o dia vai logo amanhecer!" — murmurou ela para o bebê em seu ventre. Mas os movimentos não cessaram tão facilmente. Até dores começava a sentir. Akogi afastou-se da janela e se agachou um pouco abaixo, de costas para luz da tocha. E com uma voz débil, começou a cantar para acalmar a criança.

Ela se recordava vagamente da letra. Sua voz se fez ouvir no silêncio do mirante, intermitente e trêmula como a chama bruxuleante da tocha. Era uma canção que Jiro gostava e costumava entoar. Quando estava bêbado, sempre a cantava várias vezes, de olhos fechados, marcando o tempo com o leque. Akogi achava a melodia engraçada, batia palmas e ria. Que outra canção poderia dar alegria à criança em seu ventre?

Mas ninguém sabia que Jiro era o pai. Isso, Akogi nunca confessara. Mesmo submetida a um interrogatório maldoso pelos salteadores, ela cruzava os braços, baixava os olhos envergonhada, mas se mantinha obstinadamente calada. Nessas horas, um rubor bem feminino subia a seu rosto sujo e lágrimas lhe vinham aos cílios. Vendo-a assim acabrunhada, os salteadores intensificavam as chacotas. Tratavam-na como uma idiota que nem sabia ao certo quem era o pai da criança em seu ventre. Mas Akogi estava convicta de que o pai era Jiro. E achava natural que Jiro, a quem amava, fosse o pai. Se não fosse ele, a quem via em sonhos todas as vezes que dormia sozinha e solitária naquele mirante, quem poderia ser, então? Cantando e com o olhar distante, Akogi se perdia em sonhos sem nem sentir as picadas dos mosquitos. Era um sonho belo porém doloroso, esquecido do sofrimento mas ao mesmo tempo por ele impregnado. (Um sonho que apenas os que conhecem o sabor das lágrimas sabem sonhar.) Um sonho de onde a maldade se ausentou sem deixar vestígio. Onde apenas a tristeza — a tristeza, infinita como o luar que se espalha pelo céu, ainda restou sombria e solene.

A voz de Akogi aos poucos se atenuava, até se apagar como a claridade da chama de uma lâmpada. Em seu lugar surgiam gemidos, surdos e fracos, que lhe escapavam dos lábios como se convocasse a escuridão. Akogi de repente começara a sentir, no meio da canção, dores agudas no baixo ventre.

O bando de salteadores, inclusive o grupo que atacara o portão dos fundos da mansão, surpreendido pela saraivada de flechas da defesa e pelos samurais que se lançaram em contra-ataque dos portões internos, sofrera pesadas perdas. Mesmo os mais valentes, que se adiantaram menosprezando os adversários e os considerando inexperientes, voltaram as costas e debandaram — o velho de Inokuma, medroso e covarde, foi o primeiro a fugir. Entretanto, ele perdeu o rumo por alguma razão e acabou cercado pelos samurais que surgiam com as espadas desembainhadas. O gordo corpanzil inchado pelo saquê e a forma como carregava a alabarda fizeram talvez com que os samurais o tomassem como um adversário de respeito. Ao vê-lo, eles trocaram olhares de advertência, e dois ou três entre eles se aproximaram com passos cautelosos, erguendo juntos a ponta das espadas.

— Calma lá, sou um dos homens desta casa! — desesperado, gritou o velho afobado.

— Mentiroso! Não sou tão burro para me deixar enganar. Desista, velho!

Os samurais se preparavam para atacá-lo. Já não havia como escapar. A face do velho de Inokuma ficou da cor de um cadáver.

— Não é mentira! Não é mentira!

O velho olhou em volta com os olhos esbugalhados, procurando aflito um caminho para fugir. Um suor frio lhe brotava da testa. Sua mão tremia sem parar. Mas para onde quer que se voltasse, só via samurais e salteadores engalfinhados em sangrenta luta mortal. Amigos e inimigos se fundiam numa só turba, de onde partiam continuamente gritos e tinidos de ferros, que se elevavam ao céu e ignoravam a suavidade do luar. Percebendo que a fuga se tornara absolutamente impossível, o velho de pronto se transfigurou. Com uma expressão selvagem, arreganhou os dentes e se pôs agilmente em guarda com a alabarda em riste, proferindo insultos:

— Menti sim, e daí? Idiota! Rufião! Animal! Vamos, venha!

Uma chispa saltou na ponta da alabarda. Um dos samurais, robusto e com uma cicatriz avermelhada, avançara desferindo golpes a torto e a direito com sua espada. Evidentemente, o velho não era páreo para um adversário como aquele. Cruzou a alabarda por dez vezes, quando muito, e já não conseguia manejar direito a arma. Foi recuando aos poucos até a metade da ruela, quando o adversário, com um grito, partiu o cabo da alabarda ao meio com um só golpe de sua espada, para em seguida desferir outro de viés em seu ombro. O velho foi ao chão, caindo sobre o traseiro com os olhos ainda mais arregalados, como se fossem saltar da órbita. Não conseguindo suportar a dor e o pavor, começou a gritar enquanto fugia de gatinhas:

— Uma cilada! Armaram uma cilada! Socorro, é uma cilada!

Às suas costas, o samurai da cicatriz vermelha ergueu-se na ponta dos pés, levando a espada para o alto. E se nesse instante uma figura simiesca não houvesse saltado entre eles agitando a barra do quimono ao luar, o velho de Inokuma teria com certeza encontrado seu miserável fim. Mas essa figura, parecida com um macaco, introduziu-se entre eles, empurrando-os, e, sacando subitamente um punhal, enfiou-o no peito do samurai. Ao mesmo tempo, atingida pelo golpe de espada desferido pelo adversário, soltou um urro medonho. Saltando como se houvesse pisado sobre ferro em brasa, agarrou-se ao rosto dele e ambos rolaram pelo chão.

Os dois se engalfinhavam agora numa luta que não se diria de seres humanos, mas animalesca, agredindo-se a socos, mordidas e puxões de cabelo. Por alguns instantes não foi possível distinguir um do outro, mas então a figura simiesca sobrepujou o adversário. O punhal luziu pela segunda vez e o rosto do homem perdeu instantaneamente a cor. Apenas a cicatriz permaneceu vermelha como antes. Exausta, a figura se estendeu inerte de costas sobre o corpo do samurai. Só então foi possível ver, banhada pelo luar, a cara de sapo toda enrugada da velha de Inokuma, que arfava de modo convulsivo.

A velha permaneceu por algum tempo estirada sobre o cadáver do samurai, gemendo e respirando com dificuldade e sofrimento. Mantinha ainda a mão esquerda cerrada, segurando com firmeza o cabelo do adversário, mas de repente arregalou e moveu os olhos brancos. Mexeu então duas ou três vezes os lábios ressecados.

— Velho! Ó meu velho! — chamou com ternura pelo marido com um sopro de voz. Contudo, ninguém atendeu ao chamado. O velho, ao ser socorrido pela mulher, largara suas armas e fugira mais que depressa aos tropeções escorregando no sangue. Mesmo depois disso, os salteadores continuavam a lutar desesperadamente aqui e ali, brandindo suas armas. Para a velha moribunda não passavam todos eles de companheiros de viagem, assim como o samurai que abatera. A velha de Inokuma ainda chamou pelo marido diversas vezes com a voz cada vez mais apagada, sentindo a cada vez a dor de uma tristeza inominável, ainda mais aguda que a dos ferimentos que recebera. A visão se tornava mais fraca a cada instante. Tudo ao redor lhe parecia enevoado e, com exceção da vastidão do céu noturno que se expandia acima dela e da pequena lua que lá brilhava, nada mais podia distinguir.

— Ó meu velho! — sussurrou com a boca cheia de sangue e saliva. Depois, entrou num estado de êxtase e submergiu ao fundo da inconsciência — do sono do qual jamais viria a despertar.

Taro passava nesse instante, cavalgando tempestuosamente um cavalo baio em pelo com a espada ensanguentada entre os dentes, empunhando as rédeas com ambas as mãos. O cavalo era com certeza o potro de três anos originário de Michinoku, cobiçado por Shakin. A ruela, de onde os salteadores já haviam se retirado abandonando os corpos dos comparsas mortos, parecia esbranquiçada sob o luar, como se estivesse coberta por uma geada. Com o cabelo solto ao vento, Taro voltou o rosto de cima do cavalo. Lançava um olhar vitorioso para o grupo que o perseguia aos brados.

E com razão. Ao perceber que seus comparsas estavam irremediavelmente derrotados, ele decidira tomar pelo menos o cavalo. Assim, invadira sozinho o portão interno do pátio da mansão, brandindo a espada e derrubando os samurais que se colocavam à sua frente. Arrebentara com facilidade a porta da estrebaria com um pontapé, cortara as amarras do cabresto e saíra em disparada sobre o dorso do cavalo, que derrubava com suas patas quem surgisse à sua frente para obstruir a fuga. Recebera alguns ferimentos, não saberia dizer quantos. A manga da túnica estava em frangalhos, do *eboshi* só restava a corda, e o *hakama*[25], em tiras, estava empapado de sangue. Mas tudo isso lhe dava satisfação, pois havia atravessado uma floresta de espadas e alabardas e dela emergira abatendo tantos quantos se opuseram. Com um sorriso triunfante nos lábios, Taro espicaçou o cavalo fazendo-o correr, lançando de tempo em tempo o olhar para trás.

Pensava em Shakin — e também, em Jiro. Repreendia-se por sua fraqueza, mas alimentava a esperança de um dia ter de volta o amor de Shakin. Pois quem mais a não ser ele teria sido capaz de arrebatar aquele cavalo, e naquelas circunstâncias? Os adversários estavam unidos. Além disso, possuíam o domínio estratégico da área. Se fosse Jiro — por um breve momento, ele o viu em pensamento derrubado por espadas inimigas. Não era uma imagem desagradável. Ao contrário, algo dentro de Taro desejava que isso fosse realidade. Se pudesse matar Jiro sem sujar as próprias mãos, evitaria dores na consciência. E também evitaria que Shakin o odiasse por isso. Mas enquanto assim pensava, envergonhava-se também de sua covardia. Levou a espada à boca com a mão direita e limpou vagarosamente o sangue que havia nela.

Entretanto, no instante em que devolvia a espada à bainha, ao dobrar uma esquina, Taro viu à sua frente, sob o luar, uma matilha de vinte ou trinta cães que ladravam ferozmente. E percebeu de modo vago o vulto escuro de um homem encostado num muro, sozinho entre os cães. O cavalo relinchou alto, agitando a longa crina, e, rápido como o vento, erguendo poeira com as quatro patas, num instante levou Taro de encontro à matilha.

---
25. Calção largo utilizado tanto por homens como por mulheres.

— Jiro?

Esquecido de tudo, Taro gritou fitando o irmão e franzindo o cenho com severidade. Jiro ergueu a cabeça, segurando a espada com uma das mãos, e voltou o rosto ao irmão mais velho. Por um instante, ambos sentiram algo assustador oculto no âmago do olhar trocado. Mas foi literalmente apenas por um instante. Assustado pelos cães, o cavalo jogou a cabeça para o alto e, descrevendo um círculo amplo com as patas dianteiras, saltou adiante mais rápido ainda do que quando viera, deixando atrás uma densa coluna de poeira branca que se erguia sob a escuridão do céu noturno. Jiro se viu só como antes, de pé, embora ferido, paralisado no meio dos cães...

Taro empalideceu. O sorriso de instantes atrás sumira de seu rosto. Alguém dentro dele sussurrava: "Vá, corra, corra!" Bastava correr, por uma hora, por meia hora, e tudo estaria terminado. Os cães fariam aquilo que, cedo ou tarde, ele próprio teria de fazer.

"Por que não corre?" — o sussurro não abandonava seus ouvidos. É verdade. Era algo que, de qualquer forma, ele teria de fazer algum dia. Mais cedo ou mais tarde, que diferença faria? Se a situação fosse inversa, Jiro certamente faria o que ele estava pensando em fazer. "Corra, o Rashomon não está longe!" Com um olhar febril em seu único olho, Taro espicaçou o cavalo, meio inconsciente. Erguendo alto a cauda, o cavalo disparou soltando faíscas com o casco. Dois ou três quarteirões ficaram para trás como se levados por uma rápida correnteza.

Mas, então, uma terna palavra lhe veio aos lábios: mano. Mano, irmão de sangue, que nunca poderia ser esquecido.

Taro rilhou os dentes empunhando as rédeas com firmeza. Todo o seu julgamento desvanecia diante dessa palavra, sem deixar resquícios. Ele não precisava escolher entre Shakin e o irmão. A palavra "mano" atingira sua alma como um relâmpago. Não viu mais o céu. Nem a ruela, e a lua não chegava aos seus olhos. Viu apenas a noite infindável. E um sentimento tão profundo como a noite. Feito um louco, gritou pelo irmão, e, vergando o corpo, puxou a rédea violentamente com uma das mãos. Num instante, o cavalo voltou a cabeça. Soltando espuma como neve pela boca, o baio feriu o chão com os cascos como se fosse despedaçá-lo. No momento seguinte, Taro disparava com o cavalo suado na direção de onde viera, com o único olho flamejando no rosto sombreado pelo sofrimento.

— Jiro! — exclamou, ao aproximar-se dele. O turbilhão de sentimentos que atormentava sua alma irrompeu de vez com esse grito. Sua voz chegou aos ouvidos de Jiro vibrante como uma martelada no ferro em brasa.

Jiro lançou um olhar agudo ao irmão sobre o cavalo. Não era o mesmo de sempre. Nem o mesmo que, há poucos instantes, havia disparado com o cavalo para longe dele. No cenho franzido, nos dentes que mordiam o lábio inferior, e, principalmente, em seu único olho misteriosamente ardente, Jiro percebeu as chamas de um amor — um estranho amor, vizinho do ódio, como nunca conhecera.

— Vamos, suba logo, Jiro! — disse Taro como se ralhasse, avançando como meteoro dentro da matilha de cães e colocando o cavalo em diagonal na ruela. Não era momento para hesitações. Jiro arremessou a espada em suas mãos para longe e agarrou com agilidade o pescoço do cavalo, aproveitando a distração dos cães que seguiram a espada. Taro estendeu o braço e, agarrando a gola de sua túnica, ergueu-o com a força do desespero para cima do cavalo. Quando o animal revolveu a cabeça agitando as crinas sob o luar, Jiro já se encontrava sobre seu dorso, abraçado firmemente ao peito do irmão.

Um cão negro com o focinho ensanguentado emitiu um rugido feroz e saltou à altura da sela, erguendo poeira. As presas aguçadas por pouco não atingiram os joelhos de Jiro. Taro chutou nesse instante o ventre do baio. Com um relincho, o animal ergueu a cauda e se projetou para a frente. O cão caiu rente à cauda erguida do cavalo e foi ao chão no meio do redemoinho de cães da matilha, com um pedaço da perneira de Jiro entre os dentes.

Mas Jiro assistia a tudo isso como a um sonho agradável, com olhos enlevados. Eles não viam nem o céu nem a terra. Viam apenas o rosto do irmão que abraçava — um rosto grave e bondoso, iluminado pelo luar, atento ao caminho que se abria adiante. Uma paz infinita aos poucos invadia sua alma — a paz que deixara de sentir havia longos anos, desde que abandonara o colo da mãe. Uma paz serena, porém vigorosa.

— Mano!

Jiro abraçou com força o irmão, esquecendo-se de que estava sobre o dorso de um cavalo. Com um sorriso de felicidade, encostou o rosto na túnica azul marinho do irmão, deixando as lágrimas rolarem livremente.

Meia hora depois, os dois cavalgavam pela via Suzaku deserta. Ambos permaneciam calados. Apenas o ruído dos cascos do cavalo ecoava pela via silenciosa. Sobre eles, a via láctea se esparramava límpida pelo céu.

8

As trevas da noite ainda não se haviam dissipado no Rashomon. Olhando para o alto, a claridade da lua, já inclinada sobre o horizonte, hesitava sobre as telhas umedecidas pelo sereno gelado e sobre os balaústres desbotados do alto do portal. Abaixo, entretanto, a alta cimalha projetada em diagonal bloqueava a entrada da lua e da brisa. Uma escuridão abafada, infestada de mosquitos, ali se estagnava apodrecida, onde o bando de salteadores escorraçados da mansão do oficial da Justiça se reunia — alguns de pé, outros deitados, outros agachados ao pé das colunas circulares, ao redor da escassa claridade de tochas acesas, ocupados em cuidar dos ferimentos.

Entre todos eles, o velho de Inokuma era quem estava em pior estado. Jazia com os olhos entreabertos, deitado de costas sobre o quimono de Shakin estendido sobre o solo, emitindo vez ou outra gemidos roucos, ainda apavorado. Estava exausto e extenuado e às vezes perdia a noção do tempo. Não sabia dizer se lá estava estirado por horas ou por anos. Diversas imagens o assaltavam sem cessar, como se quisessem escarnecer de um velho moribundo. Quando isso acontecia, acabava confundindo essas imagens com o que via acontecer naquele momento sob o portal, como se tudo fizesse parte do mesmo mundo. Profundamente submerso nessa confusão mental em que o tempo e o espaço se misturavam, o velho revivia com precisão os momentos de sua vida detestável, segundo uma sequência que ultrapassava a lógica.

— Ó velha! Cadê a velha? — rugiu, apavorado por imagens horrorosas que surgiam das trevas e nas trevas desapareciam. Ao lado dele, Heiroku de Katano, com o ferimento da testa envolto numa manga de camisa, espichou o pescoço.

— A velha? Ela já se foi para o paraíso. Deve estar esperando ansiosamente por você, sobre folhas de loto[26] — disse, rindo da própria piada. Depois voltou-se para Shakin, que cuidava do ferimento na coxa de Juro de Makinoshima em outro canto.

— Chefe, acho que o velho não está muito bem. É crueldade deixá-lo sofrer. Estou pensando em lhe dar um golpe de misericórdia.

Shakin soltou uma risada cristalina.

— Que é isso? Se ele vai morrer de qualquer jeito, deixe que morra naturalmente.

— Realmente, isso é verdade...

O velho de Inokuma ouviu o diálogo e sentiu a alma gelar de pavor e apreensão. Diante dos inimigos era um covarde, mas viera assassinando com sua alabarda inúmeros comparsas moribundos, valendo-se dessa desculpa de Heiroku. Adiantara-se para executar essa ação impiedosa na maior parte das vezes apenas por interesse em matar, ou então para mostrar coragem aos outros companheiros e a si próprio. Mas agora...

O velho ouviu alguém cantarolar oculto entre as sombras do fogo da tocha, indiferente ao seu sofrimento. Depois, uma palmada desferida para esmagar um mosquito. Outro acompanhava a canção batendo palmas e incentivando: "Vai, continua!" Houve um riso abafado de dois ou três. Com certeza,

---

26. O lago de loto faz parte da imagem do Paraíso budista.

sacudiam os ombros ao rir. Com o corpo inteiro tremendo, o velho descerrou as pálpebras pesadas e fixou o olhar na chama da tocha para certificar-se de que ainda estava vivo. A tocha emitia círculos de luz ao redor da chama que, acossada sem tréguas pela noite, resistia com uma claridade aflitiva. Um pequeno besouro entrou zumbindo no círculo luminoso e caiu de pronto com as asas queimadas. Um odor de folhas verdes, forte e insistente, agrediu as narinas do velho.

"Devo morrer logo mais, como aquele besouro. Meu corpo decerto será devorado, sangue e carne, por vermes e moscas. Ah, eu estou morrendo! E meus camaradas estão rindo e cantando, como se nada estivesse acontecendo!" Esses pensamentos provocaram raiva e angústia inomináveis, que torturavam a espinha do velho de Inokuma. Ao mesmo tempo, sentiu como se um pião rodopiasse soltando faíscas diante de seus olhos.

— Animal! Desalmado! Taro! Bandido!

Essas palavras caíam entrecortadas da ponta da sua língua entorpecida. Juro de Makijima voltou-se no chão onde estava deitado tomando cuidado para evitar a dor do ferimento da coxa, e sussurrou para Shakin com voz seca:

— Taro está sendo muito odiado, não?

Shakin lançou um rápido olhar ao velho e fez que sim com a cabeça. A mesma voz que cantarolava perguntou:

— O que foi feito de Taro?

— Não deve ter conseguido escapar com vida.

— Quem o viu morrer?

— Eu o vi lutando contra cinco ou seis.

— Ah, que descanse em paz!

— E Jiro? Não apareceu também.

— Provavelmente, teve o mesmo destino do irmão.

"Taro morreu. A velha também se foi. Eu também vou morrer logo. Vou morrer. O que é morrer? Eu não quero morrer, de jeito nenhum. Mas vou. Como um inseto, fácil assim." Pensamentos dispersos acudiam de todos os lados como os mosquitos que esvoaçavam na escuridão, e picavam cruelmente a alma do velho. Percebia o vulto disforme e asqueroso da Morte oculto atrás da coluna redonda revestida de laca, espreitando silenciosa e pacientemente sua respiração. Ela observava seu sofrimento com impiedosa indiferença e, mais que isso, sem pressa alguma. O velho a sentia se aproximar, arrastando-se para perto de seu travesseiro, aos poucos, como o apagar do luar que aos poucos fenecia. Seja como for, ele não queria morrer. Súbito, a mesma voz voltava a cantarolar — um novo canto lamentoso. Alguém, bem próximo de sua cabeceira, disse espirrando saliva:

— Não estou vendo a idiota da Akogi.

— É mesmo!

— Ora, deve estar dormindo lá em cima.

— Epa, há um gato miando lá!

Todos se aquietaram. De fato, débeis miados de um gato se fizeram ouvir no silêncio que se seguiu, misturados aos gemidos intermitentes do velho. Uma brisa morna soprou pela primeira vez por entre as colunas, trazendo o aroma adocicado de *nozenkazura*.

— Dizem que gato também toma forma humana...

— Gato disfarçado de velho é boa companhia para Akogi!

Shakin interveio em tom de repreensão, arrastando a seda de seu quimono:

— Não é gato, não! Alguém vá ver o que está acontecendo!

Respondendo à ordem, Heiroku de Kohno subiu, batendo com a bainha da espada contra a coluna. A escada de vinte e poucos degraus que conduzia ao mirante ficava ao lado da coluna. Todos se mantinham calados, tomados por uma inexplicável apreensão. Nesse ínterim, a brisa carregada com o perfume da flor soprou vagarosamente outra vez. Súbito, Heiroku praguejou no alto do mirante. Passos precipitados desceram pela escada perturbando a densa escuridão. Era algo grave.

— Vejam só! Akogi deu à luz uma criança!

Descendo a escada, Heiroku trouxe depressa à luz da tocha algo arredondado, envolto numa peça de roupa velha cheirando a mulher. Havia dentro dela um bebê recém-nascido. Mais parecia uma rã despida de pele que um ser humano, e chorava amarrotando o rosto feio, agitando pesadamente a cabeça enorme. A penugem rala, os dedos finos, tudo naquele bebê despertava curiosidade e asco ao mesmo tempo. Heiroku balançava a criança em seus braços e tagarelava cheio de si, olhando ao redor:

— Fui até lá em cima e encontrei Akogi estirada como morta, de bruços debaixo da janela, gemendo. Ela é idiota, mas é sem dúvida mulher, e por isso pensei que estivesse tendo um ataque de histeria. Mas ao chegar perto dela, que susto! Uma coisa parecida com tripa de peixe espalhada gritava na escuridão. Quando a peguei, ela estremeceu! Não podia ser gato porque não tinha pelos. Eu a agarrei e trouxe sob o luar e vi então que era este bebê recém-nascido! Vejam, tem marcas vermelhas no peito e na barriga, vai ver foi picado por mosquitos... Agora Akogi é mãe!

Ao redor de Heiroku, de pé diante da tocha, quinze ou dezesseis salteadores se juntaram, alguns de pé, outros deitados, todos esticando o pescoço para observar o pedaço de carne avermelhada e feia que acabara de receber vida. Sorriam com ternura, nem pareciam os mesmos. A criança não parava quieta. Agitava os pés. Agitava as mãos. Por fim, deitou para trás a cabeça e começou a chorar com violência. Mostrava a boca sem dentes.

— Ih, ele tem língua! — disse espantado o homem que estivera cantarolando. A isso, todos desataram a rir, esquecidos dos ferimentos. Imediatamente o velho ergueu a voz irada, enérgica como não se poderia esperar de alguém em suas condições:

— Me deixe ver a criança! Ei! Traga aqui a criança! Ó desgraçado!

Heiroku cutucou com o pé a cabeça do velho e replicou, ameaçador:

— Quer ver, então veja! Desgraçado é você!

O velho de Inokuma esbugalhou os olhos turvos e cravou o olhar na criança que Heiroku trouxe sem mais cuidados diante dele, baixando o corpo. O rosto do velho se tornou aos poucos branco como vela e lágrimas começaram a se juntar sob as pálpebras enrugadas. Um estranho sorriso ondulou no contorno de seus lábios trêmulos. Uma inocência nunca vista tomou conta de seu rosto, afrouxando os músculos da face. O velho tagarela permanecia calado. Todos perceberam que a morte, enfim, se apoderava dele. Entretanto, ninguém ali conhecia o significado daquele sorriso.

Deitado como estava, o velho estendeu devagar a mão e tocou de leve os dedos do bebê. A criança abriu de pronto um choro doloroso como se tivesse sido picada por agulha. Heiroku quis repreender o velho, mas desistiu. O rosto —

pálido, inchado pelo álcool — lhe pareceu, apenas nesse momento, fora do normal: parecia fulgurante, havia nele uma imaculável dignidade. Até Shakin teve o olhar preso ao rosto do padrasto e amante, e a respiração tolhida como se algo estivesse por acontecer. Mas ele permanecia calado. Apenas uma secreta alegria começava a aflorar nesse rosto, silenciosa, agradável como a brisa da antemanhã que começara a soprar. O velho havia percebido naquele momento, além da noite escura — num céu distante, inatingível pela visão humana — a eterna alvorada que despontava, desolada e fria.

— Meu filho, ele é meu filho! — disse ele, bem claro.

Depois, tocou outra vez o dedo da criança. Mas o braço perdeu a força e começou a cair. Shakin, ao seu lado, segurou-o delicadamente. Os salteadores, mais de dez, continuaram todos imóveis e calados como se não tivessem ouvido as palavras finais do velho. Shakin ergueu o olhar para Heiroku, que se erguera carregando a criança, e fez um leve sinal com a cabeça.

— Ele se engasgou com catarro — murmurou Heiroku, como se falasse consigo mesmo. Enquanto o bebê chorava assustado com a escuridão, o velho de Inokuma, que mostrara débeis sinais de agonia, havia expirado em silêncio, como a chama de uma tocha que se apaga.

— É, o velho acabou morrendo!

— Pois é. Agora sabemos quem foi que violentou Akogi.

— Vamos ter que enterrar o cadáver lá no matagal.

— Coitado, não podemos abandoná-lo aos corvos!

Assim conversavam os salteadores, estremecendo ligeiramente de frio. Um galo cantou ao longe. Parecia que a noite estava por findar.

— E Akogi? — perguntou Shakin.

— Eu a cobri com os panos que consegui juntar. Com a saúde que tem, não creio que haja problema... — Mesmo a resposta de Heiroku traía uma brandura que ele não costumava demonstrar.

Enquanto isso, dois ou três dos salteadores carregaram o cadáver do velho para fora, onde a escuridão ainda reinava. Sob o pálido luar da madrugada, as folhas de capim se agitavam de leve no matagal sombrio. O odor adocicado da *nozenkazura* era cada vez mais forte. O ruído sutil que de vez em quando se ouvia eram as gotas de orvalho que escorregavam das folhas de bambu.

— O rosto dele está melhor agora do que era em vida.
— Pelo menos, com mais cara de gente honesta.

Diziam isso em meio a preces, enquanto o cadáver do velho, manchado de sangue, seguia aos poucos carregado cada vez mais fundo no mato cerrado de bambu e trepadeiras.

9

No dia seguinte, descobriu-se no interior de uma casa em Inokuma o cadáver de uma mulher brutalmente assassinada. A mulher era jovem, bem nutrida e bela. Os ferimentos que recebera davam a perceber que tinha oferecido uma resistência feroz. A única evidência deixada pelo assassino era um pedaço da manga de túnica, da cor de folhas secas, que a mulher tinha entre os dentes.

Por estranho que pareça, a criada de nome Akogi que trabalhava na casa não recebera ferimento algum, mesmo estando também no local. Ao que parecia, de acordo com o depoimento dela, prestado na delegacia de inquisição, os fatos teriam ocorrido da seguinte forma — ao que parecia, pois Akogi era quase idiota de nascença e fora impossível obter informações mais precisas: naquela noite, ao acordar casualmente a altas horas, ela vira os irmãos Taro e Jiro discutindo com Shakin aos gritos. Enquanto Akogi se perguntava o que estaria acontecendo, Jiro de repente desembainhara a espada e desferira um golpe em Shakin, que fugiu gritando por socorro. Mas então Taro teria desferido outro golpe. A seguir, e por certo tempo, o que se ouviu foram imprecações proferidas pelos dois e gemidos de agonia da Shakin. Até que, tendo Shakin cessado de respirar, os irmãos se abraçaram de súbito, e assim permaneceram por longo tempo a chorar. Akogi assistira a tudo pela fresta da porta, mas não fora em socorro da patroa porque tivera receio de ferir o bebê que dormia em seus braços.

— Além disso — disse ela, enrubescendo —, esse Jiro é o pai desta criança! Depois, Taro e Jiro vieram até mim e me desejaram boa sorte. Eu mostrei a criança a Jiro. Ele riu e afagou-a. Eu vi então que seus olhos ainda estavam cheios de lágrimas. Eu queria ficar mais tempo com ele, mas os dois saíram com muita pressa. Saltaram sobre o cavalo que devem ter deixado amarrado na ameixeira e sumiram, não sei para onde. Não havia dois cavalos. Quando fui à janela carregando esta criança, vi muito bem que os dois cavalgavam um só cavalo, pois havia lua. Depois disso, deixei o corpo da patroa como estava e fui dormir quietinha. Já tinha visto a patroa matar muita gente e por isso não senti medo algum do cadáver.

O inquiridor conseguiu obter apenas essas informações. Ficara claro que Akogi não tivera culpa nenhuma e ela foi solta imediatamente.

Decorridos dez anos, Akogi, que se tornara monja e criava o filho, viu passar diante de si um samurai da guarda de certo nobre, famoso por sua valentia. Nessa ocasião, ela o identificou a outras pessoas como Taro. De fato, o samurai era caolho e tinha leves marcas de varíola no rosto.

— Se fosse Jiro, eu iria correndo encontrá-lo, mas esse homem aí me causa medo... — dissera Akogi com trejeitos de donzela. Mas ninguém soube dizer se esse samurai realmente era Taro. Mais tarde, alguém também comentou por acaso que o homem tinha um irmão mais novo e que serviam ambos ao mesmo amo...

INFERNO
(1918)

1

O mundo jamais conheceu alguém como o grão-senhor de Horikawa, e tampouco virá a conhecer alguém como ele em épocas futuras. Pois não dizem que a divindade guerreira Yamantaka apareceu em sonho à senhora sua mãe para lhe anunciar o nascimento dele? De qualquer forma, o fato é que desde o berço ele se distinguia das pessoas comuns. Assim, nos surpreendia em tudo que realizava. Por exemplo, sua imensa mansão de Horikawa: uma arquitetura, como direi, magnífica, esplendorosa, ousada, além do alcance de nossa medíocre imaginação. Contudo, há quem queira ainda encontrar defeitos no grão-senhor e critique seu comportamento, comparável, segundo alguns, ao dos déspotas chineses Shi[1] e Yang.[2] São, como diz o provérbio, um bando de cegos apalpando um elefante. Pois o grão-senhor nunca procurou a glória e a opulência somente para si. Preocupava-se com os humildes, dir-se-ia que procurava compartilhar a felicidade com todos e que possuía na verdade essa grandeza de espírito.

---

1. Imperador chinês, déspota, construtor da Grande Muralha (259-c.210 a.C.).
2. Outro imperador chinês megalomaníaco, que sacrificou o povo construindo grandes obras (569-618).

Provavelmente por isso, nada lhe aconteceu quando se deparou com o séquito de fantasmas em Nijo Omiya.[3] E mesmo o espírito de Minamoto-no-Tooru[4] que, segundo dizem, costumava aparecer todas as noites em Kawara-no-in[5], nunca mais retornou, certamente repreendido pelo grão-senhor. Não era de se admirar que todos em Kyoto, homens e mulheres, velhos ou moços, o idolatrassem como o próprio Buda reencarnado, tão magnífico era ele. Tanto que certo dia, ao retornar de um banquete em celebração à floração das ameixeiras realizado no Palácio Imperial, quando um dos bois de sua carruagem se soltou e feriu um ancião que passava por ali, o velhinho juntou as mãos, comovido por ter sido machucado pelo animal da carruagem do grão-senhor.

Destarte, ocorreram no decurso de sua vida inúmeros acontecimentos dos quais se ouvirá falar ainda por muitas gerações. Certa feita, durante o Grande Banquete Imperial, ele foi homenageado pelo imperador com um presente de trinta magníficos corcéis, todos brancos; noutra ocasião ofereceu sua criança predileta[6] em sacrifício aos deuses na construção da ponte de Nagara[7], e houve também a vez em que fez com que um médico chinês extraísse um tumor que lhe surgira

---

3. Séquito de fantasmas que costumava aparecer em Nijo Omiya, local ermo da cidade de Kyoto, causando infortúnio aos que com ele se deparassem.
4. Filho do imperador Saga, que viveu entre os anos 822 e 895.
5. A antiga mansão de Minamoto-no-Tooru, em Kyoto.
6. Os nobres da época empregavam crianças para executar tarefas menores.
7. Sacrifícios humanos eram enterrados sob pilares de pontes quando a construção enfrentava problemas, para aplacar a ira dos deuses.

na coxa...[8] Enfim, são tantos os episódios importantes de sua vida que mencionar todos seria uma tarefa interminável. Mas, de todos esses incontáveis acontecimentos, nenhum supera em horror o do biombo com a pintura do inferno, hoje incorporado ao acervo dos tesouros da família. O próprio grão-senhor, que raramente se deixava impressionar, pareceu ter-se assustado daquela vez. E se assim aconteceu até com ele, é natural que nós, súditos mais próximos, sentíssemos a alma desfalecer. Eu mesmo sirvo ao grão-senhor já por vinte longos anos, mas confesso jamais ter visto algo tão pavoroso em todo esse tempo.

Contudo, antes de contar-vos essa história, será necessário falar do autor da pintura, um artista chamado Yoshihide.

2

Yoshihide — talvez alguém se recorde ainda desse homem — era um célebre pintor, de quem se dizia não haver entre seus contemporâneos outro comparável a ele. Devia beirar os cinquenta anos na época daqueles acontecimentos. À primeira vista era apenas um velhinho maldoso, de baixa estatura, magro, pele e osso. Quando visitava a mansão do grão-senhor, apresentava-se muitas vezes trajado como nobre, mas vinha de berço humilde. Os lábios, estranhamente avermelhados para um velho como ele, atraíam a atenção em seu rosto. Despertavam uma sensação repulsiva, deveras animalesca. Havia quem atribuísse aquela vermelhidão ao

---
8. A cirurgia não era praticada na época, e exigia coragem dos pacientes.

hábito de lamber o pincel, que lhe teria passado o carmesim aos lábios, mas não há como sabê-lo. Outros, ainda mais maldosos, diziam que o pintor tinha modos simiescos e puseram-lhe até o apelido de Saruhide.[9]

Aliás, por falar em Saruhide, há outra história. Naqueles dias, uma filha de Yoshihide de quinze anos de idade se encontrava na mansão do grão-senhor, requisitada por ele como menina servente. Mas ela em nada parecia com o pai, tão graciosa era. Ainda por cima, era bondosa, possuidora de uma compaixão que a idade não fazia supor — talvez por ter perdido a mãe cedo —, inteligente por natureza e atenciosa, embora jovem. Por tudo isso, era tratada com carinho tanto pela senhora como pelas damas da casa.

Então, em certa oportunidade, alguém trouxe por oferenda um macaco domesticado do país de Tanba[10], e o príncipe, ainda na idade travessa, pôs-lhe o apelido de Yoshihide. Ninguém no palácio conseguia conter o riso com esse apelido, sem falar das atitudes do macaco, já cômicas por si só. Teria sido bom se ficassem apenas nas risadas mas, por falta do que fazer, todos queriam maltratá-lo, ora por ter trepado no pinheiro do jardim, ora por ter sujado o tatame dos quartos das damas, e castigavam-no a toda hora, gritando seu apelido, Yoshihide.

Eis que um dia a filha do pintor Yoshihide, da qual vos falei, vinha pelo longo corredor do palácio trazendo um ramo de flor de ameixa de inverno com um bilhete do

---

9. De *saru* — macaco, somado ao nome Hide, ou seja, "macaco Hide".
10. Região que abrange a atual cidade de Fuchu, em Tóquio, e a área oriental da província de Hyogo.

grão-senhor[11], quando o macaquinho Yoshihide surgiu de trás de uma portinhola ao longe, mancando pelo chão em fuga desesperada, sem a costumeira agilidade em subir pelas colunas, talvez por ter torcido a pata em algum lugar. E, a persegui-lo, vinha o príncipe com uma vara na mão, gritando:

— Espera aí, ó ladrão de laranjas!

Vendo o que acontecia, a filha de Yoshihide pareceu hesitar por um momento, mas o macaco fujão se agarrou à barra do seu *hakama*[12] com gritos aflitos. De repente, movida por um impulso de piedade, a menina estendeu com um gesto leve uma das mãos, fazendo cair a manga do seu *uchigi*[13] violeta, e, ainda segurando o ramo de flor de ameixa, ergueu o macaco com delicadeza. Em seguida, curvou-se defronte ao príncipe em doce mesura, dizendo-lhe com voz meiga:

— Perdoai-o, é apenas um animal!

Mas o jovem príncipe viera correndo furioso, e assim, com o semblante fechado, bateu com os pés no chão duas ou três vezes enquanto dizia:

— Por que o proteges? Esse macaco é um ladrão de laranjas!

— Mas, senhor, é apenas um animal... — repetiu a menina, e acrescentou sorrindo tristemente: — Além disso, com o apelido Yoshihide, sinto como se visse meu próprio pai sendo castigado, e podeis compreender que não consigo

---

11. Atar bilhetes em ramo de flores e enviá-lo a mulheres era hábito galante da época entre os fidalgos.
12. Calça longa e larga, utilizada por homens e mulheres.
13. Kimono longo usado pelas damas do período Heian.

manter-me indiferente — disse ela num repente de ousadia. Aparentemente, essas palavras conseguiram demover o príncipe.

— Ah, estás suplicando pela vida de teu pai, então não posso deixar de atender-te.

Mesmo contrariado, largou a vara e retornou em direção à portinhola por onde viera.

3

A afeição entre o macaquinho e a filha de Yoshihide cresceu depois disso. A menina pendurou um guizo, presente da princesa, numa bela fita vermelha, e o amarrou ao pescoço do macaco. Este nunca a deixava, não importava o que acontecesse. Certa vez, estando a menina de cama por causa de uma gripe, lá estava o macaco, sentado junto à cabeceira, aflito — pelo menos assim parecia — a roer as unhas.

E, fato curioso, nessas condições ninguém mais maltratava o macaco como antes. Ao contrário, começavam a tratá-lo com carinho. Até o príncipe passava vez ou outra a jogar-lhe castanhas e caquis. Como se não bastasse, ouvi que se enfureceu terrivelmente quando um samurai chutou o macaco. Dizem que foi este incidente que despertou a atenção do grão-senhor para a filha de Yoshihide e fez com que a convocasse à sua presença, recomendando que trouxesse o macaco. Naturalmente, já devia ter ouvido sobre as circunstâncias que aproximaram o animal da menina.

— Tens bons sentimentos para com teu pai. Recebe o meu apreço.

Com essas palavras, presenteou a menina com um *akome*[14] vermelho. De súbito, o macaco se adiantou respeitosamente para recebê-lo em lugar da menina, arremedando gestos humanos e deixando o grão-senhor de muito bom humor. Percebe-se por tudo isso que os favores com os quais ele passou a distinguir a filha do Yoshihide nada mais eram que demonstração de apreço à devoção filial da menina revelada no carinho devotado ao macaco, e nunca de paixão carnal, como línguas ferinas insistiam em insinuar. Havia razão, entretanto, para esse tipo de comentário, mas isso vos relatarei no devido tempo. Bastará por ora dizer-vos que o grão-senhor não era pessoa que se deixasse apaixonar pela filha de um mísero pintor, por mais bela que fosse.

A filha de Yoshihide retirou-se honradamente da presença do grão-senhor, mas, inteligente como era, não se fez objeto de inveja das damas levianas. Ao invés disso, passou a ser até mais querida por todas, em especial pela princesa, que a mantinha sempre a seu lado, jamais deixando de levá-la nos passeios.

Mas deixemos por um momento a menina e voltemos a falar do pai, Yoshihide. Se o macaco, como vos disse, começava a receber bons tratos, o mesmo não sucedia com o próprio Yoshihide, sempre detestado e chamado de Saruhide às escondidas. E isso acontecia não apenas nos recintos do palácio, pois até o reverendo Sohzu[15] de Yogawa[16] o odiava,

---

14. As damas da corte no Período Heian costumavam vestir diversas peças de roupa sobrepostas. O *akome* era uma peça de vestuário intermediário, usada entre as peças mais íntimas e o abrigo externo.
15. Monge de alta hierarquia.
16. Referência ao Templo Enrekiji, junto ao vale de Yogawa no Monte Hiei, em Kyoto, reduto de uma seita budista tradicional.

a ponto de mudar de cor à simples menção de seu nome, como se ouvisse falar do diabo em pessoa. (Dizem, é bem verdade, que essa aversão a Yoshihide teria sido despertada por uma caricatura feita pelo pintor de algumas façanhas do reverendo Sohzu, mas, como são comentários da ralé, a veracidade de tais boatos é duvidosa.) De qualquer maneira, tudo que se ouvia a respeito desse homem, vindo de quem quer que fosse, tinha um sabor depreciativo. Com exceção talvez de dois ou três colegas de profissão, ou de pessoas que conheciam apenas as obras, sem conhecer o autor.

Na realidade, Yoshihide não era apenas miserável de aspecto, mas possuía outros defeitos odiosos; portanto, era inevitável que tivesse o que merecia.

4

Falando dos defeitos, ele era avaro, sovina, desavergonhado, indolente, pão-duro — e, principalmente, insolente e pedante. Trazia estampada no rosto a presunção de ser o melhor pintor de todo o império. Essa soberba seria de certa forma até compreensível se demonstrada apenas em relação à pintura, mas o homem não dava o braço a torcer por nada, e não perdia uma oportunidade de zombar de tudo, até dos costumes e convenções sociais.

Diz um de seus discípulos mais antigos que certo dia, estando Yoshihide na mansão de um senhor ilustre, uma vidente famosa que ali se encontrava foi possuída por um espírito divino e lançou-lhe uma pavorosa condenação. Pois o homem nem sequer deu atenção à vidente, e com um pincel que trazia por acaso pôs-se a captar com todo o cuidado as feições assustadoras da mulher. É bem provável que aos olhos de Yoshihide até a maldição dos deuses não passasse de mera historieta para assustar crianças.

Assim genioso, Yoshihide procedeu diversas vezes com bastante irreverência, como, por exemplo, ao retratar Srimanadevi[17] com o rosto de um profano boneco de teatro, ou pintar Acalanatha[18] tendo por modelo um ex-sentenciado desordeiro. Costumava ainda responder com desprezo a quem o criticasse:

— Então os deuses retratados por Yoshihide iriam castigar esse próprio Yoshihide! Mas que disparate!

Isso deixava os discípulos estarrecidos, e não poucos dentre eles o abandonaram às pressas, por temor do que poderia lhes acontecer no futuro. Em suma, um sujeito extremamente relapso e impenitente, alguém que acreditava não existir em sua época, entre o céu e a terra, ninguém que o superasse.

Desta forma, não é necessário dizer como ele se tinha em alta conta na arte da pintura. Suas obras, é bem verdade, se distinguiam completamente das obras de outros pintores, quer pelos golpes do pincel, quer pelo colorido, o que chegava a lhe imputar, entre muitos de seus colegas de profissão que não o tinham em alta estima, a fama de ser um impostor. Diziam esses detratores que, quando se fala dos antigos grandes mestres da pintura como Kawanari ou Kanaoka, a beleza de suas obras dá origem a comentários sempre elegantes:

---

17. Deusa budista que concede proteção e graças.
18. Deus budista que afasta os males, protege os fiéis e atende os seus desejos.

que as flores de ameixa pintadas em certa porta de madeira chegam a exalar perfume nas noites de luar, ou que até se pode ouvir o som mavioso da flauta do cortesão pintado em algum biombo. As pinturas de Yoshihide, ao contrário, só ganhavam reputações estranhas e horripilantes. Tome-se, por exemplo, o quadro das cinco transmutações[19] pintado no portão do Ryugai-ji[20] — há quem diga que ouviu suspiros lamentosos e soluços dos seres celestiais ao passar pelo portão a altas horas da noite. Pior ainda, fala-se de pessoas que chegaram a sentir o cheiro nauseante de corpos em decomposição. E consta que as damas da corte retratadas por ele a mando do grão-senhor, em questão de três anos eram acometidas por uma estranha doença que lhes arrebatava a alma, levando-as à morte. Segundo esses desafetos, não haveria provas melhores que essas de que a arte de Yoshihide não era verdadeira.

Sendo, porém, como já vos disse, um homem voluntarioso e descomedido, Yoshihide se comprazia com essas maledicências, que mais lhe acendiam a vaidade. Tanto que um dia, quando o grão-senhor lhe disse, em tom de brincadeira, "Me parece que te comprazes na feiura", aqueles lábios de Yoshihide, estranhamente vermelhos para um velho, se abriram em um sorriso abjeto para responder com arrogância:

— Dizeis a verdade. Nenhum desses pintores levianos jamais compreenderá o que vem a ser a beleza do feio.

---

19. Cenas de sofrimento da transmutação da alma.
20. Templo budista fundado por volta do ano 662 pelo imperador Tenchi, em Nara.

Quanta impertinência, proferir tamanha bazófia na presença do grão-senhor! Por essa arrogância, o discípulo do qual vos falei até pusera secretamente no mestre o apelido zombeteiro de "Chiraeiju". Como sabeis, Chiraeiju é o nome de um *tengu*[21] originário da China.

Contudo, mesmo esse Yoshihide — perverso, além de qualquer limite — possuía um único aspecto de amor e sensibilidade humana.

5

Refiro-me à louca afeição que o pintor dedicava à filha única. Já vos disse do espírito gentil e da devoção filial da menina, mas o apego desse homem à filha não lhe deixava nada a dever. Para comprar-lhe quimonos ou adornos de cabelo, por exemplo, esse homem, que nunca na vida dera sequer uma pobre contribuição aos templos, não poupava dinheiro e dava-lhe de tudo sem a mínima reserva. Era simplesmente inacreditável.

Entretanto, esse apego de Yoshihide pela filha não era mais que um sentimento inconsequente, pois jamais se preocupou, nem em sonho, em procurar-lhe um bom noivo. Longe disso, Yoshihide seria perfeitamente capaz de contratar alguns vagabundos e preparar uma emboscada a qualquer um que dela se aproximasse com intenções indevidas. Por isso, quando a menina foi escolhida pelo grão-senhor para

---

21. Aparição sobrenatural com rosto avermelhado e nariz comprido. Um epíteto dado aos orgulhosos de nariz empinado.

servir em sua mansão como pequena servente, o velho, muito aborrecido, ficou de cara amarrada por algum tempo, até mesmo em sua presença. Por conjectura de pessoas que presenciaram atitudes como essa é que devem ter surgido os boatos de que o grão-senhor, encantado com a meiguice da menina, a convocara a seu serviço sem o consentimento do pai dela.

Mesmo que esses boatos não tenham fundamento, a verdade é que, por afeição à filha, Yoshihide rogava em sua alma o tempo todo que ela fosse dispensada do serviço e retornasse em breve. Uma vez, tendo Yoshihide pintado um quadro infantil de Manjusri[22] por ordem do grão-senhor, tomando por modelo um menino de recados favorito, a obra resultou magnífica. Muito satisfeito, o grão-senhor agraciou-o com as seguintes palavras:

— Terás o prêmio que quiseres. Dize sem reservas.

Sentado cerimoniosamente, eis o que respondeu Yoshihide, abusado:

— Rogo-vos, pois, concedei dispensa à minha filha!

Ainda que fosse por afeto, haverá em algum país alguém capaz de insolência como essa — solicitar, a nenhum outro senão o grão-senhor de Horikawa, a dispensa de sua dama preferida? Isso perturbou o humor do grão-senhor, usualmente tão magnânimo. Por alguns momentos, ele permaneceu calado, apenas observando o rosto de Yoshihide. Respondeu então de maneira brusca, como se cuspisse as palavras:

— Isso é impossível!

---

22. Forma infantil do deus de sabedoria Manjusri, da religião budista.

E retirou-se em seguida.

Fatos semelhantes ocorreram antes e depois disso, quatro ou cinco vezes. Pensando hoje, diria que o grão--senhor dirigia a Yoshihide olhares cada vez mais frios e distantes. E com isso a menina, por certo preocupada com o pai, era vista frequentemente a soluçar recolhida em seu quarto, mordendo aflita a manga do vestido. Talvez os boatos de que o grão-senhor assediava a menina tenham surgido desse comportamento. E não faltou quem dissesse que todo o incidente do biombo com a pintura do inferno fora provocado pela rejeição da menina aos desígnios amorosos do grão-senhor, mas, evidentemente, isso não pode ter acontecido.

A meu ver, o motivo que levou o grão-senhor a não dispensar a filha de Yoshihide estava em sua piedosa consideração pelo destino da menina, preferindo lhe dar uma vida confortável em sua mansão do que devolvê-la ao pai turrão. Sinal, sem dúvida, de seu apreço pela natureza encantadora da garota. Mas dizer que isso se tornara paixão carnal seria talvez uma versão distorcida dos fatos. Melhor dizendo, uma mentira deslavada.

De qualquer forma, nessa época em que a boa vontade do grão-senhor para com Yoshihide se arruinara bastante por causa da menina, sem que se saiba por qual motivo, o grão-senhor de repente resolveu convocar Yoshihide para lhe ordenar que produzisse uma pintura de cenas do inferno num biombo.

6

A simples menção desse biombo me traz a vívida recordação das terríveis cenas do quadro, como se as visse diante de meus olhos neste momento.

Desde o esboço, essa pintura de Yoshihide em nada se parece com o inferno retratado por outros artistas. Num canto, ela mostra uma pequena imagem dos dez reis do inferno cercados de lacaios, e, por toda a superfície do quadro, chamas ardentes elevam-se em turbilhão até as alturas, como se quisessem derreter as montanhas de espadas e selvas de adagas do inferno escaldante. Assim, a cor intensa das línguas de fogo se espalha por todo o biombo, com exceção de alguns pontos em amarelo e índigo das roupas de aspecto indiano dos súditos de Yama.[23] Em meio a isso sobem ao céu, em louco redemoinho, golfadas de fumaça negra feitas com pinceladas de tinta preta, junto às fagulhas de fogo em ouro em pó espargido a sopro.

Isso já é mais do que suficiente para assombrar, mas devemos acrescentar ainda as imagens que pontilham o quadro, de pecadores martirizados pelas intensas labaredas, nenhuma delas comparável às das pinturas congêneres. Isso porque Yoshihide se dera ao trabalho de procurar modelos para sua pintura entre pessoas de diversas camadas sociais, de nobres e cortesãos a condenados e mendigos. Aristocratas em trajes austeros, jovens damas de honra em trajes sensuais de seda, monges com longos terços, aprendizes de samurai em

---

23. Deus do Budismo, juiz do inferno.

tamancos altos, donzelas em quimonos elegantes, *onmyoji*[24] com suas oferendas — descrevê-los todos seria tarefa interminável. E toda essa turba heterogênea perdida em meio à fúria de fogo e fumaça, em fuga desesperada por toda a parte feito folhas espalhadas por temporal, acossada por carrascos com cabeças de cavalo e de touro! Uma mulher, presa pelos cabelos a uma forquilha, com os braços e pernas encolhidos como os de uma aranha — pelo aspecto uma vidente a serviço de cultos nos templos; um homem dependurado de cabeça para baixo feito morcego, o peito trespassado por uma lança — com certeza um administrador devasso. Há ainda outros, seja um açoitado por um chicote de ferro, ou outro esmagado por um enorme rochedo; seja um carregado por um pássaro sinistro, ou ainda outro mastigado pelas mandíbulas de um dragão venenoso — uma imensa variedade de martírios, assim como de pecadores.

De todas essas cenas, porém, uma delas atrai a atenção por ser particularmente aterradora. Sobre uma árvore de espadas, semelhantes às presas de alguma fera predadora, encobrindo-a parcialmente (e há corpos em profusão trespassados em seus ramos), vê-se uma carruagem de boi despencando do alto, solta no espaço. A cortina da carruagem, levantada pelo vento do inferno, mostra no interior uma mulher com o traje esplendoroso de uma dama da corte de alta hierarquia. Com os longos cabelos ondulantes açodados por labaredas, ela se contorce mostrando o alvo pescoço recurvado em sofrimento e agonia. Seja a figura dessa mulher, seja a carruagem ardendo em chamas, tudo nessa cena, até os

---

24. Filósofos Yin-yang, conselheiros da corte.

menores detalhes, evoca a pavorosa tortura do inferno escaldante. Dir-se-ia que todo o horror estampado na extensa pintura se concentrava nessa única mulher. É de se crer que esta cena provocava, a quem quer que a contemplasse, a lúgubre sensação de escutar, no fundo dos ouvidos, ecos de um grito lancinante, tão impressionante é a perfeição com que foi executada.

Ah, mas foi exatamente isso! Para que essa cena pudesse ser realizada na pintura — foi para isso que aqueles terríveis acontecimentos sucederam! E de que outra forma poderia alguém, mesmo Yoshihide, pintar com tamanha realidade a tortura do inferno? Esse homem teve um destino cruel — perdeu a vida para pintar o inferno sobre um biombo. Em outras palavras, o inferno retratado nesse biombo foi o próprio inferno para onde Yoshihide, o melhor pintor do império, despencou um dia...

Quer me parecer que no afã de descrever a extraordinária pintura do biombo eu tenha involuntariamente conturbado o curso desta narrativa. Voltemos portanto a Yoshihide, que acabara de receber a incumbência de executá-la.

7

Durante cinco ou seis meses, Yoshihide se dedicou exclusivamente ao biombo, chegando a se afastar da mansão nesse período. Fato curioso, dizem que esse homem tão apegado à filha perdia até mesmo a vontade de vê-la quando se punha a pintar. Conta o discípulo de quem já vos falei que, ao se pôr a trabalhar, Yoshihide transfigurava-se, dir-se-ia enfeitiçado por uma raposa.[25] Pois realmente diziam naquela época que Yoshihide conseguira fazer seu nome na pintura graças à reza que dedicara ao grande deus da fortuna. Por sinal, diziam as pessoas, bastaria espreitá-lo quando ele se absorvia na pintura: invariavelmente, espíritos de raposas poderiam ser percebidos como sombras silenciosas à sua volta, não apenas uma, mas várias delas, por todos os lados. Por tudo isso é fácil depreender que, uma vez com o pincel na mão, Yoshihide só se preocupava em terminar a pintura, esquecendo-se de tudo. Trancava-se no quarto por dias e noites a fio e nunca aparecia ao sol — mas essa obsessão foi ainda mais intensa quando pintou o inferno no biombo.

Entendei que não me refiro a procedimentos como misturar tintas secretas à luz de pequenas lamparinas, num recinto com as cortinas fechadas em pleno dia, ou retratar um por um, minuciosamente, os discípulos vestindo trajes diversos. Coisas como essas Yoshihide faria a qualquer hora, em qualquer trabalho, não seria apenas por essa pintura do inferno. Quando esse homem pintou o quadro das cinco transmutações do Templo de Ryogai-ji, sentou-se calmamente diante do cadáver de um indigente abandonado na rua, do qual pessoas normais desviavam os olhos ao passar, apenas para copiar-lhe em todos os detalhes os membros e o rosto semiputrefatos, sem perder sequer um fio de cabelo! É portanto natural que muitos não compreendam a obsessão de um homem como esse. Mas deixai-me levar ao vosso conhecimento o que se

---

25. Segundo lendas japonesas, as raposas têm o poder de enfeitiçar os homens. São também consideradas mensageiras do deus da fortuna.

ouvia falar, em essência, dessa obsessão, pois o tempo seria escasso para relatar-vos em detalhes.

Um dos discípulos de Yoshihide (ao qual também já tive a oportunidade de me referir) estava certo dia a diluir tinta para a pintura, quando o mestre surgiu de repente.

— Pretendo tirar uma sesta, mas recentemente venho tendo sonhos ruins — disse ele.

Tratando-se de um fato corriqueiro e sem qualquer importância, o discípulo respondeu de maneira cortês, sem interromper a tarefa que executava:

— É mesmo, senhor?

Mas Yoshihide, com uma expressão de tristeza inusitada no rosto, pediu constrangido:

— Não poderias sentar-te junto à minha cabeceira enquanto durmo?

O aprendiz estranhou essa preocupação do mestre com os sonhos, mas sendo um pedido de fácil atendimento, disse-lhe apenas:

— Perfeitamente, senhor.

Entretanto, ainda preocupado, Yoshihide acrescentou hesitante:

— Vem então comigo até meu quarto. E cuida para que nenhum outro entre enquanto eu estiver dormindo.

O quarto a que ele se referia era o recinto onde ele executava a pintura, escuro, com as janelas fechadas naquele dia como nos outros, vagamente iluminado. O biombo lá estava em pé, diz o discípulo, disposto em arco, com o desenho apenas esboçado a carvão. Chegando ali, Yoshihide adormeceu imediatamente, tendo por travesseiro o cotovelo, aparentando extremo cansaço. Contudo, nem uma hora era decorrida quando uma voz pavorosa, simplesmente indescritível, chegou aos ouvidos do discípulo à cabeceira.

8

No início era apenas uma voz, mas, com o tempo, começou a formar palavras entrecortadas, que pareciam murmúrios borbulhantes brotados do fundo das águas, da garganta de alguém prestes a afogar-se. E dizia:

— O quê? Estás me chamando? Aonde... aonde queres que eu vá? Ao inferno! Ao inferno escaldante! Quem és? Tu que assim me chamas, quem és tu? Ah, vejo-te agora!

Instintivamente, o discípulo interrompeu o que fazia e, amedrontado, observou de soslaio o rosto do mestre. A face enrugada estava branca e gotas enormes de suor brotavam dela. A boca com os lábios ressequidos se abria ofegante, exibindo os dentes escassos. Dentro dela algo se mexia tanto que parecia ser agitado por um fio, mas era apenas a língua, de onde surgiam palavras entrecortadas.

— Não te reconheci. Ah, és tu. Já desconfiava. O quê, vieste buscar-me? Então vem! Vem ao inferno. Ao inferno... ao inferno, onde minha filha me aguarda!

Nesse momento, tamanho foi o pavor que se apoderou do discípulo, que aos seus olhos uma sombra indistinta e disforme pareceu descer, escorrendo, pela superfície do biombo. O discípulo, é claro, sacudiu Yoshihide com toda a força para despertá-lo, mas ele continuava com o estranho monólogo em meio ao sonho, do qual não dava sinais de acordar facilmente. Então, lançou sobre o rosto do homem, de uma só vez, toda a água para lavar pincéis contida numa vasilha que estava ao seu alcance.

— Estou te esperando, sobe neste carro... Sobe neste carro e vem para o inferno. Com estas últimas palavras terminadas num estertor, como se alguém o sufocasse, Yoshihide enfim conseguiu abrir os olhos e acordou num salto, mais assustado do que se tivesse recebido uma alfinetada. Entretanto, as imagens fantasmagóricas do sonho não deviam ter se apagado ainda do fundo de sua retina, pois se deixou ficar por alguns momentos arfando de boca aberta, fitando o vácuo com os olhos arregalados de pavor. Então, aparentemente recuperado, ordenou ao discípulo, desta vez de modo muito ríspido:

— Vai, podes ir, já acabou.

Com isso, o aprendiz deixou às pressas o quarto do mestre, pois contrariá-lo nessas horas lhe renderia recriminações de toda espécie no futuro. Ao sair à luz do sol, diz ele, pareceu-lhe que ele próprio despertara de um pesadelo, tamanho foi o alívio que sentiu.

Contudo, isto ainda não foi nada comparado ao que aconteceu a outro aprendiz cerca de um mês depois. Dessa vez, ao ser expressamente convocado ao quarto de Yoshihide, o aprendiz o encontrou como sempre naquele ambiente obscuro, iluminado por uma pequena lamparina, a morder a ponta de um pincel. Mas, voltando-se de repente, o pintor lhe ordenou:

— Faze-me o favor de pôr-te nu outra vez.

Tendo já recebido essa ordem algumas vezes, o aprendiz de pronto despiu as vestes, desnudando-se por completo. Então, com uma expressão estranha no rosto, Yoshihide acrescentou:

— Gostaria de ver um homem amarrado em corrente. Sinto pena, mas tem paciência e deixa-te ficar à minha vontade, sim?

No entanto, pena era o que menos parecia sentir, pois isso foi dito com toda a frieza.

Esse aprendiz era um rapaz de físico forte, quem sabe mais apto a segurar espadas que pincéis, mas amedrontou-se mesmo assim. Dizem que nunca deixava de repetir, ao narrar essa história:

— Ah, tive a impressão de que o mestre enlouquecera e pretendia matar-me!

Ao que parece impaciente pela hesitação do rapaz, Yoshihide puxou não se sabe de onde uma corrente delgada de ferro e, num ímpeto, saltou-lhe sobre as costas, torcendo-lhe impiedosamente os braços e enrolando-os na corrente. Por fim, puxou a ponta com raiva. Não houve como resistir a isso. O corpo do aprendiz foi ao chão num baque violento e ali permaneceu estendido.

9

O rapaz parecia naquela hora uma ânfora de saquê derrubada. Com os pés e as mãos cruelmente retorcidos, só podia mover a cabeça. Depois, com a circulação do sangue em seu corpo gordo bloqueada pela corrente, toda sua pele se avermelhava, até o rosto. O que com certeza não preocupava Yoshihide, pois circulava ao redor desse corpo estirado como uma ânfora, observava-o de diversos ângulos e tomava esboços folha após folha. Nem é preciso que se diga do sofrimento pelo qual passava o aprendiz, acorrentado daquela maneira.

E se nada tivesse acontecido, essa tortura teria com certeza prosseguido por horas. Por felicidade (ou quem sabe infelizmente), em dado momento um filete líquido, algo como óleo escuro, começou a escorrer sinuosamente de trás de um pote colocado num canto do quarto. A princípio devagar, quiçá por ser denso, mas com o tempo ganhava fluidez. Brilhando, chegou até o nariz do aprendiz, que ao vê-lo, gritou com a respiração paralisada de susto:

— Cobra! É uma cobra!

Diz ele que nessa hora sentiu o sangue gelar em seu corpo, e não foi sem razão. Pois a cobra estava prestes a tocar-lhe com a língua fria o pescoço castigado pela corrente. Por mais perverso que fosse Yoshihide, isso deve tê-lo sobressaltado, pois jogou longe o pincel e, abaixando o corpo, segurou com rapidez a cobra pela ponta do rabo, pendurando-a de cabeça para baixo. Mesmo pendurada, a cobra erguia a cabeça e enroscava-se, sem contudo conseguir chegar à mão de Yoshihide.

— Maldita, por tua causa desperdicei uma pincelada!

Murmurando enraivecido, foi livrar o aprendiz da corrente, ainda que a contragosto. Apenas desatou a corrente sem dirigir uma palavra sequer de consolo ao pobre. É bem provável que se importasse mais com a pincelada desperdiçada no esboço que com a mordida que a cobra poderia ter dado no discípulo. Soube-se mais tarde que Yoshihide estava criando essa cobra intencionalmente para servir de modelo à pintura.

Já pudestes com certeza ter ideia da assustadora obsessão, quase loucura, de Yoshihide. Porém, ainda um último incidente: um aprendiz de treze ou quatorze anos passou por tamanho horror por causa desse biombo do inferno que quase morreu. Esse menino, de tez clara e feições femininas, foi certa noite chamado de modo casual ao quarto do mestre. E lá o encontrou alimentando na palma da mão, com pedaços repulsivos de carne sanguinolenta, um pássaro que jamais vira na vida, sob a luz bruxuleante de uma lamparina. O pássaro teria talvez o tamanho de um gato. Aliás, a penugem saliente de ambos os lados de sua cabeça e também os olhos grandes e redondos, cor de âmbar, lembravam bastante esse animal.

10

Yoshihide é daqueles que detestam qualquer intromissão no que faz, e nada revelava aos discípulos acerca do que guardava em seu quarto, haja vista a cobra da qual vos falei. Portanto, objetos inesperados poderiam muitas vezes ser vistos sobre sua mesa, conforme a pintura em execução na ocasião — ora uma caveira, ora uma taça de prata junto a um serviço de laca. E ninguém sabia de onde Yoshihide tirava tais objetos, o que talvez contribuísse para a fama de que o homem recebia favores do deus da fortuna.

Assim, acreditando que o estranho pássaro sobre a mesa fosse modelo para a pintura do quadro do inferno, esse aprendiz, sentando-se respeitosamente diante do mestre, perguntou-lhe com reverência:

— Desejais algo de mim, mestre?

Yoshihide nem pareceu ouvi-lo, e, passando a língua sobre os lábios vermelhos, disse, apontando a ave com o queixo:

— Vês como é dócil?

— Que pássaro é esse, senhor, que nunca vi até hoje?

O aprendiz examinava com certa repulsa essa ave com feições de gato. Respondeu Yoshihide no tom zombeteiro de costume:

— O quê, nunca o viste? É o que acontece com os citadinos. Este pássaro é uma coruja e me foi dado por um caçador de Kurama. Mas não existem muitos dóceis assim.

Enquanto falava, o homem ergueu a mão e passou-a a contrapelo pela penugem do dorso do pássaro que acabara de se alimentar. Então, de repente, o pássaro soltou um grito agudo e voou de cima da mesa, investindo contra o rosto do aprendiz com as garras encrespadas. Não tivesse ele protegido a face com a manga da roupa, teria fatalmente recebido algum ferimento. Apavorado, o rapaz agitava a manga com que se protegera para afugentar a ave, mas a coruja ganhava novo ímpeto e atacava batendo o bico — o aprendiz, esquecido da presença do mestre, levantava para defender-se, sentava para tentar escapar engatinhando, e fugia de um lado a outro no quarto apertado. O pássaro pavoroso o acompanhava voando alto e baixo, visando, a qualquer descuido, os olhos do rapaz. A cada ataque batia as asas com violência, despertando estranhas sensações, como o odor de folhas caídas ou a neblina formada em quedas d'água, ou ainda a emanação azeda de *saruzaque*[26] — coisa sinistra! Diz o rapaz que, em certo instante, até a fraca claridade da

---

26. Sumo de frutas apodrecidas e fermentadas, depositadas por macacos nos ocos das árvores.

lamparina lhe pareceu o luar em meio à névoa, e o quarto do mestre, um vale assombrado dos confins de alguma longínqua montanha.

Contudo, não era apenas o ataque da coruja que apavorava o aprendiz. O que mais lhe dava arrepios era a figura do mestre Yoshihide a observar com frieza toda a cena, alisando vagarosamente uma folha de papel e lambendo o pincel para retratar essa horrorosa cena de um rapaz de aspecto afeminado torturado por um pássaro medonho. Um só olhar de relance ao mestre, diz o menino, levou-o a um terror sem tamanho, pois chegara a crer em determinado momento que seria morto por ele.

11

E, verdade seja dita, não se poderia descartar por completo essa possibilidade. Pois, naquela noite, ele chamara o rapaz sem outro intuito a não ser esse, atiçar a coruja para retratar-lhe o desespero. Portanto, ao ver como o mestre agia, o aprendiz envolveu instintivamente a cabeça entre as mangas da roupa e agachou-se junto à porta, gritando palavras desconexas que não faziam sentido nem para ele mesmo. Pareceu-lhe então que Yoshihide se levantava vociferando afobado, mas eis que o barulho das asas da coruja se intensificou, e ouviam-se até os ruídos estridentes de objetos derrubados e despedaçados. Outra vez apavorado, o aprendiz ergueu sem pensar a cabeça que ocultara e viu que o quarto estava às escuras, ouvindo-se na escuridão a voz irada do mestre a chamar pelos discípulos.

Logo mais um deles respondeu de longe e veio às pressas, trazendo uma lamparina. À claridade da chama malcheirosa, o que se viu foi a coruja rolando agonizante pelo assoalho encharcado do óleo da lamparina do quarto que havia sido derrubada, agitando apenas uma das asas. Yoshihide, com o corpo soerguido atrás da mesa, murmurava frases incompreensíveis, aturdido — e não sem motivo, pois havia uma cobra negra enroscada com força ao corpo da coruja, enlaçando-a desde o pescoço até uma das asas. Provavelmente, na confusão da fuga do aprendiz, o pote com a cobra fora derrubado e ela escapara, tendo então a coruja se aventurado a atacá-la, dando origem à balbúrdia.

Os dois discípulos se entreolharam por alguns momentos, estupefatos diante desse espetáculo insólito, e deixaram apressadamente o quarto sem dizer palavra, após rápida mesura ao mestre. Ninguém jamais soube que fim levaram a coruja e a cobra.

Muitos outros acontecimentos dessa natureza ocorreram. Esqueci de dizer-vos, mas a ordem para que pintasse em biombo um quadro do inferno foi dada no início do outono, e os discípulos de Yoshihide viveram constantemente ameaçados pelo estranho comportamento do mestre desde então, até o fim do inverno daquele ano. Contudo, estando o inverno por terminar, Yoshihide se tornava cada vez mais taciturno e ríspido, quiçá por ter surgido algum impasse na concepção do quadro. A pintura, com oito partes de dez já concluídas, não mostrava progresso. Ao contrário, Yoshihide parecia pretender até borrar as partes já pintadas.

Ninguém sabia dizer onde estava a dificuldade. E não creio que alguém houvesse procurado saber. Precavidos como estavam pelos diversos incidentes do passado, os discípulos sentiam-se convivendo com uma fera em uma jaula, e estavam decididos a evitar, tanto quanto possível, a proximidade do mestre.

12

Nada ocorreu nessa fase que valha a pena ser relatado. Exceto, quem sabe, o fato de que esse velho turrão se tornara de repente sentimental, e chorava algumas vezes quando estava só. Houve um dia em particular em que um de seus discípulos foi por algum motivo procurá-lo no jardim e o encontrou de pé no corredor, olhando distraído para o céu onde a primavera se prenunciava, com os olhos cheios de lágrimas. Ao vê-lo assim, o discípulo, dizem, retirou-se sorrateiramente, um pouco constrangido. Mas não é de se estranhar que esse homem, insolente a ponto de retratar um cadáver de indigente abandonado em via pública para compor a pintura das cinco transmutações, começasse a chorar feito criança só por não conseguir pintar um biombo a contento?

Entretanto, enquanto Yoshihide se dedicava à pintura do biombo como um louco obsessivo, sua filha, por outro lado, se deprimia sem causa aparente, deixando perceber até a nós que continha o pranto com dificuldade. Menina melancólica por natureza, pálida e recatada, suas pálpebras se tornavam pesadas como se sombras surgissem ao redor dos olhos, o que lhe dava uma aparência ainda mais triste. Isso provocava conjecturas. De início, uns diziam tratar-se da preocupação com o pai, outros, de sofrimento de amor, e por aí a fora. A certa altura, surgiram boatos de que o grão-senhor queria submetê-la aos seus caprichos, mas depois disso, como se tivessem esquecido do caso, ninguém mais comentou o assunto.

Em torno dessa época, uma noite, já a altas horas, eu caminhava sozinho pelos corredores quando o tal macaquinho Yoshihide apareceu de repente, e pôs-se a puxar com insistência a barra do meu *hakama*. Era, se não me engano, uma noite tépida de luar suave, que trazia no ar o delicado perfume da ameixeira. Sob a claridade desse luar, o macaco arreganhava os dentes brancos, franzia as narinas e gritava enlouquecido. Mais irritado que assustado por ver o meu *hakama* novo puxado dessa forma pelo macaco, a princípio pensei em chutá-lo e prosseguir. Mas refleti — havia o exemplo do samurai que, por tê-lo maltratado, fora repreendido pelo príncipe. E, também, esse comportamento do animal estava longe do habitual. Decidi afinal deixar-me conduzir e retrocedi alguns passos para onde o animal tentava levar-me.

Havia dobrado a esquina do corredor e chegado a um local de onde se descortinava dentro da noite a superfície esbranquiçada do lago do jardim, entre graciosos ramos de pinheiros. Nesse ponto, chegou-me aos ouvidos de alguma das salas próximas um som confuso, estranhamente abafado, como o de pessoas brigando. Um silêncio profundo dominava os arredores, e nada mais se ouvia senão o ruído de peixes saltando à claridade fosca do luar ou da névoa — nem sequer uma voz. E, em tal ambiente, esse som. Me detive sem pensar e me aproximei da porta da sala a passos furtivos, contendo a respiração, pronto para dar uma lição exemplar caso houvesse ali algum intruso.

13

Mas o macaco Yoshihide se impacientava comigo. Ele o demonstrou correndo duas ou três vezes à minha volta, e acabou subindo ao meu ombro em um só salto, gritando aflitivamente como se estivesse sendo estrangulado. Afastei o pescoço para não receber um arranhão de sua pata. O macaco se agarrou à manga do blusão procurando não escorregar — e, nessa agitação, dei dois ou três passos em falso, batendo as costas na porta com violência. Já não havia mais tempo a perder. Abri a porta de um só golpe com a intenção de avançar para o fundo escuro da sala, onde a luz do luar não chegava. Nesse instante, um vulto obstruiu minha visão — melhor dizendo, uma mulher, prestes a se lançar da sala em corrida desabalada, me assustou. Ela saiu para o corredor aos tropeços, quase se chocando comigo, mas por algum motivo ali permaneceu ofegante, ajoelhada, a fitar meu rosto como se visse algo pavoroso, sacudida por estremecimentos.

Essa mulher, nem é preciso dizer, era a filha de Yoshihide. Mas, aquela noite, ela me pareceu radiante, os olhos grandes e brilhantes, o rosto enrubescido, outra mulher. As vestes em desalinho lhe conferiam um poder de atração diverso da usual infantilidade. Essa seria realmente a sempre reservada filha de Yoshihide? Encostado à porta e observando a linda menina sob o luar, ouvi então outros passos que às pressas se distanciavam dali. Apontei-os com o dedo, como se fossem objetos que pudessem ser apontados, e silenciosamente, com o olhar, indaguei de quem eram.

A menina, porém, mordia o lábio e abanava a cabeça, calada. Estava, sem dúvida, revoltada.

Abaixei-me então, e próximo aos seus ouvidos, perguntei desta vez em voz baixa:

— Quem é?

Mas a menina continuava apenas abanando a cabeça sem nada responder. Além disso, mordia os lábios com mais força, as lágrimas contidas na ponta dos longos cílios. Obtuso de nascença como sou, nada enxergo além dos fatos óbvios, de domínio público. E assim, sem saber o que dizer, ali permaneci, estático e mudo, como se ouvisse as palpitações de seu coração. Algo me dizia, no entanto, que não deveria prosseguir inquirindo.

Não sei por quanto tempo ficamos assim. Finalmente, fechando a porta que permanecera aberta, voltei-me para a menina, já mais refeita, e disse-lhe com toda a doçura de que era capaz:

— Já podes agora retornar ao teu alojamento.

Eu também comecei a caminhar em silêncio por onde viera, perturbado e intranquilo, sentindo-me testemunha de uma cena proibida, e envergonhado não sei de quem. Não dera nem dez passos, porém, quando alguém puxou de novo a barra do meu *hakama*, desta vez com delicadeza. Voltei-me assustado. E de quem pensais que se tratava?

Lá estava o macaco Yoshihide junto aos meus pés, as mãos postas ao assoalho feito ser humano e curvando repetidamente a cabeça com toda a gratidão, fazendo soar o seu pequeno guiso de prata!

14

Havia transcorrido meio mês após os acontecimentos daquela noite. Certo dia, Yoshihide surgiu de repente na mansão, solicitando uma audiência ao grão-senhor em pessoa. O pintor, embora humilde, deveria estar nas boas graças do grão-senhor aqueles dias, pois este, que dificilmente se dignava a atender qualquer um, mandou chamá-lo à sua presença com a maior boa vontade. O pintor, trajado como de hábito, porém com uma expressão ainda mais rabugenta que a costumeira, prostrou-se respeitosamente diante do grão-senhor para dizer em voz rouca:

— Sobre o biombo com a pintura do inferno que me encomendastes, devo reportar-vos que, em linhas gerais, já se encontra quase concluído, graças aos esforços ingentes com que a ele me dediquei, passando dia e noite com o pincel em punho.

— Notícia auspiciosa me trazes. Congratulo-me contigo.

Não obstante, a voz do grão-senhor soava estranhamente sem vigor e desanimada.

— Ah, meu senhor, lamentavelmente, não é nada auspicioso! — retrucou Yoshihide, baixando os olhos e deixando transparecer uma ponta de irritação.

— A pintura está concluída em linhas gerais, mas há uma parte dela que até hoje não pude realizar.

— Como? Há uma parte que não consegues pintar?

— Assim é, meu senhor. Normalmente, não consigo pintar algo que não tenha visto. E se o faço mesmo assim o resultado não me agrada. Então é o mesmo que não conseguir, não é?

O grão-senhor esboçava um sorriso irônico.

— Então terás de ver o inferno para pintar o biombo.

— É verdade. Pois no grande incêndio do ano passado, vi com estes olhos labaredas violentas comparáveis ao fogo do inferno. De fato, consegui pintar o *Yojiri Fudo*[27] por ter presenciado esse incêndio. Com certeza conheceis a pintura.

— Queres ver um condenado? Por certo, nunca viste um diabo.

O grão-senhor perguntava à queima-roupa, sem prestar muita atenção ao que Yoshihide dizia.

— Vi gente atada por correntes de ferro. Retratei minuciosamente a figura de um ser atormentado por um pássaro sinistro. Assim, não posso dizer que não conheça o sofrimento de condenados submetidos a castigos. E quanto a diabos — disse Yoshihide, com um tétrico sorriso —, quanto a diabos, vejo-os frequentemente em meus pesadelos, ora os de cabeça de boi, ora os de cabeça de cavalo, ou ainda os de três cabeças e seis rabos, batendo palmas que não produzem som, abrindo as bocas sem que haja voz. Eles vêm me torturar quase todas as noites. Não são essas as coisas que não consigo pintar.

Isso assustou até o grão-senhor. Fitou por alguns instantes com severidade e impaciência o rosto de Yoshihide, e então, franzindo o cenho, disse, como se desistisse:

— Ora, pois então, o que é que não consegues pintar?

---

27. Imagem do deus Acalanatha ornamentado com chamas retorcidas.

15

— Pretendo pintar no centro do biombo uma carruagem *biroge*[28] caindo do alto — disse Yoshihide, encarando pela primeira vez o grão-senhor com olhar agudo. Eu já ouvira dizer que esse homem enlouquecia quando se tratava de pintura. E de fato, naquela hora, diria haver naquele olhar algo assustador.

— E dentro dessa carruagem, uma bela dama, de alta hierarquia, se retorcerá em agonia espalhando os longos cabelos negros, envolta numa violenta labareda. Terá o rosto erguido para o alto em direção ao forro da carruagem, as sobrancelhas franzidas, sufocada pela fumaça. As mãos estarão crispadas rasgando a cortina da carruagem, como a defender-se da chuva de fagulhas. E ao redor, pássaros sinistros de aspecto feroz, às dezenas, batendo ruidosamente os bicos. — Ah, por mais que tente não consigo pintar essa dama!

— Sim, sim! Pois então? — instigava o grão-senhor, em estranha excitação. Mas Yoshihide prosseguia divagando em meio a um sonho, com aqueles lábios vermelhos trêmulos como se estivesse febril:

— É essa a cena que não consigo pintar! — repetiu. De repente acrescentou, rápido e nervoso:

— Incendiai, senhor, uma carruagem para que eu veja! E, se for possível...

O semblante do grão-senhor se fez sombrio por um instante. De súbito, soltou uma estridente gargalhada, e disse com a voz sufocada:

---

28. Carruagem luxuosa puxada a boi, utilizada por pessoas de alta estirpe.

— Muito bem, farei tudo que pediste. Discutir se é possível ou não seria uma perda de tempo irrelevante.

Senti nessas palavras uma ameaça sombria, seria uma premonição? Mesmo porque a aparência do grão-senhor não era normal — com espuma branca acumulada nos cantos da boca e tiques nervosos percorrendo região das sobrancelhas feito relâmpago, dir-se-ia que fora contaminado pela loucura de Yoshihide. Calou-se por um breve momento e pôs-se novamente a rir — uma explosão incontida de riso gutural e incessante.

— Incendiarei uma carruagem! E porei dentro dela, para que vejas, uma mulher, vestida em trajes de dama da corte! Uma mulher agonizante, torturada por fogo e fumaça. Magnífica ideia, és sem dúvida o maior pintor em todo o mundo! Mereces meu elogio! Ô, se mereces!

Yoshihide empalideceu de imediato, mexendo apenas os lábios como se arfasse, para depois desabar com ambas as mãos postas sobre o tatame. Todos os músculos de seu corpo pareciam esmorecidos.

— Sinto-me extremamente grato — disse de maneira respeitosa, com uma voz que mal se ouvia. Que abatimento! Teriam as palavras do grão-senhor despertado em Yoshihide a visão clara e viva da horrorosa maquinação de sua mente? Foi esse o único momento em toda a minha vida em que aquele homem me inspirou compaixão.

16

Dois ou três dias depois, o grão-senhor convocou Yoshihide, à noite, para mostrar-lhe, bem diante dos olhos, a carruagem em chamas. Na realidade, isso não aconteceu na mansão de Horikawa, mas no local conhecido como Palácio do Degelo — uma mansão nas montanhas habitada em outras épocas por uma irmã do grão-senhor.

A mansão estava inabitada já havia muito tempo, e seu jardim, completamente arruinado. Decerto por conjecturas de pessoas que devem ter presenciado esse estado de abandono, surgiam boatos sobre a princesa, irmã do grão-senhor, falecida naquela mansão. Diziam, entre outras coisas, que em noites sem luar via-se o seu *hakama* carmesim caminhando pelos corredores, esvoaçando pelo ar. Não era de se admirar, pois nesse palácio, sombrio já de dia, sempre que o sol se punha o som das águas do córrego do jardim se fazia particularmente lúgubre, e mesmo as garças esvoaçando sob as estrelas pareciam assumir formas assustadoras de pássaros diabólicos.

Essa era uma noite escura e sem luar, mas, à luz das chamas das lâmpadas, via-se o grão-senhor sentado de pernas cruzadas próximo ao *engawa*[29], sobre uma almofada grossa de palha bordejada por brocado de cor branca. Vestia um traje informal de tecido amarelo claro, e um calção com padrões em relevo. Não é preciso que se diga que cinco ou seis homens de sua confiança se postavam ao redor, como de costume. Um deles chamava a atenção — um samurai robusto que, no ano anterior, faminto, devorara carne humana na batalha de Michinoku e desde então, segundo dizem, se tornara vigoroso, capaz até de despedaçar os chifres de um

---

29. Estrado ou passagem longa de piso elevado de madeira, que margeia os aposentos e faz divisa com o jardim interno.

veado vivo. Ele se postava bem abaixo do *engawa* em atitude aguerrida — a cintura protegida por uma faixa, trazendo a espada curvada para cima. Toda a cena, iluminada como estava à luz bruxuleante das chamas, ora clara, ora escura, ao capricho da brisa noturna, parecia-me onírica e, não sei por quê, sinistra.

Além disso, a carruagem instalada no jardim, com a alta cobertura dominando pesadamente as trevas, e os varais negros, incrustados de adornos dourados que faiscavam feito estrelas, inclinados sobre suportes, sem os animais — essa visão me produzia calafrios, embora estivéssemos então em plena primavera. Uma cortina fechava a carruagem, impedindo-nos de vislumbrar o que havia no interior. Ao redor, diversos lacaios se postavam com tochas à mão, cuidando para que a fumaça não atingisse o *engawa*, visivelmente cônscios do que estavam para executar.

O próprio Yoshihide estava lá, agachado em frente ao *engawa,* em seu traje costumeiro de tecido azul-marinho e chapéu amarrotado. Parecia ainda mais franzino e miserável que de hábito, como que oprimido pelo céu estrelado. Havia atrás dele alguém vestido da mesma forma, provavelmente um discípulo. Agachados assim a distância e na semiobscuridade, mal pude distinguir a cor de seus trajes.

17

Devia ser então cerca de meia-noite. Dentro da muda escuridão que envolvia o jardim e parecia espreitar a respiração dos que ali estavam, apenas a tênue brisa noturna sussurrava ao passar, transportando o cheiro fuliginoso da fumaça das tochas. Estava o grão-senhor a observar por algum tempo essa estranha cena, quando então, adiantando o joelho, chamou em voz estridente:

— Yoshihide!

O pintor pareceu dizer algo em resposta, porém aos meus ouvidos sua voz soou apenas como um grunhido.

— Yoshihide! Esta noite incendiarei uma carruagem para satisfazer teu desejo!

Assim dizendo, olhou de soslaio em direção aos servos. Nesse instante, pareceu-me que trocava sorrisos cúmplices com alguns, mas talvez fosse impressão minha. Yoshihide, constrito, levantou o rosto para o *engawa*, mas nada disse.

— Vê bem! Como sabes, essa é a carruagem que costumo usar nestes dias. Pretendo atear-lhe fogo para reproduzir o inferno ardente diante dos teus olhos!

Parando de falar, o grão-senhor induziu com o olhar os servos à ação. Mas acrescentou, num tom desagradável:

— Dentro dessa carruagem verás uma condenada atada por correntes. Assim, quando a carruagem arder em chamas, a mulher morrerá em agonia, com a carne queimada e os ossos carbonizados. Terás um belo modelo para que completes tua pintura. Não percas a imagem da alva pele torrada em chamas. E observa bem os cabelos negros subirem ao céu em fagulhas!

O grão-senhor calou-se pela terceira vez, e de repente, como quem se recorda de algo, começou a rir silenciosamente movimentando os ombros.

— Nunca se verá espetáculo como este. Também vou presenciá-lo daqui. Vai, levanta a cortina e mostra a mulher a Yoshihide!

Ao ouvir a ordem, um dos lacaios se aproximou resoluto da carruagem erguendo a tocha, e estendeu bruscamente a mão para levantar a cortina. A luz avermelhada e vacilante da tocha que crepitava ruidosa revelou num instante o estreito interior. A mulher, atada de forma cruel por correntes — ah, quem não a reconheceria! Vestia um sobretudo vistoso, bordado com flores de cerejeira, sobre o qual pendiam os lustrosos cabelos negros, longos e soltos, adornados por belos enfeites dourados e reluzentes — mas mesmo engalanada como estava em trajes da alta nobreza, aquele corpo franzino, a alvura daquele pescoço, o perfil daquele rosto tão dócil que chegava até a ser triste não deixavam dúvida, tratava-se da filha de Yoshihide! Ao vê-la, quase soltei um grito.

De repente, o samurai à minha frente se ergueu apressado, a mão posta sobre o punho da espada, lançando um olhar severo em direção a Yoshihide. Assustado, voltei-me para ele e vi que o homem parecia ter perdido a razão ao ver a cena. Estivera até então agachado, mas se pôs em pé num salto e, com as mãos estendidas, quis em um impulso correr para a carruagem. A princípio não pude ver-lhe as feições, pois, como vos disse, ele estava em meio a sombras distantes. Mas isso foi só por um momento muito breve, porque logo seu rosto pálido, ou melhor, toda a sua figura rompia a obscuridade do ambiente — como se estivesse suspenso no espaço por uma força invisível — e surgia à minha vista com toda a nitidez. E nesse mesmo instante, a carruagem com a menina era envolvida por chamas intensas, ateadas pelas tochas lançadas pelos servos ao comando do grão-senhor: "Ateai fogo!"

18

Num instante o fogo envolveu a carroceria. Os pingentes lilases do toldo se agitavam, açoitados pela fumaça branca que subia em turbilhão contrastando com a escuridão da noite. Uma chuva de fagulhas se elevava, como se o anteparo, assim como as réguas e os adornos dourados do teto, tivessem ido para os ares diluídos pelas chamas — uma cena horrenda! Ainda mais horrível era a cor das línguas de fogo, elevando-se até o meio do céu, lambendo as grades laterais de entrada, como se o sol tivesse caído sobre a terra e despejado todo o seu calor. Momentos antes, eu quase deixara escapar um grito, como vos disse, mas então minha alma se apagara, e nada mais pude fazer a não ser contemplar essa cena aterradora, atônito e boquiaberto. Entretanto, Yoshihide — o pai!

Até hoje não consigo me esquecer da expressão de seu rosto naquele momento. Instintivamente, ele tentara correr em direção à carruagem, mas estacara, com as mãos ainda estendidas, quando as labaredas a envolveram, os olhos fixos sobre ela como se lhe fossem saltar da órbita. Sob o clarão das labaredas que lhe iluminavam o vulto, era possível enxergar todo o seu rosto feio e coberto de rugas, até a ponta da barba. Terror, tristeza e assombro transitavam em ondas sucessivas pela alma desse homem e se desenhavam na face, nos olhos desmesuradamente arregalados, nos contornos dos lábios distorcidos, no tremor da carne do rosto em ricto permanente. Não se verá outro com tamanha expressão de angústia, seja entre condenados à beira da decapitação, seja entre malfeitores hediondos arrastados perante o tribunal do inferno. Até o forte samurai empalideceu e lançava olhares furtivos ao grão-senhor.

O grão-senhor, porém, mantinha-se atento à carruagem, mordendo os lábios e soltando de vez em quando um riso diabólico. E dentro da carruagem — ah, não terei por certo coragem de relatar em detalhes como a vi dentro daquela carruagem! A brancura de seu rosto voltado para o alto, asfixiado pela fumaça, os longos cabelos negros desalinhados no esforço de se defender das fagulhas, a beleza das vestes de seda bordadas com flores de cerejeira, instantaneamente em chamas — quanta crueldade! Em particular, quando a brisa noturna afastou a fumaça para o lado, a imagem da menina surgida entre as chamas — contorcendo-se violentamente como se quisesse romper as correntes que a prendiam, mordendo em sofrimento uma mecha de cabelo — era como ter diante dos olhos as cenas reais das torturas do inferno, e com isso não só eu, mas também o valente samurai, sentimos os pelos do corpo se arrepiarem.

Foi então que outra vez a aragem noturna agitou os ramos das árvores do jardim — ou, pelo menos, foi o que pareceu a todos. Quando ouvimos esse farfalhar em algum lugar da escuridão, uma sombra escura, correndo pelo chão ou voando pelos ares, pulando feito uma bola, jogou-se do teto do palácio diretamente para dentro da carruagem tomada pelo fogo. E, abraçado ao ombro contorcido da menina, lançou um grito estridente, sofrido e prolongado que varava a fumaça, enquanto o gradil lateral carmesim se desfazia carbonizado. Em seguida, mais dois, três gritos — um "ah!" inadvertido brotou das gargantas de todos os presentes. Pois tendo ao fundo a parede de chamas, agarrado ao ombro da menina, lá estava o macaco apelidado de Yoshihide, que fora mantido preso na mansão de Horikawa. Como e por onde viera o macaco até este palácio, ninguém saberia precisar. Mas, com certeza, viera até ali para juntar-se nas chamas à menina que tanto carinho lhe dedicara.

19

Entretanto, num átimo a figura do macaco desaparecia das nossas vistas. Intensas fagulhas se elevaram ao céu feito cortina de pó dourado, escondendo tanto o macaco como a menina no fundo da negra fumaça. No centro do jardim, restava apenas uma carruagem de fogo a arder ruidosamente. Não, melhor do que "carruagem de fogo", coluna de fogo descreveria bem o pavoroso fogaréu que parecia varar o firmamento estrelado.

E Yoshihide, petrificado diante dela — que coisa estranha! Aquele mesmo Yoshihide que até pouco tempo antes estampara no rosto a angústia do inferno, mostrava agora certo brilho na expressão, um brilho de êxtase por todo o rosto enrugado. Postava-se de pé, os braços cruzados com vigor, aparentemente esquecido da presença do grão-senhor. Diria até que a agonia da filha não havia penetrado em sua retina. A beleza das cores que vira nas chamas e a agonia de uma mulher em meio a elas lhe davam satisfação infinita à alma — assim pareceu.

E, mais estranho ainda, o homem não havia apenas contemplado satisfeito os estertores de sua única filha. Havia em

Yoshihide, naquele momento, a misteriosa majestade de um leão enfurecido como se vê em sonhos. Não parecia mais um ser humano. Assim, até os pássaros noturnos que esvoaçavam aos bandos, assustados pelo fogo repentino, pareciam não se aproximar do chapéu na cabeça de Yoshihide. Com certeza, esses pássaros inocentes sentiam a aura de uma misteriosa autoridade a pairar como halo sobre a cabeça desse homem.

Se até os pássaros o sentiram, o que dizer de nós todos, inclusive os servos. Estávamos todos com a respiração contida, trêmulos e constritos, a contemplar Yoshihide em fervorosa adoração, sem despregar dele os olhos. Parecíamos todos possuídos pela misteriosa iluminação que desperta em nós a santa imagem de Buda. A carruagem de fogo a crepitar ruidosamente sob o céu, e Yoshihide, com a alma absorta — que sublimidade, que êxtase! Em toda essa cena, apenas o grão-senhor, em cima do *engawa*, estava pálido e desfigurado, espumando pelos cantos da boca, segurando com força os joelhos do calção violeta, arfando feito uma fera sedenta — era outra pessoa!

20

A notícia de que o grão-senhor incendiara a carruagem no Palácio do Degelo vazou através de alguém para todo o mundo, gerando os mais diversos comentários. Em primeiro lugar, a razão pela qual o grão-senhor levara a filha de Yoshihide a morrer pelo fogo — a maioria atribuía essa morte à vingança por sua paixão não correspondida. Contudo, tenho certeza de que sua intenção foi castigar a perversa ambição do pintor, obcecado em pintar o biombo mesmo se fosse preciso incendiar uma carruagem, sacrificando um ser humano dentro dela. De fato, isso eu ouvi de sua própria boca.

Muitas críticas também foram feitas ao coração de pedra de Yoshihide, que quis pintar o biombo não obstante ter visto diante dos próprios olhos a filha morrer queimada. Alguns chegavam a insultá-lo, dizendo ser ele um vilão com aparência de homem e coração de animal, que esquece até o amor paternal para pintar. Um deles foi o reverendo Sohzu de Yogawa, que sempre dizia: "Ainda que possua o dom da arte, não há outro caminho ao homem destituído das cinco virtudes que o caminho do inferno."

No entanto, cerca de um mês após esses acontecimentos, terminada finalmente a pintura do inferno sobre o biombo, Yoshihide se apressou em submetê-la à apreciação do grão--senhor. Por acaso estava presente nessa ocasião o reverendo Sohzu, que ao contemplar a pintura foi dominado pela forte impressão da medonha voragem de fogo que devastava o universo no biombo. Pois ele, que até então mantivera o cenho carregado, trespassando Yoshihide com um olhar irado, bateu impulsivamente no joelho com a mão, exclamando: "Belo trabalho!" Lembro-me ainda hoje do amargo sorriso na face do grão-senhor ao ouvi-lo.

Desde então cessaram as maledicências a Yoshihide, pelo menos nos recintos da mansão. Talvez porque, por estranho que pareça, as pessoas, até mesmo aquelas que odiavam Yoshihide, se sentissem dominadas por um espírito de reverência solene ao contemplar o biombo, quiçá por este lhes despertar a crua sensação dos sofrimentos do inferno ardente.

Contudo, quando isso aconteceu Yoshihide já não podia ser contado entre os vivos. Isso porque na noite seguinte ao término do biombo, Yoshihide se enforcara, passando uma corda sobre uma das vigas de seu quarto. Esse homem, que fizera a filha antecedê-lo na partida desta vida, com certeza não suportaria continuar prolongando a sua. Seu corpo está ainda hoje sepultado no terreno onde outrora se erguia sua casa. Se bem que a pequena lápide de seu jazigo, exposta à chuva e ao vento já por dezenas de anos, estará agora coberta de musgos, e, há muito tempo, ninguém mais deve saber dizer a quem pertence esse jazigo.

Dragão
(1919)

1

O Ministro Takakuni[1]:

— Arre, mal desperto do sonho desta sesta, e eis que a tarde está mais quente que nunca. E nem uma só brisa que venha balançar a flor da glicínia no ramo do pinheiro. Mesmo o murmúrio da fonte, sempre refrescante, soa hoje modorrento, perturbado que está pelo alarido das cigarras. Bem, o jeito é chamar pelas crianças[2], para que venham me abanar.

"Que dizes? O pessoal da rua já chegou? Está bem, irei encontrá-los então. Vinde, crianças, segui-me trazendo os abanos, não vos esqueçais deles!

"Olá, senhores, eu sou Takakuni. Perdoai a descortesia de estar com os ombros assim desnudos.

"Muito bem, solicitei hoje a vossa presença neste chalé de Uji porque tenho um pedido a fazer-vos. Pois ouvi: desde que aqui cheguei por acaso, pensei em escrever uma história para me distrair, assim como fazem todos. Infelizmente, ao cogitar

---

1. Minamoto-no-Takakuni, (1004-1074), ministro da corte imperial dos meados da Era Heian, versado em letras. Atribui-se a ele o *Konjaku Monogatari – Histórias de outrora*, uma coletânea de crônicas da época, fonte de inspiração de diversos contos de Akutagawa.
2. Os nobres da época costumavam empregar crianças para tarefas menores.

sobre isso, percebo que não conheço nenhuma que me leve a empunhar o pincel. E, para um preguiçoso como eu, é deveras enfadonho criar enredos trabalhosos. Então, tive uma ideia melhor: ouvir desde hoje de cada um de vós, senhores, histórias antigas que sem dúvida conheceis, para que eu as colete num manuscrito. Dessa forma, poderei decerto reunir às carradas episódios inéditos e curiosos de todas as partes do país, jamais imaginados por aqueles que como eu vivem entre os muros do paço imperial. Que dizeis, meus senhores, poderíeis atender este pedido que vos faço, por mais incômodo que vos seja?

"Como? Estais dispostos a acatá-lo? Mas isso é esplêndido! Mãos à obra, então, e deixai-me ouvir sem tardança, um por vez, a vossa história.

"Crianças, refrescai o ambiente com os abanos para que o calor seja, pelo menos, suportável. Tu, fundidor, e tu, ceramista, deixai de lado a cerimônia, vinde ambos aqui para perto desta mesa. Mercadora de peixes, melhor farias se pusesses tua caçamba à sombra neste canto, para que o sol não estrague tua mercadoria. Meu bom monge, por que não retiras a tua sineta, para estares à vontade? O samurai e o peregrino aí sentados, tendes conforto em vossos assentos?

"Já vos acomodastes? Então, comecemos pelo mais idoso, o velho ceramista. Conta a tua história, seja ela qual for."

2

O ancião:

— Quanta honra para nós receber de vós palavras tão hospitaleiras! E dizeis que desejais ouvir histórias da boca destes pobres miseráveis, para compilá-las num manuscrito. Já isso é uma atenção da qual me julgo indigno. Entretanto, recusá-la seria contrariar vossos desejos, e portanto, com o vosso perdão, deixai que relate uma história simples de outros tempos. Embora receie que ela possa enfadar-vos, rogo paciência por alguns instantes.

"Nos meus tempos de juventude, vivia em Nara um monge de elevada hierarquia, que tinha por título Kurodo Tokugo, e por nome, E-in. Possuía esse monge um narigão enorme. E não apenas enorme, pois tinha a extremidade espantosamente avermelhada o tempo todo, como se tivesse sido picada por abelha. Foi assim que o povo da cidade de Nara lhe atribuiu o delicioso apelido de Hana-Kura.[3] Mas, a princípio, todos o chamavam de 'Kurodo Tokugo, o narigudo' — tratamento um tanto quanto extenso, motivo por que alguns resolveram simplificá-lo: 'Hana-Kurodo' — e assim ficou por algum tempo. Mas isso ainda era longo, de forma que reduziram-no outra vez, e o monge acabou conhecido por 'Hana-Kura'. Nessa época, eu mesmo o vi uma vez nas dependências do Templo de Kyofuku-ji, em Nara. E realmente o apelido lhe assentava bem, tão vistoso era o narigão avermelhado, ímpar no mundo todo. Um autêntico nariz de *tengu*.[4] Pois esse Hana-Kura, ou Hana-Kurodo, ou seja, o narigudo Kurodo Tokugo, monge E-In, certa noite foi até a margem do lago Saruzawa[5] sozinho, sem se fazer acompanhar por

---
3. *Hana* significa nariz, e Kura vem do título, Kurodo.
4. Ente sobrenatural que assume formas humanas com rosto feroz, no qual predomina um nariz longo e avermelhado.
5. Pequeno lago existente diante do portal sul do Templo de Kyofuku-ji, para criação de peixes.

discípulos, para fincar junto a um salgueiro uma enorme placa onde se lia, em letras garrafais, a seguinte mensagem: 'Ao terceiro dia do terceiro mês do ano, um dragão se elevará desta lagoa'. Não que o monge E-In soubesse se havia ou não algum dragão naquela lagoa. Portanto, apregoar que um dragão iria ascender dali ao céu ao terceiro dia do terceiro mês era uma lorota destituída de mínimo fundamento. Ao contrário, seria muito mais provável que naquela data dragão nenhum subisse ao céu daquele lugar. Estareis com certeza curioso para saber por que teria então o monge procedido de forma tão descabida. Pois vos digo que, cansado de ser alvo da caçoada dos demais por causa do nariz, o monge arquitetara impingir um belo engodo a todos eles, por pura vingança. Agora seria ele, o Hana-Kurodo, quem riria às largas dos trouxas! A vós, senhor ministro, tudo isso com certeza parecerá ridículo, mas, lembrai, esta é uma história antiga, e naqueles tempos, brincadeiras deste jaez eram muito frequentes.

"Pois bem, na manhã seguinte, a primeira pessoa a avistar o anúncio foi uma velhinha que vinha ao templo todas as manhãs adorar a imagem do santo Buda. Caminhava pela margem do lago, onde a neblina ainda pairava, apoiando-se numa bengala com um terço enrolado na mão, quando se deparou com o anúncio fincado sob o salgueiro, onde nada havia no dia anterior. 'Que lugar inusitado para colocar um aviso sobre os cultos!', pensou ela. Mas, iletrada como era, não conseguiu entendê-lo e ia seguir caminho, quando providencialmente surgiu um monge em *hensan*.[6] Satisfeita, foi

---

6. Hábito monástico.

lhe pedir que lesse o que dizia a placa. 'No terceiro dia do terceiro mês do ano, um dragão se elevará desta lagoa' — era o que constava; mensagem assustadora para qualquer pessoa. Atônita, a velhinha alongou as costas encurvadas, e, erguendo o rosto, perguntou ao monge com toda a candura: 'E tem dragão aí nesse lago?' Ao que o monge, sem perder a calma, respondeu como se proferisse um sermão: 'Dizem que, em tempos antigos, certo sábio chinês viu nascer sobre sua sobrancelha um calombo que o incomodava, pois coçava muito. Eis que um dia, o céu se escureceu de um momento a outro e uma chuva torrencial desabou entre relâmpagos. De súbito, o calombo se abriu, e dele um dragão, envolto em nuvens, subiu célere ao céu. Se até um pequeno tumor pode ocultar um dragão, é de se crer que possa existir no fundo deste lago dezenas de dragões ou de serpentes venenosas!' Se havia algo em que a velhinha acreditava piamente era que monges nunca mentem, então qual não foi seu susto ao ouvir aquilo. 'Por falar nisso', segredou ela ao monge, 'reparai na água, bem ali! Que coloração suspeita, não vos parece?' O terceiro dia do terceiro mês ainda estava distante, mas a velhinha, não obstante, fugiu dali às pressas, ofegante, recitando suas rezas, atropelando afobada a bengala e deixando para trás o monge sozinho. Não fosse pelo risco de ser notado, o monge com certeza se dobraria de rir — pois era o próprio E-In, o Hana-Kura, autor da brincadeira, que se encontrava caminhando pela margem do lago desde aquela manhã, com o propósito maroto de verificar se algum peixe mordera sua isca. Logo após a velha, já havia outra mulher diante do anúncio, pela aparência uma viajante que partia cedo. Estava acompanhada de um servo que carregava sua bagagem e usava um *ichimegasa*[7], cujo véu ela afastava para ler a placa. Cuidadoso, E-In se aproximou contendo o riso, e defronte à tabuleta fingiu ler também, fungando o narigão como se estivesse muito intrigado. Depois, retirou-se em direção ao templo.

"Nisso, bem diante do portal sul, teve um encontro inesperado: o monge E-Mon, com quem repartia o alojamento, que ao ver E-In franziu as grossas sobrancelhas maldosas: 'Tão cedo e já de pé, mas que coisa rara, senhor monge! Com certeza, o tempo vai mudar!' Ao que, aproveitando espertamente a deixa, E-In respondeu com um sorriso ardiloso, abrindo as narinas do vasto narigão: 'E mudará, acreditai. Pois não estão dizendo que ao terceiro dia do terceiro mês deste ano um dragão se elevará ao céu, desde o lago Saruzawa?' E-Mon lhe devolveu um olhar desconfiado, e deixou escapar um riso gutural e zombeteiro: 'O senhor monge com certeza teve um bom sonho. É o que digo, pois ouvi que sonhar com dragões subindo ao céu é de bom agouro', disse ele, e, empinando a larga cabeçorra, quis seguir caminho. Parou, entretanto, talvez porque as palavras murmuradas por E-In em tom de monólogo lhe tivessem alcançado os ouvidos: 'Ah, pior cego é aquele que não quer ver!' E-Mon girou sobre seu tamanco e voltou-se irritado para questioná-lo, como se pretendesse iniciar um debate teológico: 'Ou terá o senhor monge provas concretas de que o tal dragão subirá, como diz, ao céu?' Ostensivamente imperturbável, E-In apontou em direção ao lago que o sol da manhã já começava a iluminar,

---

7. Chapéu cônico de aba redonda e larga, utilizado por mulheres. A aba do chapéu suportava o véu que as envolvia.

e disse com descaso: 'Se duvidais da palavra deste pobre monge, aconselho-vos a ler a tabuleta colocada sob o salgueiro.' Isso quebrou um pouco a agressividade de E-Mon, que piscou como se estivesse ofuscado: 'Então, existe um anúncio como esse?', resmungou aparentando desinteresse, e retomou a caminhada. Mas ia agora pensativo, curvando a cabeçorra. Podeis imaginar quão risível pareceu a E-In a figura do companheiro monge. Dava-lhe coceiras no fundo do narigão. Para disfarçar, fechou a carranca e subiu as escadarias do portal, sem contudo conseguir sopitar o riso.

"Se desde a primeira manhã o anúncio já provocava confusão, o que dizer então dos dias seguintes! Não havia parte alguma em toda a cidade de Nara onde não se comentasse a aparição do dragão. Não faltou, é verdade, quem dissesse: 'Não será isso uma brincadeira de mau gosto?' Porém, mesmo esses mais céticos se mostravam, como direi, inseguros, e quem sabe no fundo inclinados a acreditar que acontecimentos sobrenaturais como esse pudessem ocorrer. Pois se até corria a notícia de que um dragão subira ao céu dos jardins do Palácio Imperial! E, enquanto isso, outro acontecimento intrigante: nem bem transcorridos dez dias desde a aparição do anúncio, uma menina de nove anos, filha de um sacerdote xintoísta de um santuário em Kasuga, dormitava uma noite com a cabeça no colo da mãe quando lhe surgiu um dragão negro, descendo do céu feito nuvem, para proferir em linguagem humana: 'Ao terceiro dia do terceiro mês deverei subir aos céus, mas sossegai, pois não pretendo fazer mal a nenhum de vós, povo da cidade.' Despertada do sono, a menina relatou à mãe exatamente o que lhe sucedera. O dragão do lago Saruzawa aparecera em sonho à menina, e assim a notícia se espalhou pela cidade num instante. O boato então ganhava colorido, ora o dragão se apossara também de outra criança, levando-a a compor um poema, ora aparecera a uma vidente para trazer uma revelação divina. Parecia que a qualquer momento a cabeça do famigerado dragão surgiria na superfície do lago. Bem, talvez não pusesse a cabeça para fora do lago, mas houve até quem jurasse tê-lo visto no fundo das águas... Era o dragão, sem sombra de dúvida. Tratava-se de um velho que todas as manhãs ia vender o pescado do rio na cidade. Passava ele ao amanhecer desse dia pelas margens do lago ainda envolto em penumbra quando, bem defronte ao anúncio sob o salgueiro, onde as águas se acumulavam no início do dia, notara uma ligeira claridade, apenas naquele ponto. O disse-que-disse a respeito do dragão, já exacerbado naqueles dias, fê-lo desconfiar imediatamente: 'Será, porventura, uma aparição do deus dragão?' Em parte feliz, em parte assustado, depositou no chão a carga de peixes e, trêmulo, esgueirou-se pé ante pé até as proximidades da margem para perscrutar o que havia ali, apoiando-se no tronco do salgueiro. Foi quando viu algo disforme, semelhante a uma corrente negra enrodilhada, repousando quieto ali no fundo, iluminado por tênue claridade. A coisa, quem sabe espantada pela presença humana, desenovelou-se num instante e desapareceu rapidamente agitando as águas, sem revelar para onde fora. Diante disso, o velho, transpirando pelo corpo todo, retornou para buscar sua mercadoria onde a deixara — havia bem uns vinte peixes, entre carpas e bagres. Entretanto, ela havia desaparecido! O relato da experiência lhe rendeu caçoadas: 'Vai ver que foste enganado por alguma lontra bem marota!', disseram alguns. Outros, e não poucos, diziam contudo: 'Lontras num lago protegido pelo deus dragão? Impossível! O mais certo é que o deus dragão tenha se apiedado dos pobres peixes, e os levado para o lago onde mora para lhes dar proteção.'

"Entrementes, o nosso monge E-In, o Hana-kura, intimamente satisfeito com a fama de sua tabuleta, mexia o narigão e sorria à socapa. Mas então, quando para o tal terceiro dia do terceiro mês já faltavam quatro ou cinco dias, levou um susto. Não é que sua tia — uma monja de Sakurai, na terra de Settsu[8], viera até Nara enfrentando uma longa caminhada, ansiosa por ver o espetáculo do dragão subindo ao céu? Muito perturbado, o monge tentou apavorá-la, assustá-la, enfim, convencê-la de todas as formas a retornar a Sakurai. Mas a tia se mostrava irredutível e fazia ouvidos moucos aos apelos do sobrinho. 'Eu já estou nesta idade', dizia ela, 'e tenho só esse desejo, ver o deus dragão. Só isso, e morrerei feliz.' E-In, é claro, não poderia àquela altura confessar descaradamente que havia colocado a tabuleta por pura brincadeira, e assim não lhe restou alternativa senão dobrar-se à vontade da tia e acolhê-la até o terceiro dia do terceiro mês. Acabou até prometendo que a acompanharia nesse dia para ver o deus dragão ascender ao céu. E se até a monja sua tia ouvira falar do dragão lá em Sakurai, era de se esperar, pensando bem, que o boato tivesse se espalhado além de toda a região de Yamato, e alcançado provavelmente Settsu, Izumi, Kawachi, quem sabe até Harima, Yamashiro, Oumi e Tanba. A farsa, engendrada com o intuito de zombar do povo de Nara, lograra dezenas de milhares de pessoas de diversos países, para sua surpresa.

---

8. Atual Osaka.

E-In já não achava graça nenhuma na situação. Ao contrário, a culpa o apavorava. Assim, ao guiar a tia pelas ruas de Nara em visita aos templos, caminhava ressabiado, feito malfeitor caçado pela polícia. Contudo, dava-lhe íntima satisfação ouvir de transeuntes boatos de que flores aromáticas estavam sendo depositadas em oferenda ao pé do anúncio que ele fincara. Não deixava de sentir pavor, mas, ao mesmo tempo, era como se houvesse praticado um ato louvável.

"Os dias se passaram até chegar, enfim, o fatídico terceiro dia do terceiro mês, quando o dragão subiria ao céu. Sem outro recurso, já que prometera à sua tia monja, E-In a acompanhou contrafeito até o alto da escadaria do portal sul do Templo de Kyofuku-ji, de onde se avistava todo o lago Saruzawa. O céu nesse dia estava completamente claro e sem nuvens, nem uma brisa vinha ao menos tilintar a sineta do portal. Mas o povo ansioso, que tanto aguardara por aquele dia, já se aglomerava. Obviamente, lá estava toda a cidade de Nara. Mas havia curiosos vindos de longe: de Kawachi, Izumi, Settsu, Harima, Yamashiro, Konoe e Tanba — um mar de gente que se espraiava de leste a oeste a perder de vista, lá de cima das escadarias. *Eboshi* de todos os tipos ondulavam até os confins da Avenida Nijoh, perdidos entre brumas. E carruagens bovinas[9] de feitio elaborado, com cortinas vermelhas, verdes, ou então toldos de sândalo, as coberturas incrustadas de adornos dourados e prateados reluzindo ao brando sol da primavera e dominando pesadamente a multidão ao redor. Sem falar de gente estendendo guarda-sóis ou toldos sob o céu ensolarado, instalando até palanques

---

9. Carruagens luxuosas puxadas por boi e utilizadas por nobres.

espalhafatosos — dir-se-ia que se iniciava um extemporâneo festival de Kamo[10] ali, às margens do lago Saruzawa, bem abaixo da vista de E-In. O monge, que nem mesmo em sonho imaginava que sua tabuleta fosse provocar tamanha celeuma, voltou-se estarrecido para a tia. 'Ai, quanta gente!', exclamou em voz sumida, agachando-se em seguida junto ao pilar do portal sul, derreado, como se as forças o abandonassem, sem coragem nem para fungar o imenso nariz.

"Sua tia monja, contudo, não tinha como saber o que se passava no interior de E-In, e esticava o pescoço olhando para todos os lados com muito interesse, quase a ponto de deixar escorregar o manto que lhe cobria a cabeça. E tagarelava sem parar — realmente, o espetáculo do lago era condigno à residência do deus dragão, e com toda essa gente, ele não deixaria de mostrar-se. Assim, não era possível a E-In continuar agachado ao pé da coluna, e por isso levantou-se a contragosto. O povo, cavalheiros e samurais, também já se aglomeravam ali, e entre eles o monge E-Mon, procurando erguer a cabeçorra acima da multidão para lançar olhares inquietos em direção ao lago. Ao vê-lo, E-In se esqueceu de imediato do abatimento em que estava, e intimamente deliciado por ter enganado tal monge, chamou-o, contendo o riso que lhe dava cócegas nas entranhas. 'Olá, senhor monge!' E depois, acrescentou em tom de chacota: 'Viestes também apreciar a subida do dragão ao céu?' E-Mon voltou-se com ar arrogante, mas respondeu com inesperada seriedade, sem sequer mexer as grossas sobrancelhas: 'É como dizeis. Como vós, estou muito ansioso em vê-lo.' Ah, pensou E-In, a dose foi

---

10. Festival tradicional realizado em Kyoto.

excessiva! Com isso, a animação lhe fugiu. E-In, novamente aflito, volveu os olhos para o lago além da multidão. Mas o lago, já aquecido, ostentava um brilho lúrido, refletindo com tranquilidade e perfeição as cerejeiras e o salgueiro que o circundavam, e nada fazia supor a subida de um dragão ao céu. E talvez porque várias milhas ao seu redor estavam completamente tomadas, sem intervalo, pela imensa multidão de curiosos, o lago parecia nesse dia até menor, tanto que a própria existência de um dragão ali começava a parecer uma absurda mentira.

"A ansiosa expectativa prendia, porém, a multidão que esperava pacientemente a subida do dragão ao céu, sem se dar conta da passagem das horas. O mar de pessoas sob o portal apenas crescia e se alargava. A quantidade de carruagens também aumentava, apertadas eixo contra eixo em alguns pontos. Diante dessas circunstâncias, podeis com certeza imaginar a aflição de E-In. Mas então, coisa estranha, começava a parecer a E-In que o dragão poderia surgir a qualquer momento, ou, pelo menos, que não seria de todo impossível que ele surgisse. Uma incongruência, pois fora o próprio E-In o autor da tabuleta. Contudo, os avanços e recuos da maré de *eboshi,* logo abaixo de sua vista despertavam--lhe a sensação de que essa aparição inusitada estaria prestes a ocorrer. Talvez a expectativa da multidão tivesse contaminado o Hana-Kura. Ou, quem sabe, um desejo inconsciente, fruto da culpa que sentia por ser o responsável por toda essa imensa confusão. De qualquer modo, o fato é que a aflição de E-In se esgarçava pouco a pouco, e ele passava a observar com atenção a superfície do lago, com a paciência de sua tia, mesmo sobejamente cônscio de que ninguém a não ser ele escrevera aquilo no anúncio. Não fosse por essa curiosa sensação, como poderia E-In ter suportado permanecer sob o portal sul quase o dia todo, embora contrariado, à espera de um dragão que não dava mostras de subir ao céu?

"Entretanto, o lago Saruzawa continuava como sempre, refletindo o sol da primavera sem nem uma pequena onda. E o céu, aberto e límpido, também não exibia uma única nuvem, nem mesmo do tamanho de um punho. No entanto, a multidão, à sombra dos guarda-sóis ou sob os toldos estendidos, ou então amontoada por trás dos gradis dos palanques, permanecia na ansiosa expectativa da aparição do deus dragão sem se dar conta da travessia do sol pelo firmamento, da manhã para o meio-dia, e daí para o entardecer.

"Já haveria decorrido metade de um dia desde que E-In lá chegara quando um filete de nuvem, semelhante à fumaça de incenso, se agitou a meia altura no firmamento. Essa pequena nuvem cresceu de repente, escurecendo o céu até então límpido. Nesse mesmo instante uma lufada de vento desceu sobre o lago, encrespando sua superfície que antes estava plana como um espelho. E enquanto a multidão, embora já estivesse prevenida, gritava em pânico, o céu se partiu de súbito para despejar uma torrente branca de chuva. Trovões retumbavam e relâmpagos costuravam o céu em todas as direções. E então um deles rasgou ziguezagueando o amontoado de nuvens, e num ímpeto sorveu a água do lago, levantando uma coluna d'água. Mas os olhos de E-In captaram nesse instante — assim ele disse — entre os vapores d'água e as nuvens, a confusa imagem de um imenso dragão negro, de mais de trinta metros de comprimento, que se lançou célere para o céu fazendo faiscar as unhas douradas. Contudo, a imagem se apagou num instante, deixando apenas pétalas de cerejeiras a dançar sob o céu tenebroso. No mais, nem é preciso desperdiçar tempo para falar da multidão em fuga atarantada debaixo dos relâmpagos, levantando verdadeiras ondas humanas à semelhança das ondas do lago.

"Cessada a tempestade, o céu azul voltou a se mostrar por entre as nuvens. E-In, abobalhado, virava o rosto de um lado a outro sem se incomodar com o narigão. Mas o que foi que vira? Fora ilusão? Sabendo-se autor do anúncio, pensando bem, não lhe parecia verossímil que um dragão tivesse mesmo subido ao céu. Mas o vira, com toda a certeza. Assim, quanto mais pensava no assunto, mais se confundia. Foi então erguer a monja sua tia, que estava encostada como morta ao pé de uma coluna próxima do portal, para lhe perguntar timidamente, sem poder disfarçar o acanhamento: 'Vistes o dragão, senhora?' A tia soltou um grande suspiro e permaneceu muda por algum tempo, sem fala. Mas assentiu diversas vezes com a cabeça, e afinal respondeu com voz fraca e tremida: 'Como não, como não! Um dragão todo negro, apenas as unhas eram douradas e faiscavam, não?' Ao que parece a visão do dragão não fora mera ilusão dos olhos de Hana-Kura, o Tokugo monge E-In. Mesmo porque quase todos os presentes naquele dia, moços ou velhos, homens ou mulheres, afirmavam ter visto o dragão negro subindo ao céu por entre as nuvens escuras.

"Dias depois, o monge E-In acabou confessando que a tabuleta fora uma brincadeira que ele próprio preparara, mas nenhum dos monges do templo, seus companheiros, lhe deram crédito, a começar por E-Mon. Teria aquela tabuleta acertado com a verdade? Ou teria faltado com ela? Bem, seria possível perguntar sobre isso a Hana-Kura, ou

Hana-Kurodo, ou seja, ao monge Kurodo Tokugyo E-In, o narigudo. Mas creio que de nada valeria, pois dificilmente ele teria uma resposta..."

3

O ministro Takakuni:

— Deveras, uma história singular! Um dragão pode ter habitado outrora aquele lago de Saruzawa! Bem, não quero dizer que tenha. Ah, mas com certeza habitou. Antigamente, qualquer homem sobre a face da terra acreditava piamente que dragões habitavam o fundo das águas. Por isso é que voavam entre o céu e a terra, para revelar sua imagem divina. Mas deixai-me ouvir vossas histórias em vez de tecer juízo sobre essas coisas.

"O quê? Tua história fala de outro monge narigudo de Ike-no-Wo, conhecido por Zenchi Naigu?[11] Após esta, do Hana-Kura, é provável que seja ainda mais interessante. A ela, então!

---

11. Monge ilustre a serviço do imperador. Sua história foi tema de outro conto do autor.

As laranjas
(1919)

Em certo dia nebuloso de inverno, ao entardecer, eu me encontrava num vagão da segunda classe de um trem que seguia de Yokosuka para a capital. Tomara assento em um dos cantos e aguardava distraído o apito de partida. No vagão — cujas luzes estavam acesas havia muito tempo — surpreendentemente não havia outro passageiro senão eu. Observando da janela, a plataforma obscura estava deserta nesse dia, o que raras vezes acontecia. Não se viam nem mesmo as costumeiras cenas de despedida. Apenas um cachorro, trancado em uma jaula, latia lamurioso de quando em quando. Toda essa cena combinava curiosamente com meu estado de espírito. Fadiga e enfado indescritíveis projetavam sombras em minha mente, tão escuras quanto o céu toldado por nuvens carregadas de neve. Eu enfiava as mãos nos bolsos do sobretudo, mas não tinha ânimo sequer para retirar e ler o jornal vespertino enfiado em um deles.

Mas enfim soou o apito de partida. Ligeiramente aliviado, recostei a cabeça na moldura da janela e aguardei indiferente que a plataforma diante de mim aos poucos começasse a recuar. Contudo, antes disso, ouvi passos ruidosos de *getá*[1] vindo da catraca de entrada da plataforma. A porta do vagão

---

1. Calçado semelhante a um chinelo, feito de madeira. [N.E.]

da segunda classe foi escancarada ao mesmo tempo que o condutor gritava alguns impropérios, e uma pequena menina, com seus treze ou quatorze anos, entrava afobada. Nisso, com um solavanco, o trem se pôs vagarosamente em movimento. As colunas da plataforma que passavam uma a uma, o carro d'água aparentemente abandonado, o carregador boina-vermelha que agradecia a gorjeta a algum passageiro — tudo isso se afastou de modo triste em meio à fumaça bafejada contra a janela. Enfim relaxado, acendi um cigarro e, erguendo pela primeira vez as pálpebras pesadas de fadiga, lancei um olhar ao rosto da menina, que se acomodara no assento à minha frente.

A garota tinha os cabelos ressequidos repuxados dos lados e presos atrás em um penteado tradicional. As faces, rachadas e com marcas de coceira, estavam repulsivamente afogueadas. Enfim, uma autêntica provinciana. Além disso, ela carregava um enorme embrulho sobre os joelhos, onde caíam com desleixo as pontas do cachecol meio sujo de lã verde-clara. E com a mão que abraçava o embrulho, rachada pelo frio, ela segurava, cheia de cuidado, um bilhete da terceira classe. O rosto vulgar da menina não me atraía. Além disso, desagradava-me também a falta de asseio da roupa que vestia. E por último, irritava-me a sua obtusidade, pois não soubera sequer distinguir a segunda classe da terceira. Assim, acendi o cigarro e, em parte porque queria esquecer a presença da menina, tirei o jornal do bolso e distraído o abri sobre os joelhos. Então, a claridade externa que iluminava as páginas do jornal se transformou de repente em luz de lâmpadas elétricas, e algumas colunas mal impressas surgiram diante de meus olhos com uma nitidez surpreendente.

Obviamente, o trem entrara no primeiro dos muitos túneis da linha Yokosuka.

Entretanto, embora percorresse as páginas do jornal bem iluminadas, nada encontrei nelas que aliviasse minha depressão. Na sociedade fala-se apenas de assuntos banais, muito banais: a questão da paz, noivos e noivas, incidentes de corrupção, obituários — passei os olhos de maneira mecânica por essas notícias enfadonhas, assaltado pela estranha ilusão de que o trem invertera o sentido da trajetória no instante em que entrara no túnel. Durante todo esse tempo, não pude deixar de sentir a presença da menina sentada à minha frente — a própria vulgaridade transformada em figura humana. O trem nesse túnel, essa menina provinciana e, sobretudo, esse vespertino inteiramente tomado por notícias corriqueiras — que seria tudo isso, senão símbolo? Senão símbolo desta vida humana, destituída de sentido, vulgar e tediosa, o que mais seria? Enjoado de tudo, joguei de lado o vespertino que lia e, encostando outra vez a cabeça na moldura da janela, cerrei os olhos como morto e comecei a cochilar.

Alguns minutos se passaram. De repente, algo me assustou. Instintivamente olhei ao meu redor, e vi então que a menina deixara o assento à minha frente e estava ao meu lado, tentando a todo custo abrir a janela. Mas a vidraça, pesada, não obedecia aos seus esforços para erguê-la. A face cheia de rachaduras se afogueava cada vez mais, e em meio à respiração curta e ofegante eu a ouvia fungar ruidosamente de vez em quando. Tudo isso decerto já bastava para extrair até mesmo de mim um pouco de compaixão. Entretanto, o trem marchava para a entrada de um novo túnel, e se percebia junto à janela a súbita aproximação da encosta da montanha, onde apenas as áreas cobertas de capim ressequido se destacavam, formando manchas claras no lusco-fusco do entardecer. Não obstante, a menina tentava de propósito abrir a janela. Eu não conseguia atinar com o motivo. Isto é, eu não podia imaginar outra razão senão um mero capricho da menina. E, conservando a severidade no fundo do peito, observei indiferente os esforços desesperados da menina para abrir a janela com as mãos rachadas de frio, como se desejasse, no íntimo, vê-la indefinidamente nesse esforço, sem qualquer sucesso. Mas então, no momento em que o trem de modo ruidoso invadia o túnel, a vidraça por fim cedeu aos esforços da menina e a janela se abriu. E através dessa abertura quadrangular o ar enegrecido como fuligem derretida encheu o interior do vagão às golfadas, convertendo-se de súbito em fumaça sufocante. A fumaça me atingiu em cheio e, como eu vinha sofrendo de males da garganta, fui acometido de um forte acesso de tosse que nem me permitia respirar, sem que ao menos tivesse tempo de levar o lenço ao rosto. A menina, no entanto, sem parecer nem um pouco preocupada com minha situação, estendeu o pescoço para fora da janela e olhou atentamente na direção em que seguia o trem, fazendo agitar os fios de cabelo soltos das têmporas ao vento que soprava nas trevas. Quando enfim pude enxergá-la em meio à fumaça e à luz das lâmpadas elétricas, a claridade já aumentava com rapidez fora da janela e diversos odores refrescantes, de terra, de capim seco, de água, afluíam para o interior do carro. Se isso não tivesse acontecido, tão logo me recuperasse do acesso de tosse, eu teria sem dúvida obrigado a menina a fechar a janela, ralhando, se necessário com máxima severidade, com essa desconhecida.

AS LARANJAS

Mas a essas alturas, o trem já atravessara o túnel sem dificuldade e chegava a uma passagem de nível entre montanhas cobertas de capim seco, nos arrabaldes de uma cidade pequena e pobre. Telhados miseráveis, de telha e de palha, se aglomeravam desordenadamente nos arredores da passagem. Uma solitária bandeirola esbranquiçada se movia na obscuridade do entardecer, agitada pelo sinaleiro. Creio que o trem enfim deixara o túnel — foi quando notei, atrás da miserável chancela, um grupo de três meninos de rostos afogueados, alinhados lado a lado bem juntos um do outro, feito passarinhos. Todos eles eram igualmente baixinhos, tanto que o céu escuro e pesado parecia esmagá-los. Vestiam roupas da mesma cor da desolação dos confins da cidade. Com os rostos levantados, olhando para o trem que passava, eles ergueram todos juntos as mãos e, das frágeis gargantas esticadas ao máximo para o alto, vieram gritos de júbilo ininteligíveis, com toda força. Pois nesse exato momento aquela menina, com metade do corpo fora da janela, esticava a mão queimada pela friagem e a agitava com vigor, em um largo movimento. Então, cinco ou seis laranjas, alegremente douradas pelo sol poente, caíram do céu como chuva sobre os meninos, que tinham vindo dar adeus à menina no trem. Eu sustive a respiração. Em um instante, havia compreendido o que acontecia. Essa menina — essa menina que provavelmente se dirigia para um emprego distante, obrigada pela pobreza de sua casa — havia lançado janela afora algumas laranjas que guardara com carinho em sua roupa, em agradecimento aos pequenos irmãos que haviam se dado ao trabalho de ir até a passagem para a última despedida.

A passagem de nível nos arrabaldes da cidade, imersa no lusco-fusco do entardecer, as três crianças que gritavam feito passarinhos, e a bela cor das laranjas despejadas sobre eles — tudo isso passou em um átimo no exterior da janela do trem, mas permaneceu estampado em minha alma com uma nitidez pungente. E me dei conta de que nascia disso uma estranha sensação de alegria. Ergui decididamente o rosto e com novos olhos observei a menina. Ela já havia retornado ao assento à minha frente. Enterrando o rosto ressecado pelo frio no cachecol de lã verde-clara, continuava segurando, com a mão que abraçava o enorme embrulho, o seu bilhete de terceira classe...

Nesse momento eu consegui, pela primeira vez, me esquecer ao menos um pouco da fadiga e do enfado indescritíveis que sentia, e também desta vida humana, destituída de sentido, vulgar e tediosa.

A mágica
(1920)

Isto aconteceu numa noite de garoa. O riquixá que me levava subiu e desceu pelas inúmeras ladeiras íngremes existentes no bairro de Omori e finalmente baixou os varais diante de uma pequena casa, construída em arquitetura ocidental e rodeada de bambus. Na pequena e apertada entrada da casa, cuja pintura acinzentada estava desbotada, pude notar à luz da lanterna estendida pelo condutor do riquixá uma pequena placa de porcelana, só ela ainda recente, com os caracteres japoneses: "Matiram Misra — cidadão indiano".

Acredito que não poucos de vocês já conheçam o senhor Matiram Misra. Ele é um patriota indiano nascido em Calcutá, que trabalha há muitos anos pela independência da Índia. É também um jovem mágico eminente, que estudou os segredos do bramanismo com o famoso Hassam Khan. Eu havia sido apresentado a Misra por um amigo um mês antes e desde então mantinha relações amistosas com ele. Sempre discutíamos assuntos de natureza política e econômica, mas nunca tive a oportunidade de vê-lo praticar sua mágica. Por isso, eu já havia solicitado por carta que me fizesse esse favor naquela noite, antes de tomar o riquixá e correr aos confins do bairro de Omori, onde Misra vivia.

Molhado pela garoa, pressionei a campainha que descobri embaixo do letreiro, à luz vacilante da lanterna do condutor. Não tardou muito para que a porta se abrisse e a empregada de Misra, uma velhinha japonesa miúda, aparecesse por ela.

— O senhor Misra se encontra em casa?
— Oh, sim senhor! Ele está aguardando a sua chegada! — respondeu de maneira amável a velhinha, e me conduziu imediatamente à sala de Misra, logo à frente.

— Quanta gentileza, vir até aqui numa noite chuvosa como esta!

Misra, um homem de pele escura, olhos grandes e bigodes macios, recebeu-me animado enquanto torcia o pavio da lâmpada de querosene sobre a mesa.

— Se for para assistir à sua arte mágica, a chuva não é obstáculo.

Tomando assento em uma cadeira, eu circulei o olhar pela sala ensombrecida, iluminada pela luz obscura da lâmpada de querosene.

A sala, mobiliada em estilo ocidental, era modesta: uma mesa no centro, uma estante de tamanho conveniente encostada à parede e outra mesa defronte à janela — nada mais afora isso, a não ser as cadeiras que ocupávamos. Tanto as mesas como as cadeiras estavam velhas e usadas. A toalha de mesa, verde com estampas de flores vermelhas, estava tão puída que parecia prestes a rasgar-se em pedaços.

Trocados os cumprimentos, permanecemos durante algum tempo em silêncio, ouvindo distraidamente o ruído da chuva sobre os bambus. Então, a criada idosa entrou trazendo um serviço de chá preto. Misra abriu a caixa de charutos e perguntou:

A MÁGICA

— Posso lhe oferecer um?

— Muito obrigado — respondi e, apanhando um deles, o acendi.

— O espírito que o senhor emprega em sua magia se chama Jin, não é? A magia que vou presenciar também usará a força desse espírito?

Misra também acendeu seu charuto e sorriu soltando a fumaça perfumada.

— Acreditava-se que existisse um espírito chamado Jin, mas isso foi há muito tempo, coisa de cem anos atrás, na época dos contos árabes das mil e uma noites, digamos. A mágica que aprendi de Hassan Khan não é isso, até o senhor pode praticá-la se assim desejar. Ela não passa de hipnotismo avançado. Veja, basta fazer apenas isto com a mão.

Misra levantou a mão e descreveu com ela, duas ou três vezes, algumas linhas que me pareceram triângulos. Logo depois, colocou a mão sobre a mesa e ergueu entre os dedos uma das flores estampadas na toalha de mesa verde. Surpreso, arrastei a cadeira para ver melhor a flor. Sem dúvida alguma era uma daquelas flores, que estava até aquele momento estampada no pano. Mas quando Misra a pôs diante de meu nariz, ela tinha até perfume: um odor almiscarado e forte. Maravilhado, soltei diversos gritos de espanto. Misra, ainda sorrindo, deixou a flor cair sobre a mesa. Imediatamente ela voltou a ser uma estampa tecida no pano. Não havia mais como apanhá-la ou mover uma só de suas pétalas.

— Simples, não é mesmo? E agora veja esta lâmpada.

Dizendo isso, Misra mudou um pouco a posição da lâmpada sobre a mesa. Então, por alguma razão inexplicável, a lâmpada começou a girar feito pião. Girava velozmente sobre si mesma sem sair do lugar, tendo por eixo o pavio aceso. Assustei-me no começo, pois aquilo podia provocar um incêndio, e me mantive em suspense o tempo todo. Mas Misra tomava calmamente o chá sem demonstrar preocupação alguma. Por fim me acalmei e me deixei absorver pelo movimento da lâmpada, que girava cada vez mais veloz.

Mesmo porque o aspecto da chama amarelada, só ela perfeitamente estática e imóvel enquanto a lâmpada rodopiava agitando o ar com o quebra-luz, oferecia um espetáculo indescritível, ao mesmo tempo belo e misterioso. Enquanto isso, a lâmpada girava com velocidade cada vez maior, tanto que por fim seu giro era quase imperceptível. Então, de repente, lá estava ela estática novamente sobre a mesa, sem sequer balançar a chama.

— Surpreso? Tudo isso é apenas um truque infantil. Se o senhor quiser, posso lhe mostrar algo mais.

Misra voltou-se para a estante às suas costas, estendeu a mão em direção a ela e fez um sinal com o dedo, como se chamasse os livros que se achavam enfileirados nas prateleiras. Eles então saíram voando de lá, um por um, para vir pousar naturalmente em cima da mesa. Com as capas estendidas para ambos os lados, eles subiam aos ares e esvoaçavam como morcegos em tardes de verão. Estupefato, eu observava com o charuto na boca enquanto os livros voavam com liberdade na semiobscuridade da luz da lâmpada e pousavam educadamente sobre a mesa, empilhados em forma de pirâmide. E após terem vindo todos eles da estante para a mesa, não é que começavam agora a voar de volta para a estante?

O mais interessante, entretanto, foi o que fez um livro fino, precariamente encadernado: como os outros, ele levantou voo batendo as capas como se fossem asas e permaneceu certo tempo voando em círculos sobre a mesa, mas de repente projetou-se sobre os meus joelhos, farfalhando as folhas. Curioso, apanhei-o e vi que se tratava de uma nova obra em francês que havia emprestado a Misra uma semana antes.

— Obrigado por me haver emprestado o livro por tanto tempo! — agradeceu Misra, divertido. A essa altura, todos os outros livros já estavam, é claro, de volta à estante. Atônito, como se houvesse despertado naquele momento de um sonho, perdi por alguns instantes a fala, e nem pude responder a seu agradecimento. Entretanto, recordei-me de que Misra dissera que até eu poderia, se quisesse, aprender os segredos de sua mágica.

— Realmente, ouvi muitas vezes falarem do senhor, mas não pensei que sua mágica fosse tão espantosa! O senhor me disse que até eu, se quisesse, poderia praticá-la. Não teria sido brincadeira?

— Mas claro que pode! Qualquer pessoa pode, e com facilidade! Apenas... — Neste ponto, Misra fitou meu rosto e disse, dando à voz uma seriedade inusitada: — ...os gananciosos não podem. Aqueles que se propõem a aprender a mágica de Hassam Khan devem, antes de tudo, deixar a ganância. O senhor seria capaz disso?

— Creio que sim — respondi, mas acrescentei, por me sentir um pouco inseguro: — Desde que o senhor me ensine sua mágica...

Misra me observou por algum tempo com dúvida no olhar, mas depois, por certo julgando ser indelicado questionar-me mais, inclinou generosamente a cabeça em sinal de concordância.

— Pois bem, então vou lhe ensinar. Mas, por mais simples que seja, isso leva algum tempo. Por isso, peço-lhe que passe a noite nesta casa.

— Muito agradecido por tudo!

Expressei meus agradecimentos diversas vezes a Misra, feliz como estava aprender a mágica. Mas Misra, despreocupado, levantou-se da cadeira.

— *Senhora! Senhora! Nosso visitante pousará hoje em nossa casa. Prepare seu leito, por favor!*

Com o coração palpitante, permaneci com o olhar preso no rosto bondoso de Misra, esquecido até de bater a cinza do charuto.

* * *

Cerca de um mês depois de ter aprendido a arte da mágica com o senhor Misra, eu estava reunido com um grupo de cinco ou seis amigos em uma sala de um clube em Ginza, numa noite também chuvosa. Estávamos ao redor de uma lareira e conversávamos sobre trivialidades.

Ali, em pleno centro de Tóquio, a chuva não soava tão melancólica como aquela que fustigara os bambus em Omori, quem sabe porque ao cair molhasse os tetos de carruagens e automóveis cujo tráfego era intenso.

E também, a sala onde nos encontrávamos — alegre, bem iluminada por lâmpadas elétricas, provida de cadeiras confortáveis revestidas de couro marroquino, assoalhada com lustrosos tacos de madeira finamente ajustados — em nada se parecia com aquela da casa de Misra, mais propícia, sob todos os aspectos, a aparições sobrenaturais.

A MÁGICA

Em meio a baforadas de charuto, conversávamos sobre caçadas e corridas de cavalo quando um de meus amigos voltou-se para mim e disse, lançando ao fogo da lareira o toco do charuto que fumava:

— Ouvi dizer que você anda praticando mágica estes dias. Não quer mostrá-la esta noite para nós? O que nos diz?

— Com prazer! — respondi, mantendo-me sentado com a cabeça apoiada no encosto da cadeira, com a arrogância de um mestre.

— Muito bem. Escolha então a seu critério algo sobrenatural, que os prestidigitadores comuns não possam realizar.

Os outros pareciam concordar, pois arrastaram suas cadeiras e se aproximaram, fitando-me com expectativa nos olhos. Eu me levantei vagarosamente.

— Observem então com bastante atenção. Não uso truques em minha mágica.

Enquanto respondia, tirei as abotoaduras, arregacei as mangas da camisa, apanhei casualmente alguns carvões em brasa que ardiam na lareira e os coloquei sobre a palma da mão. Só isso bastou para impressionar os companheiros ao meu redor. Eles se entreolharam assustados e até recuaram, com receio de serem queimados caso se aproximassem inadvertidamente.

Cada vez mais calmo, levei os carvões em brasa que tinha sobre a palma da mão até diante de seus olhos para depois esparramá-los de súbito sobre o piso de tacos. Nesse instante, ergueu-se do piso da sala o ruído de outra chuva, que abafou o que entrava pela janela. Acontecia que os rubros pedaços de carvão assim que saíam de minhas mãos se transformavam em inúmeras e belas moedas de ouro e despencavam em chuva sobre o assoalho, saltando em todas as direções.

Estupefatos como se sonhassem, meus amigos se esqueciam até das palmas.

— Aí está. É apenas uma pequena demonstração.

Voltei a me sentar na cadeira, exibindo nos lábios um sorriso de orgulho.

— São moedas de verdade? — Cinco minutos depois, saindo do encantamento, finalmente um deles conseguia perguntar.

— Claro que são. Se dúvida, experimente pegar uma delas.

— Está certo de que não vai me queimar, não é?

Ele estendeu medrosamente a mão e apanhou uma das moedas espalhadas sobre o assoalho.

— Tem razão, são moedas de ouro verdadeiras! Ei, servente! Traga vassoura e pá, e recolha todas essas moedas!

Atendendo de imediato à ordem, um servente recolheu com a vassoura todas as moedas e as empilhou alto sobre a mesa de canto. Todos os companheiros rodearam a mesa.

— Estimo que haja aqui cerca de vinte mil ienes.

— Que nada, há muito mais! Ainda bem que a mesa não é frágil, porque se fosse, iria ao chão!

— Que mágica estupenda! As brasas se transformaram de repente em moedas!

— Desse jeito, em menos de uma semana você ficará tão milionário quanto Mitsui ou Iwasaki!

Eles não cessavam de elogiar minha arte, mas eu me conservava indiferente, sentado na cadeira, apoiando-me no encosto. E lhes disse entre baforadas do charuto:

— Nada disso! Se eu me comportar de forma gananciosa, que seja por uma só vez, estarei impedido de usar novamente a minha arte. Por isso, vou jogar todas estas moedas de volta à lareira assim que vocês as examinarem.

Mal acabei de dizer isso e eles começaram a protestar em uníssono como se houvessem combinado previamente. Alegavam ser um desperdício deixar que todas aquelas moedas virassem brasa como eram antes. Mas eu devia cumprir a promessa feita a Misra e, por isso, discuti obstinadamente com eles, mantendo, irredutível, a decisão de lançar as moedas de volta à lareira. Então, um de meus companheiros, com fama de ser o mais esperto da turma, disse com uma risada desdenhosa:

— Você quer transformar as moedas em carvão outra vez. Nós não queremos isso. Assim, claro está que nunca chegaremos a um acordo. Eu proponho o seguinte: você aposta todo esse dinheiro em uma cartada de jogo conosco. Se vencer, transforme-o em carvão ou faça dele o que quiser. Entretanto, se nós ganharmos, você nos dará todo o dinheiro assim como está. Acredito que isso satisfaça a todos, não?

Mesmo assim, continuei meneando negativamente a cabeça, sem concordar com a proposta. Mas esse amigo, alternando o olhar ladino entre meu rosto e as moedas sobre a mesa, prosseguiu sorrindo, zombeteiro:

— Você não quer jogar cartas conosco porque não quer perder o dinheiro para nós. Assim, você nos deixa em dúvida quanto às suas nobres intenções de abandonar a ganância para se dedicar aos segredos da mágica.

— Não estou dizendo que quero transformar o dinheiro em carvão só para não dá-lo a ninguém!

— Então, por que não vamos jogar?

Argumentos como esses foram trocados repetidas vezes, até que, enfim, me vi encurralado e levado a enfrentar o jogo de cartas apostando o dinheiro sobre a mesa. Entusiasmados, meus amigos se apressaram em pedir um baralho e afoitos me convidaram, ainda relutante, à mesa de carteado em um canto da sala.

E assim, sem alternativa, por algum tempo joguei a contragosto com os amigos. Não possuo lá grandes qualidades como jogador, mas naquela noite, incrivelmente, eu ganhava uma jogada após a outra. Então — outra coisa estranha — comecei a me entusiasmar cada vez mais com o jogo, quando de início nem sequer me interessara por ele. Decorridos menos de dez minutos, eu já puxava as cartas totalmente compenetrado, esquecido de tudo mais.

Meus amigos, que haviam iniciado o jogo com o único intuito de me tomar todo o dinheiro, se desesperavam cada vez mais, perdendo a cor do rosto na ânsia de vencer. Mas, ainda que eles se esforçassem ao máximo, eu não apenas não perdia uma só aposta, como acabei por fim ganhando uma fortuna quase idêntica à da pilha de moedas de ouro. Então, aquele amigo mal intencionado empurrou ensandecido algumas cartas diante de meu nariz:

— Vamos, retire uma! Eu aposto toda a minha fortuna agora: terras, produtos, cavalos, automóvel — tudo, sem excluir nada, contra suas moedas e mais o que você ganhou até agora! Vamos, retire uma carta!

Nesse instante, a ganância se apoderou de mim. Se a sorte não me favorecesse, eu teria de entregar a esse amigo não apenas a montanha de moedas de ouro como também a fortuna que ganhara até aquele momento. Se, por outro lado, eu vencesse a aposta, ganharia toda a sua fortuna. De que me valeria tamanho esforço despendido em aprender a arte da mágica se não aproveitasse esta chance? Pensando assim perdi o juízo e, lançando mão da mágica em segredo, respondi, como se o desafiasse para um duelo:

— Muito bem, retire você primeiro.

— Nove!

— Rei! — anunciei, vitorioso, e pus a carta que acabara de puxar diante do rosto terrivelmente empalidecido do amigo. Então, para minha enorme surpresa, a figura do rei do baralho ergueu a cabeça coroada, como se tivesse vida, saltou para fora da carta e, mantendo ainda a espada nas mãos de modo comportado, lançou-me um sorriso arrepiante.

— *Senhora! Senhora! O nosso visitante irá nos deixar! Portanto, não precisa mais preparar seu leito!* — dizia ele, numa voz conhecida. E então, até a chuva que caía lá fora tinha inexplicavelmente um ruído melancólico, como se fustigasse os bambus em Omori.

De repente, eu me recobrei. Olhando ao redor, percebi que estava ainda diante de Misra, sentado sob a luz fraca da lâmpada de querosene. Flutuava no rosto de Misra um sorriso semelhante ao do rei da carta de baralho.

As cinzas do charuto entre meus dedos nem mesmo haviam caído, mostrando que o sonho não durara mais que dois ou três minutos, quando eu julgara ter decorrido um mês. No entanto, bastaram esses breves dois ou três minutos para deixar claro, tanto para mim quanto para Misra, que eu não estava apto a aprender a mágica de Hassam Khan. Envergonhado, curvei por instantes a cabeça sem ter o que dizer.

— Se quiser aprender minha arte é preciso antes de tudo abandonar a cobiça. De fato, o senhor ainda não está preparado para isso.

Misra me observava com um olhar apiedado, apoiando o cotovelo sobre a toalha de mesa verde com bordados de flores vermelhas e, serenamente, assim me repreendeu.

No matagal
(1922)

O DEPOIMENTO DO LENHADOR AO INQUIRIDOR:

Sim, excelência, quem descobriu o cadáver foi este que vos fala. Esta manhã, como de hábito, fui à montanha para cortar cedros. E lá estava ele, dentro do matagal à sombra da montanha. O local? Bem, seriam uns quatro ou cinco *cho*[1] da estrada de Yamashiro. É um local ermo, onde cedros delgados crescem em meio ao bambuzal.

Vestia túnica índigo e jazia de costas, ainda com seu casquete à cabeça. O ferimento, embora único, era no peito, e as folhas de bambu caídas ao redor pareciam encharcadas de tintura enegrecida. Não, o sangue já não escorria. O ferimento me pareceu seco. Havia uma mosca agarrada nele, bem me lembro, que nem se mexeu aos meus passos.

Se encontrei uma espada ou algo assim? Não senhor, nada. Apenas um pedaço de corda que vi caído junto à raiz de um cedro próximo. Ah sim, além da corda, um pente. Apenas esses dois objetos nas proximidades do cadáver. Mas reparei que toda a relva e as folhas de bambu caídas ao seu redor haviam sido furiosamente pisoteadas. Com certeza aquele homem ofereceu séria resistência antes de ser morto.

---

1. Um *cho* mede aproximadamente 109 metros.

Sim? Um cavalo? Não há como cavalos entrarem naquela área. Existe um denso matagal isolando aquele local da estrada onde passam cavalos.

O DEPOIMENTO DO MONGE AO INQUIRIDOR:

Certamente, cruzei ontem com o falecido. Ontem — vejamos, por volta do meio-dia. O local, bem, eu seguia de Sekiyama para Yamashina. Ele vinha caminhando em direção a Sekiyama trazendo uma mulher em um cavalo. A mulher tinha o rosto oculto por um véu, e assim não percebi suas feições. O que vi foi apenas seu vestido de seda violeta. O cavalo era um alazão. Perguntais-me a altura do animal? Bem, diria que era um cavalo alto, mas não sei bem dessas coisas, pois sou um religioso. Não, excelência, o homem trazia não só espada, mas também arco e flechas. Mesmo agora lembro-me muito bem que havia cerca de vinte numa aljava de cor escura.

Nem em sonhos imaginaria que aquele homem fosse acabar dessa maneira. Mas quão efêmera é a vida humana! Dir-se-ia uma gota de orvalho ou o lampejo de um relâmpago! Pobre homem!

O DEPOIMENTO DO AGENTE POLICIAL AO INQUIRIDOR:

O homem a quem prendi? Sim, chama-se Tajômaru, e é um famigerado salteador. A bem da verdade, quando o prendi por certo caíra do cavalo, e gemia de dor estirado sobre a ponte de pedra de Awadaguchi. Quando se deu isso? Bem, foi ontem, ao anoitecer. Quase o agarrei algum tempo atrás, mas conseguiu evadir-se daquela vez. Vestia então essa mesma túnica azul-marinho e trazia essa mesma espada. Mas agora, como vedes, traz até arco e flechas. Como dizeis? Pertenciam ao morto? Então, não resta dúvida, o assassino é este Tajômaru. Um arco revestido de couro, uma aljava pintada de preto e dezessete flechas com penas de falcão — devem ter pertencido à vítima. Sim, o cavalo era um alazão como dizeis. Foi derrubado por aquele animal, é o carma! Encontrei-o a pequena distância da ponte, pastando erva à beira do caminho, arrastando uma longa rédea.

Dos assaltantes que perambulam por aqui, esse Tajômaru é quem mais molesta mulheres. Diz ele que foi obra sua o assassinato cometido no morro atrás do templo, de uma mulher e de uma menina que a acompanhava, que aparentemente se dirigiam ao Templo de Toribe para oferecer orações, no outono do ano passado. E se esse desgraçado matou aquele homem, sabe-se lá que destino deu à mulher que estava no cavalo. Perdoai minha impertinência, mas peço-vos humildemente que investigueis também o que sucedeu a ela.

O DEPOIMENTO DA ANCIÃ AO INQUIRIDOR:

Sim, meu senhor, o cadáver é do homem a quem minha filha foi dada em casamento. Mas ele não era desta cidade. Era um samurai da província de Wakagi. Chamava-se Kanazawa--no-Takehiro e tinha 26 anos. Não, senhor, é impossível que tivesse desafetos, pois era muito gentil.

A minha filha? Seu nome é Masago, e tem dezenove anos. Tem um gênio forte, que não perde para homem nenhum, mas nunca teve outro além de Takehiro. Tem um rosto moreno, pequeno e ovalado, com uma pinta abaixo do olho esquerdo.

Takehiro partiu ontem com ela para Wakagi. Quem poderia imaginar que isso fosse acontecer? Ah, que destino! E onde está minha filha? Já me conformei com Takehiro, mas morro de preocupação por ela. Ouvi a súplica desta velha, meu senhor, vasculhai por todas as partes e, peço-vos, encontrai-a! Esse tal Tajômaru odioso, além do meu genro, até minha filha...

(Segue-se pranto, sem palavras.)

* * *

A CONFISSÃO DE TAJÔMARU:

Fui eu quem matou aquele homem. Mas não a mulher. Para onde ela foi? Isso, nem eu mesmo sei. Ah, tende paciência! Por mais que me torturem, não posso falar daquilo que não sei! Vede, já que me apanharam, não irei agora comportar--me como covarde.

Encontrei o casal ontem, pouco depois do meio-dia. Uma brisa levantava a ponta do véu sobre o rosto da mulher e assim pude vê-lo de relance. Um relance apenas, pois o véu voltou a escondê-lo. Quem sabe, por isso, pensei ter visto a própria imagem da deusa Bosatsu. Fui então tomado de desejo de arrebatá-la, mesmo que para isso tivesse de matar aquele homem.

Que nada, matar não é algo tão grave como pensais. E, de qualquer forma, o homem teria de morrer para que a mulher fosse minha. Digo-vos, entretanto: eu uso a minha espada para matar, enquanto vós, ao invés de fazê-lo com ela, matais com o poder, com o dinheiro e até por intenções que procurais disfarçar com palavras. É verdade, vossas vítimas continuam vivas, não vertem sangue — mas matastes! Como julgar qual o crime mais profundo, qual de nós seria o pior malfeitor? Eu? Vós?

(Sorriso cínico.)

Contudo, se pudesse ter a mulher sem que fosse preciso matar seu acompanhante, ficaria igualmente satisfeito. E digo até que pretendia, pelo menos naquele momento, fazer o possível para consegui-lo, mas ali na estrada de Yamashina isso seria impossível. Assim, tramei atraí-los para a montanha.

Isso não me custou nada. Comecei a acompanhar o casal, e inventei que havia na montanha um túmulo antigo que eu violara. E que dentro dele encontrara uma grande quantidade de espadas e espelhos, que eu escondera num matagal sem ser visto por ninguém e pretendia vender por um preço barato a quem se dispusesse a comprá-los. Contei essa história ao homem, e vi que despertei sua cobiça. Depois — vede o que faz a ganância —, em menos de uma hora o casal já se achava comigo a caminho da montanha.

Ao chegar ao matagal, convidei o homem a ir comigo ver o tesouro que eu escondera. Possuído como estava pela cobiça, ele nem relutou. Mas a mulher recusou-se a descer do cavalo. Preferia nos aguardar. Era compreensível, pois ali a mata é muito densa. Na verdade, era isso que eu esperava, e assim penetrei no matagal com o homem, deixando a mulher sozinha à espera.

No começo, o matagal é formado por um bambuzal cerrado. Mas, um pouco adiante, ele se abre ligeiramente em uma pequena clareira de cedros. Não havia melhor lugar para meu trabalho. Fui abrindo caminho pelo mato, e revelei que o tesouro estava enterrado ao pé de um cedro — uma mentira convincente. Mal falei isso e o homem já se dirigia apressadamente aos cedros delgados que se avistavam na clareira. Lá, o bambuzal se torna esparso e os cedros crescem alinhados. Nesse ponto, atraquei-me de súbito ao homem e o subjuguei. Devia ser valente pois trazia uma espada, mas, apanhado de surpresa, nada pôde fazer. Deixei-o amarrado ao tronco de um cedro. Perguntais-me da corda que usei? Oh, graças ao meu ofício de gatuno, trago-a sempre à cintura. Sabe-se lá quando se topa com um muro que precise ser transposto! Claro, para que não gritasse, enchi sua boca de folhas de bambu, e pronto.

Assim que cuidei do homem, voltei à mulher para lhe dizer que ele fora acometido por um mal súbito, e pedi que fosse vê-lo. Nem é preciso dizer-vos que a artimanha deu certo. A mulher tirou o *ichimegasa*[2] e entrou no matagal segurando minha mão. Ao deparar-se então com o homem todo amarrado ao pé do cedro, sacou uma adaga que retirara não sei quando de suas vestes e investiu contra mim. Garanto-vos, jamais conheci mulher de gênio tão forte quanto aquela. Um pouco de descuido e teria com certeza recebido sua adaga no flanco. Esquivei-me, mas ela voltou à carga duas, três vezes. Poderia muito bem ter sido ferido nessa refrega, mas eu sou o bravo Tajômaru. De alguma forma, consegui derrubar-lhe

---

2. Chapéu de aba circular larga envolta por véu, utilizado por mulheres.

a adaga das mãos sem que fosse preciso fazer uso de minha espada. E aí, por mais valente que fosse a mulher, nada pôde fazer sem a arma. Assim, possuí-a sem matar o homem.

Reparai bem, sem matá-lo, mesmo porque a ideia de roubar-lhe também a vida nem sequer me passara pela cabeça até então. Já me preparava para fugir do matagal, abandonando a mulher caída em prantos, quando, ensandecida, ela de repente me agarrou pelo braço. Pelo que entendi dos seus gritos entrecortados de soluços, ela queria que um de nós morresse, eu ou o marido, pois fora envergonhada à vista de dois homens, e essa vergonha lhe era ainda pior que a morte. Mas não foi só: em meio à respiração ofegante, disse que se tornaria esposa daquele que sobrevivesse, não importava quem. Isso bastou para que se acendesse ferozmente em mim o desejo de matar o homem.

(Excitação sombria.)

Dito assim podereis julgar-me cruel, mais que qualquer um de vós. Mas é porque não vistes o rosto da mulher, particularmente o seu olhar ardente. Por esse olhar desejei tê-la como minha a qualquer custo, mesmo que um raio me fulminasse. Tê-la como minha mulher tornava-se uma obsessão única e dominante naquele momento. Nada semelhante ao desejo vulgar da carne, como decerto estais a imaginar. Fosse assim, teria com certeza repelido a mulher e desaparecido. E não seria necessário derramar o sangue daquele homem pela minha espada. Mas o rosto dela, que via na penumbra do matagal, levou-me à decisão fatal: não sairia dali sem antes matá-lo.

Não, porém, de forma covarde. Cortei-lhe as amarras e o desafiei a um duelo. (É essa a corda caída ao pé do cedro, que abandonei naquele local.) O homem, enraivecido, desembainhou a sua larga espada e de pronto arremeteu contra mim sem dizer palavra. Já sabeis como terminou o duelo. Na vigésima terceira vez em que cruzamos os ferros, minha espada trespassou-lhe o peito. Reparai: — na vigésima terceira vez, uma façanha admirável! Ninguém exceto ele conseguiu resistir a mim por mais de vinte embates.

(Sorriso destemido.)

Assim que o homem foi ao solo virei-me para a mulher, com a espada ainda ensanguentada nas mãos — mas não a encontrei. Para minha surpresa, ela havia sumido. Procurei-a por entre os cedros tentando descobrir para onde se fora. Contudo, nem rastros deixara sobre as folhas caídas. Pus-me à escuta. Nada percebi que não fosse o estertor que escapava da garganta do moribundo.

Talvez ela tivesse fugido pelo matagal em busca de socorro, ao se iniciar o duelo. Essa possibilidade me fez deixar às pressas aquele local e sair para o caminho da montanha, pois se tratava agora de salvar minha própria pele — não sem antes tomar as armas do homem. No caminho, o cavalo que trouxera a mulher pastava calmamente. Narrar o que se passou depois será gastar fôlego em futilidades. Direi apenas que já me desfizera da espada ao chegar à cidade. Aqui termino minha confissão. De qualquer maneira, eu sabia que acabaria um dia pendurado pelo pescoço em algum galho de árvore. Portanto, dai-me logo a pena máxima.

(Orgulhoso.)

Confissão da mulher, encontrada no Templo de Kiyomizu

Esse homem de túnica azul-marinho, após violentar-me, observou meu marido atado em cordas e soltou uma gargalhada de escárnio. Quanta revolta ele deve ter sentido! Quanto mais se contorcia para se libertar, mais as cordas penetravam-lhe o corpo. Aos tropeços, corri instintivamente para ele. Isto é, tentei correr, pois o homem derrubou-me ao solo com um pontapé. E nisso, percebi: o olhar de meu marido brilhava intensamente! Um brilho indescritível — mesmo agora, enquanto recordo, sinto meu corpo se arrepiar. Sem poder falar, ele transmitia pelo olhar tudo que sentia! Ali não havia raiva nem tristeza. Frieza, dura e cruel, eis tudo que havia, e que me cobria de desprezo. Ferida mais por esse olhar que pelo pontapé que me derrubou, gritei descontrolada e desfaleci.

Quando por fim recuperei os sentidos, o homem da túnica azul-marinho já se fora. Restava apenas meu marido amarrado à raiz do cedro. Ergui-me a custo sobre as folhas de bambu caídas e me voltei para ele. Entretanto, nada mudara naquele olhar — o mesmo gélido desprezo, onde só o ódio ardia. Vergonha, tristeza, revolta... nem sei como descrever o que senti. Levantei-me trôpega e me aproximei dele.

"Meu senhor", disse-lhe, "já não poderei viver convosco depois disto. Estou decidida a acabar com minha vida. Mas... mas, rogo-vos, acompanhai-me também na morte. Fostes testemunha de minha vergonha. Como deixar que vivais sem mim?"

Assim eu disse, com as poucas forças que me restavam. Mas ele se limitava a fitar-me com desdém. Com o peito prestes a se partir, procurei por sua espada. Não a encontrei, nem o arco ou uma só das flechas naquele matagal. Com certeza o salteador as levara. Por felicidade, meu punhal lá estava, caído junto aos meus pés. Empunhei-o e disse finalmente: "Eu vos peço, dai-me a vossa vida. Em breve estarei ao vosso lado."

Vi então que ele movia pela primeira vez os lábios. A boca, obstruída por folhas de bambu, naturalmente não podia articular palavra alguma, mas, pelo movimento dos lábios, percebi no mesmo instante que, com todo o desdém, me dizia uma só palavra: "Mata-me!" Então, como se me movesse em meio a um sonho, trespassei-lhe o peito por cima da túnica.

Creio ter desfalecido outra vez. Quando por fim olhei ao meu redor, a vida já deixara o corpo de meu marido, ainda atado pelas cordas. Um raio de luz do sol poente, caído do céu por entre a folhagem do cedro e do bambu, brincava sobre sua pálida face. Mal contendo o pranto, livrei-o das amarras. E depois — o que fiz depois? Falta-me ânimo para vos narrar. De qualquer maneira, não encontrei forças para me matar. Espetei o punhal no pescoço, joguei-me no lago ao sopé da montanha, tudo eu tentei. Mas, viva como estou, de que vale falar sobre essas coisas?

(Sorriso triste.)

Até Buda, em sua infinita misericórdia, desprezou esta frágil mulher. Violentada, assassina do marido, o que devo fazer? Eu... eu ...

(Súbito pranto convulsivo.)

NO MATAGAL

O ESPÍRITO DO MORTO, POR INTERMÉDIO DE UMA MÉDIUM:

Tendo violentado minha mulher, o salteador sentou-se ali mesmo e pôs-se a consolá-la. Naturalmente, eu não podia falar, amordaçado e amarrado ao pé de um cedro como estava. Contudo, durante esse tempo, procurei por diversas vezes instruí-la com o olhar. "Não acredita no que esse homem diz, é tudo mentira!", era o que tentava transmitir-lhe. Mas ela, abatida, permanecia sentada sobre as folhas caídas, com os olhos sobre os joelhos. E não é que parecia dar ouvidos às palavras do salteador? Contorci-me de ciúmes. O salteador prosseguia com habilidade. "Já que foste violentada, tua vida junto ao marido jamais voltará ao que era. Por que então permanecer com esse homem? Torna-te minha mulher! Foi a paixão que me levou a este desatino" — o salteador ousava até esse ponto!

Isso a fez erguer o rosto em doce enlevo. Jamais a vi tão linda como naquele instante. E linda como estava, o que respondeu ela ao salteador diante do marido ainda em cordas? Mesmo vagando no limbo, a revolta nunca deixa de torturar-me, tantas vezes quanto me recordo da resposta. Afirmo sem sombra de dúvida que ela lhe disse: "Leva-me então para onde quiseres!"

(Longo silêncio.)

Sua culpa não se resume apenas a isso. Fosse assim, não sofreria tanto nestas trevas em que me encontro. Como se sonhasse, ela se preparava para deixar o matagal de mãos dadas com o salteador, quando repentinamente apontou-me ao pé do cedro, de súbito transtornada: "Mata esse homem. Não poderei viver contigo enquanto ele não morrer!" Bradava como louca, repetindo: "Mata esse homem!" Ainda agora, seus gritos me arrastam com a fúria de um turbilhão ao fundo distante de um tenebroso abismo. Haverá algum ser humano nesse mundo que tenha pronunciado palavras tão odiosas? Algum ser humano que tenha ouvido, seja por uma única vez na vida, palavras tão desgraçadas? Seja por uma única vez?

(Repentina gargalhada de escárnio.)

Até o salteador se enfureceu com isso. "Mata esse homem!", gritava ela, agarrada ao seu braço. Mas ele a contemplava, sem responder sim ou não. De repente, derrubou-a a pontapés sobre o solo.

(Outra gargalhada.)

Calmamente, ele cruzou os braços e fitou-me: "Que faço com essa mulher? Mato-a, ou a perdoo? Responde-me apenas com a cabeça. Mato-a?" Só por essas palavras, estou disposto a perdoar seu crime.

(Longo silêncio, pela segunda vez.)

Enquanto eu hesitava em responder, minha mulher, com um grito ininteligível, correu para o matagal. De pronto, o salteador se lançou em sua perseguição, sem conseguir contudo agarrar sequer a manga de seu vestido. Eu assistia a tudo em estado de torpor.

Após a fuga da mulher, o salteador apanhou minhas armas e cortou em um só ponto as amarras que me prendiam. "Agora, devo cuidar de mim mesmo." Assim murmurou, eu me lembro, ao desaparecer, deixando o matagal. Então, tudo se tornou silencioso. Mas eis que alguém chorava. Enquanto me desembaraçava das cordas, eu procurava descobrir de onde vinha o pranto. Pois de outro lugar não vinha senão de mim mesmo!

(Longo silêncio, pela terceira vez.)

A custo levantei meu corpo fatigado da raiz do cedro. Diante de mim, brilhava a adaga derrubada das mãos de minha mulher. Apanhei-a e, de um só golpe, cravei-a em meu peito. Algo com gosto de sangue me sobe à boca. Entretanto, não há dor. Apenas, enquanto o frio me invade o peito, tudo ao redor se torna cada vez mais silencioso. Ah, quanta tranquilidade! No céu sobre este matagal no recesso da montanha, nem uma ave que venha cantar! Apenas a melancólica luminosidade do entardecer que paira entre as copas dos cedros e bambus. A luminosidade... que aos poucos vai fenecendo. Não vejo mais os cedros nem os bambus. Ali estirado, sou envolvido por um sossego infinito.

Então, alguém se aproxima a passos furtivos. Procuro ver quem, mas já a penumbra se estende sobre mim. Alguém — esse alguém, com mão invisível, extrai mansamente a adaga de meu peito. O sangue me aflui novamente à boca, e mergulho pela eternidade nas trevas do purgatório...

Rodas dentadas
(1927)

1. Capa de chuva

Deixando a área residencial de veraneio nos confins da Linha Tokaido com apenas uma mala, eu fazia o táxi correr até uma estação ferroviária dessa linha. Pretendia comparecer à cerimônia de casamento de um conhecido. Quase o tempo todo, só se viam pinheiros frondosos em ambos os lados da estrada. Era improvável que pudesse chegar a tempo para o próximo trem com destino a Tóquio. Compartilhava o táxi comigo um dono de barbearia, gorducho feito jujuba, de barba rala no queixo. Preocupado como eu estava com o horário, o diálogo entre nós era esporádico.

— Sabe de uma coisa estranha? Dizem que se vê fantasma na mansão do Senhor X., mesmo de dia.

— Mesmo de dia, é?

Eu observava um morro distante coberto de pinheiros, sob o sol poente de inverno, e participava distraído da conversa.

— Se bem que não em dias claros. Dizem que ele aparece mais nos dias chuvosos.

— Para se molhar, quem sabe.

— Brincadeira sua... Mas dizem que é um fantasma com capa de chuva.

O táxi encostou buzinando, e eu me despedi dele para entrar na estação. Como receava, o trem para Tóquio já deixara a plataforma dois ou três minutos antes. No saguão de espera, um homem, de capa de chuva, observava distraído o lado de fora. Me lembrou o que acabara de ouvir, sobre o fantasma, e sorri contrafeito. De qualquer forma, precisava aguardar o próximo trem, então resolvi entrar num café defronte à estação. Mas o estabelecimento nem merecia esse nome. Sentei-me à mesa num canto e pedi chocolate. O pano oleado sobre a mesa era branco com finos traços verdes, formando um xadrez largo. Os cantos estavam puídos, deixando aparecer a lona. Observei o interior enquanto sorvia o chocolate com cheiro de cola. Havia placas pelas paredes, anunciando pratos como *oyakodomburi* e *cutlets*.[1]

"Omelete de ovos caseiros" — senti nesse anúncio em uma das placas o ambiente provinciano dos arredores da Linha Tokaido, onde trens puxados por locomotivas elétricas correm entre plantações de trigo e repolho.

Já quase entardecia quando embarquei no trem seguinte. Tinha por hábito viajar na segunda classe, mas nesse dia circunstâncias me levaram a seguir na terceira.

O vagão vinha lotado. Além de tudo, eu estava cercado de meninas, estudantes do primário, que pareciam voltar de uma excursão a Ôiso. Acendi um cigarro e fiquei observando o grupo. Estavam todas alegres, e não paravam de tagarelar.

---

1. *Oyakodomburi*: prato à base de arroz, frango e ovos. *Cutlets*: postas de carne e peixe.

— Senhor fotógrafo, o que é uma *love scene*?

O "senhor fotógrafo" à minha frente, que pelo jeito acompanhara as meninas na excursão, tentava confuso livrar-se da pergunta. Mas a estudante de quatorze ou quinze anos continuava com perguntas ainda mais embaraçosas. Notei no nariz da menina alguns indícios de empiema, e sorri sem querer. Outra menina ao meu lado, de doze ou treze anos, sentava-se no colo de uma professora, envolvendo-lhe o pescoço com um dos braços e acariciando-lhe o rosto com a outra mão. E enquanto conversava com as outras, falava-lhe de vez em quando coisas como:

— Você é bonitinha, professora. Tem olhos tão lindos...

Elas me pareceriam mais mulheres feitas que estudantes, não fosse por estarem mordendo maçãs com casca e desembrulhando caramelos... Uma delas, de mais idade, ao passar ao meu lado deve ter pisado o pé de alguém, pois a ouvi dizendo: "Desculpe-me, senhor!" Apesar de mais desembaraçada, ela passava melhor a imagem de estudante. Com o cigarro entre os lábios, sorri a essa incongruência.

O trem, já com as luzes internas acesas, chegava finalmente à estação nos subúrbios de Tóquio. Desci para a plataforma açoitada pelo vento forte, cruzei uma passarela e decidi aguardar um trem metropolitano do outro lado. Por acaso, deparei-me então com T., funcionário de certa empresa. Enquanto esperávamos pelo trem, conversamos um pouco acerca da depressão econômica. Naturalmente, meu amigo T. conhecia melhor esse assunto. Porém, o anel de turquesa que trazia no dedo de sua mão vigorosa não combinava com a recessão.

— Belo anel.

— Este? Tive de comprá-lo de um amigo, que foi procurar negócios em Harbin. Está em apuros porque não consegue mais vender à cooperativa.

Por sorte, o trem metropolitano que tomamos não estava tão cheio quanto o outro. Nos sentamos juntos e conversamos sobre assuntos diversos. Ele trabalhava em Paris e acabara de retornar a Tóquio. Por conseguinte, a conversa girou mais sobre essa cidade francesa. Falamos de madame Caillaux, de culinária de caranguejos e de um príncipe em visita à cidade.

— A França não enfrenta tantas dificuldades assim. O problema são os franceses que não gostam de pagar impostos. Assim, não há ministério que resista.

— Mas o franco está em queda livre...

— É a impressão que os jornais transmitem. Pois experimente viver lá fora. Pelos jornais, você dirá que o Japão é uma terra assolada constantemente por terremotos e furacões.

Nessa hora, um homem de capa de chuva sentou-se à nossa frente. Perturbado, tive vontade de falar da história do fantasma que acabara de ouvir. Mas T. girou o punho de sua bengala para a esquerda e, conservando o rosto voltado para a frente, disse em voz baixa:

— Está vendo aquela mulher, de chale cinzento?

— Com um penteado em estilo ocidental?

— Sim, a que carrega um embrulho. Ela estava em Karuizawa, neste verão. Bem arrumada e elegante.

Mas, naquele momento, qualquer pessoa concordaria que ela estava pobremente vestida. Enquanto conversava com T., eu a observava de soslaio. Havia um toque de insanidade em sua expressão, particularmente na área entre as sobrancelhas.

O embrulho deixava à mostra uma grande quantidade de esponjas do mar que lembrava um leopardo.

— Em Karuizawa, ela vivia dançando com um jovem americano. Moderninha, sabe como é.

O homem da capa de chuva já se fora quando me despedi de T. Fui a pé carregando a mala, da estação do trem metropolitano até o hotel. Por onde passei só se viam edifícios, altos em sua maioria. Caminhando, lembrei-me dos pinheiros. Então, objetos estranhos começaram a surgir em meu campo visual. Objetos estranhos?... Quero dizer... rodas dentadas, translúcidas, girando sem cessar. Eu já passara por essa experiência diversas vezes. As rodas dentadas aumentavam de quantidade aos poucos e me obstruíam metade da visão, mas não por muito tempo. Desapareciam, para dar lugar à cefaleia — era sempre a mesma coisa. O oftalmologista me intimara por diversas vezes a cortar o cigarro por causa dessa ilusão (?). Se bem que eu já convivia com ela havia vinte anos, quando não tinha ainda intimidade com o fumo. "Ah, outra vez!" — pensei, e experimentei tapar com a mão o olho direito, para testar a visão do esquerdo. Estava normal, como sempre acontecia. Por trás da pálpebra do olho direito as rodas dentadas continuavam girando, e havia muitas. Apressei o passo, vendo os edifícios do lado direito se apagarem aos poucos.

Elas já haviam desaparecido quando cheguei ao hotel. Mas restava a cefaleia. Enquanto me desfazia do sobretudo e do chapéu, pedi que me reservassem um quarto. Depois, telefonei a uma revista para falar de dinheiro.

O jantar do casamento já começara. Sentei-me num canto e pus em movimento o garfo e a faca. A começar pelos noivos, ao centro, os cinquenta e poucos convivas que tomavam assento à mesa disposta em forma de U estavam, é claro, todos alegres. Só eu me deprimia naquele ambiente bem iluminado. Para sair dessa situação, procurei puxar conversa com o vizinho ao lado — um senhor idoso, de barba branca e longa como juba de leão. Era um famoso pesquisador de literatura chinesa que eu conhecia de nome. E assim a conversa fluiu sobre os clássicos.

— O *kirin*[2] é, em suma, um unicórnio. O *hou-ou*[3] e a fênix têm...

O famoso pesquisador parecia mostrar interesse por assuntos dessa natureza, sobre os quais eu discorria. Enquanto prosseguia falando de modo quase mecânico, fui pouco a pouco acometido por um impulso predatório insano, e não só acabei por transformar Yao e Shun[4] em personagens de ficção como também por dizer que *Chun Shu*[5] fora escrito por alguém que viveu em período muito posterior, no período Han. Nesse ponto, o erudito demonstrou claramente seu desagrado, e interrompeu a conversa com um urro de tigre, sem ao menos me olhar.

— Se Yao e Shun não existissem, isso faria de Confúcio um mentiroso. Santos como Confúcio não mentem.

Naturalmente, eu me calei. E me dispus a atacar a carne sobre o prato com o garfo e a faca. Notei então um pequeno verme, movendo-se pela borda da carne. O verme me evocou

---

2. Animal imaginário, cuja aparição anuncia o nascimento de grandes personalidades.
3. Pássaro imaginário cuja aparição prenunciava, na China antiga, o surgimento de um imperador sábio.
4. Imperadores chineses venerados por sua sabedoria.
5. História da China do período de 722 a.C. a 481 a.C., revisada por Confúcio.

o termo *worm*, do inglês. Por certo esse seria também um animal lendário, assim como *kirin* e *hou-ou*. Largando os talheres, observei distraído o champanhe que estava sendo servido em meu cálice.

Finda enfim a recepção, eu passava pelo corredor deserto do hotel rumo ao quarto que havia reservado, onde pretendia me enfurnar. O corredor me parecia mais o de um presídio que o de um hotel. Mas, por felicidade, pelo menos a cefaleia se acalmara sem que eu me desse conta.

A mala, assim como o casaco e o chapéu, já estava no quarto. No casaco pendurado na parede, vi o esboço de meu próprio corpo, e, por isso, apressei-me em retirá-lo dali e jogá-lo no armário de roupas num canto do quarto. Dirigi-me em seguida ao espelho, e contemplei cuidadosamente o rosto ali refletido. A imagem ressaltava a ossada debaixo da pele. O verme do prato me ressurgiu claramente à memória.

Abri a porta, saí para o corredor e fui caminhando sem qualquer propósito. Num canto próximo à entrada ao *lobby* havia um abajur alto com um quebra-luz verde cuja esplêndida imagem a porta de vidro refletia. Algo nesse abajur me transmitia uma tranquilidade espiritual. Sentei-me num assento defronte a ele, absorto em pensamentos. Mas não pude permanecer nem por cinco minutos. Havia outra vez uma capa de chuva, deixada com displicência sobre o encosto de um sofá bem ao meu lado.

"Capa de chuva, no meio do inverno!" — pensei, e retornei pelo corredor. Na saleta dos serventes, em um dos lados do corredor, não havia sinal deles. Mas ouvi que conversavam em algum lugar, pois a voz me chegava fraca aos ouvidos. Alguém dizia: *"All right"*, respondendo a uma consulta qualquer. *"All right"*? Sem querer, estava empenhado em saber o que diziam. *"All right"*? *"All right"*? E o que estaria *all right*?

Naturalmente, meu quarto estava silencioso. Senti um temor estranho em abrir a porta e entrar. Hesitei um pouco, tomei coragem e entrei. Evitando olhar para o espelho, sentei-me à escrivaninha — numa poltrona de couro marroquino verde, parecido com o de um lagarto. Retirei um bloco de folhas da mala e me dispus a continuar um conto já iniciado. Mas a pena, molhada de tinta, se recusava a mover-se, por mais que eu aguardasse. E, quando finalmente começou, escrevia repetidas vezes as mesmas palavras. *All right... All right... All right, sir... All right.*

De súbito, o telefone ao lado da cama começou a tocar. Assustado, tomei o receptor e levei-o ao ouvido:

— Quem é?

— Sou eu. Eu...

Era minha sobrinha, filha de minha irmã mais velha.

— O que foi? Aconteceu alguma coisa?

— Ai, uma desgraça! Por isso... É uma desgraça, por isso... acabei de avisar a tia!

— Desgraça?

— Sim, venha logo! Depressa!

Apenas isso, e desligou. Coloquei o telefone no gancho e, por instinto, acionei o botão de chamada do servente. Percebi claramente que a minha mão tremia. O servente não vinha. Mais angustiado do que impaciente, continuei a pressionar o botão diversas vezes. Começava enfim a entender o que o destino me quis advertir com o *all right*.

Meu cunhado, marido de minha irmã, se matara. Atropelado, numa província não muito afastada de Tóquio. Vestia capa de chuva, o que era inusitado nessa estação do ano. Eu estou agora no mesmo quarto de hotel trabalhando o conto já iniciado. Meia-noite, ninguém mais anda pelo corredor. Entretanto, ouço ruído de asas batendo, fora da porta. Quem sabe estejam criando algum pássaro, em algum lugar.

(23/3/1927)

2. A vingança

Acordei no quarto do hotel por volta de 8 horas da manhã. Mas, misteriosamente, só encontrei um dos pés do chinelo ao sair da cama. Fenômenos dessa natureza vieram sempre me inspirando temor e intranquilidade nestes últimos anos. Lembravam-me sempre o príncipe da mitologia grega calçado apenas com um pé de sandália. Decidi tocar a campainha e chamar o servente para que me procurasse o pé faltante. O servente, intrigado, o procurou por todo o interior do quarto apertado.

— Cá está ele. Aqui no banheiro.
— Mas como foi parar aí?
— Bem, pode ter sido um rato...

Quando o servente deixou o quarto, tomei um café sem leite e fui terminar o conto. A janela, emoldurada por tufo calcário, dava para o jardim onde restava ainda um pouco de neve. Vez ou outra, enquanto descansava a pena, eu a contemplava, acumulada sob botões de loureiro. Estava suja por obra da fuligem da cidade. Era uma visão que me apertava o coração. Entre baforadas no cigarro, eu divagava, esquecendo-me sem querer de mover a pena. Pensava na mulher, nos filhos, e sobretudo, no cunhado...

Antes do suicídio, ele estivera sob suspeita de envolvimento num "crime de incêndio". E havia razões para isso, pois havia segurado a própria residência contra incêndios pelo dobro do valor pouco antes de o fogo destruí-la. Acusado de crime de perjúrio, estivera em liberdade condicional. Entretanto, eu me sentia intranquilo não tanto pelo suicídio dele, mas por ter visto fogo todas as vezes em que vinha a Tóquio. Uma vez vi o fogo da queimada nas montanhas pela janela do trem, e em outra ocasião (estava então com a família) presenciei do interior do carro um incêndio na área próxima à Ponte Tokuwa. Essas coisas, na época em que a casa dele não fora ainda destruída, não deixavam de me induzir pressentimentos.

— Acho que teremos incêndio em nossa casa, ainda este ano.

— Não seja tão agourento! Se houver, será um problema. Não fizemos seguro nenhum...

Até discutimos coisas como essas. Mas não fora a nossa casa que queimara. Procurei afastar-me de digressões fantasiosas e voltar à pena. Mas ela não avançava sequer uma linha com facilidade. Acabei deixando a escrivaninha e, deitado na cama, me pus a ler Polikouchka, de Tolstói. Personagem complexo, o herói deste romance. Um misto de vaidade, insanidade e honra. E o que é pior: com poucos retoques, sua vida tragicômica poderia ser transformada em uma caricatura de minha própria vida. Senti nessa tragicomédia o sorriso sarcástico do destino, e fui ficando cada vez mais assustado. Após menos de uma hora, saltei da cama e arremessei o livro com toda a força a um canto do quarto escondido pela cortina.

— Ao diabo!

Então, um rato enorme, saindo de sob as cortinas, cruzou correndo o quarto em direção ao banheiro. Num pulo, alcancei a porta e a escancarei. Mas não havia nem sombra do animal, nem sob a banheira branca. Abalado, troquei os chinelos por sapatos e saí para o corredor deserto.

Como sempre, o corredor estava deprimente como uma prisão. Cabisbaixo, subi e desci por escadarias e de repente me vi na cozinha do hotel. Surpreendentemente bem iluminada, o fogo crepitando nos fogões enfileirados do lado direito. Atravessei o recinto, sentindo a hostilidade dos cozinheiros de toucas brancas. Senti também o inferno no qual eu afundara: "Castiga-me, Senhor, não Te irrites comigo. Pois julgo estar à beira da perdição!" — até essa prece me aflorou espontaneamente aos lábios.

Saindo do hotel, fui caminhando a passos apressados em direção à casa de minha irmã pelas ruas molhadas pelo degelo, onde o céu azulado se refletia. As árvores do jardim junto à rua mostravam, todas elas, ramos e folhas enegrecidos. Ainda por cima, reparei que elas possuíam frente e costas como nós, seres humanos. Mais do que mal-estar, isso quase me incutia pavor. Lembrei-me das almas transformadas em árvores, do *Inferno* de Dante, e decidi seguir do outro lado dos trilhos de bonde, onde havia apenas prédios. Mas, mesmo assim, não pude andar um quarteirão ileso.

— Desculpe-me a intromissão...

Era um rapaz de 22 ou 23 anos, com um uniforme de estudante de botões dourados. Calado, observei seu rosto e reparei que havia uma pinta preta ao lado da narina esquerda. Interpelava-me timidamente, com o chapéu na mão.

— Estou falando com o Senhor A., não é mesmo?
— Sim.
— Foi o que pensei...
— Quer algo de mim?
— Oh não, queria apenas conhecê-lo. Sou um leitor fanático de suas obras...

Tirei ligeiramente o chapéu e já caminhava seguido pelo rapaz. "Mestre", "mestre A." — o que mais detestava ouvir, naqueles dias. Creio ter cometido toda a sorte de pecados, mas as pessoas continuavam a me tratar por mestre, sempre que podiam. Não podia deixar de sentir nisso o riso sardônico de uma presença misteriosa. Presença misteriosa?... Porém, minhas convicções materialistas não deixariam de rejeitar sentimentos místicos dessa espécie. Eu até declarara numa pequena revista de nosso círculo literário, não fazia mais que dois ou três meses: "Não tenho consciência de qualquer espécie, nem mesmo artística. Sensibilidade é tudo que tenho."

Minha irmã se abrigava com três crianças num barracão no fundo de uma ruela. Forrado de papel marrom, o frio era maior lá dentro que lá fora. Conversamos sobre diversos assuntos, aquecendo as mãos sobre as brasas do fogareiro. Seu marido, corpulento que fora, devotava desprezo instintivo à excepcional pobreza de meu físico. E além disso, alardeava a todo momento que minhas obras tinham um caráter depravado. Assim, sempre o tratei com fria condescendência e nunca chegamos a conversar como amigos. Mas, ao falar dele com minha irmã, pude aos poucos perceber que ele também se afundara num inferno, como me acontecia. Certa vez, num vagão-leito, seu marido até chegara a ver fantasmas, disse-me minha irmã. Contudo, acendi um cigarro e procurei conversar apenas sobre dinheiro.

— Na situação em que estamos, acho melhor vender tudo que temos.

— Tem razão. A máquina de escrever deve render um bom dinheiro.

— Sim, e também temos os quadros.

— Já que é assim, não acha melhor vender também o retrato de N. (o marido)? Mas aquilo...

Olhando o retrato em *crayon* sem moldura pendurado numa parede do barraco, senti que não havia espaço para leviandades. Eu ouvira que o rosto de N. se tornara um amontoado disforme de carne após o trem o atropelar. Apenas os restos de seu bigode restavam reconhecíveis. Essa história já era em si horripilante, sem dúvida. Entretanto, no retrato, perfeito em todos os detalhes, justamente o bigode estava mal definido, sem qualquer razão aparente. Pensei que talvez fosse por efeito da iluminação, e procurei observar esse quadro por ângulos diversos.

— O que está fazendo?

— Não é nada... É que a área da boca, nesse retrato...

Voltando-se ligeiramente, minha irmã me respondeu despreocupada:

— O bigode não está muito claro, não é mesmo?

Não era uma ilusão de ótica, então. Se não era uma ilusão de ótica... Resolvi ir embora antes de lhe dar o trabalho de preparar-me o almoço.

— É cedo ainda, fique mais um pouco.

— Volto amanhã, porque hoje ainda preciso dar um pulo até Aoyama.

— Ah, vai até lá? Ainda não se curou?
— Continuo tomando remédios. Só de soporíferos são muitos: Veronal, Neuronal, Trional, Numal...

Trinta minutos depois, eu entrava num prédio e tomava o elevador para descer no terceiro andar. Empurrei a porta de vidro de um restaurante para entrar. Ela não se mexeu. Havia pendurada uma placa laqueada: "Dia de folga". Ainda mais indisposto, olhando inconformado para a mesa do outro lado da porta, adornada com maçãs e bananas, resolvi voltar à rua. Dois homens, pela aparência funcionários de alguma empresa, passaram raspando por mim para entrar no prédio, conversando animadamente. Pareceu-me que um deles dizia: "Ah, estou irritado!"

Parado na rua, eu aguardava um táxi, que demorava. Além disso, quando algum surgia, era sempre um táxi amarelo. (Os táxis amarelos costumavam me envolver em acidentes de trânsito). Por fim achei um táxi verde, que me dava boa sorte, e me dirigi ao hospital psiquiátrico nas proximidades do cemitério de Aoyama.

— Estar irritado — *Tantalizing* — *Tantalus* — Inferno...

Tantalus não era outro senão eu próprio, que havia visto as frutas através da porta de vidro. Amaldiçoando o *Inferno* de Dante, cuja imagem me viera à mente outra vez, contemplava as costas do motorista. Estava começando a ver falsidade em tudo. Política, negócios, arte, ciência — em meu estado de espírito, todas essas coisas não passavam de um mosaico de verniz disfarçando o horror da vida. Eu me sentia sufocado, e experimentei abrir completamente a janela do táxi. Contudo, esse aperto no coração não me abandonava.

O táxi verde finalmente passava em frente ao Jingu. Existia por ali uma ruela que levava a um hospital psiquiátrico. Porém, por algum motivo eu não conseguia encontrá-la naquele dia. Após ter feito o táxi ir e voltar diversas vezes ao longo dos trilhos de bonde, acabei desistindo e desci.

Consegui por fim descobrir a ruela lamacenta e segui por ela. De repente, me perdi e acabei defronte ao velório de Aoyama. Desde o funeral do mestre Natsume[6], ocorrido há dez anos, eu nem sequer passara diante de seus portões. Mesmo naquela época, eu não fora feliz. Mas, pelo menos, tivera paz. Espiei o interior pavimentado de pedriscos. Enquanto me recordava de uma bananeira que havia no Estúdio Soseki[7], não pude deixar de sentir que concluíra uma etapa em minha vida. E, também, de sentir que uma presença misteriosa me levara àquele cemitério após dez anos.

Deixando o hospital psiquiátrico, resolvi tomar outra vez um táxi e voltar ao hotel. Mas, quando desci, um homem de capa de chuva discutia com um servente. Um servente?... Não, não era um servente, mas o porteiro, de uniforme verde. Tive um pressentimento desagradável, e voltei rapidamente pelo caminho por onde viera.

Com a tarde prestes a cair, cheguei à Avenida Ginza. As lojas que tomavam ambos os lados da avenida, o tumulto de transeuntes, tudo me levava a uma depressão ainda maior, não havia como evitá-la. Não suportava caminhar alegremente entre a multidão, como se ignorasse os pecados daquela

---

6. Natsume Soseki (1867-1916). Autor de *Eu sou um gato* (Estação Liberdade, 2008).
7. Estúdio de trabalho de Soseki, em Tóquio, e local de reunião dos jovens literatos da época, frequentado também por Akutagawa.

gente. Fui seguindo sempre rumo ao norte, sob a claridade esmorecida do dia e da iluminação das lâmpadas de rua. Uma livraria exibindo uma pilha de revistas chamou-me a atenção. Entrei nela e, distraído, levantei os olhos para as estantes altas. Resolvi folhear um livro que tinha o título de *Mitologia grega*. De capa amarela, ao que parecia destinado ao público infantil. Entretanto, a frase que por acaso li nesse livro me arrasou completamente:

"Mesmo Zeus, o mais poderoso de todos os deuses, não consegue dominar o deus da vingança..."

Deixando a livraria, saí caminhando por entre a multidão. Sentia às minhas costas, que se encurvavam não sei desde quando, a presença do deus da vingança a me perseguir sem trégua...

(27/3/1927)

3. Noite

Numa das estantes da livraria Maruzen eu havia descoberto *Lendas*, de Strindberg, e o folheava, duas ou três páginas por vez. O que o livro descrevia eram experiências não muito diversas das que eu mesmo vivera. Além disso, tinha capa amarela. Devolvi o livro à estante e retirei outro ao acaso, um volume espesso. Entretanto, este continha uma ilustração que mostrava várias rodas dentadas, dotadas, como nós, de olhos e nariz. (Era uma coletânea de desenhos produzidos por dementes, reunida por um alemão.) Eu sentia surgir de minha depressão um forte sentimento de revolta, e comecei a abrir ao acaso um livro após o outro, desesperado feito um jogador compulsivo. Por algum motivo todos eles escondiam algum alfinete, fosse no texto, fosse nas ilustrações. Todos?... Pois até quando tomei nas mãos *Madame Bovary*, livro que já lera diversas vezes, senti que afinal de contas eu não passava de um Senhor Bovary, cidadão da classe média!

No segundo andar da livraria Maruzen, ao cair da tarde, não parecia haver outro freguês senão eu. Perambulei por entre as estantes sob a luz das lâmpadas. E me detive defronte a uma delas, marcada com a placa "Religião". Puxei um livro de capa verde para folheá-lo. Um dos capítulos no índice se intitulava: "Desconfiança, Medo, Arrogância, Desejo Carnal — os quatro inimigos temíveis". Assim que pus os olhos nele, recrudesceu-me a revolta. Os supostos inimigos não passavam, pelo menos a meu ver, de sinônimos de inteligência e sensibilidade. Tanto o conservadorismo quanto o modernismo me traziam desgraça, e isso era cada vez mais insuportável. Com o livro ainda na mão, recordei-me de ter usado havia algum tempo o pseudônimo "Juryo Yoshi". Esse pseudônimo se refere a uma parábola do *Hanfeisu*[8]: um jovem deixa a província onde nascera para ir à capital aprender como se anda na cidade, mas acaba regressando de gatinhas, pois além de não ter aprendido, se esqueceu até de como se andava na própria terra.[9] Hoje, aos olhos de qualquer pessoa, não passo de um Juryo Yoshi. Mas eu já fizera uso do pseudônimo naquela época, antes de ter caído

---

8. Obra literária da China antiga, que procura explicar as leis por intermédio de parábolas e metáforas. Juryou Yoshi (Jovem da província de Juryou) é uma dessas parábolas.
9. Parábola que traduz o provérbio segundo o qual quem se esquece das próprias virtudes para imitar a dos outros acaba sem nenhuma.

neste inferno em que vivo agora, e isso... procurei afastar lucubrações desvairadas, deixando para trás a enorme estante, e me dirigi a uma sala de exposição de pôsteres bem à frente. Mas, também ali, um deles mostrava um cavaleiro, provavelmente São Jorge, trespassando um dragão alado. O semblante crispado do cavaleiro sob o elmo lembrava muito o de um de meus inimigos. Esse pôster fez com que me lembrasse de outra história do *Hanfeisu*, sobre a Arte do Toryu, a Arte de Matar Dragões[10], e desci pela larga escadaria sem atravessar o salão da exposição.

Enquanto caminhava pela Avenida Nihonbashi, já ao cair da noite, eu continuava a pensar na palavra *toryu*. Era também a marca comercial da pedra de tinta[11] que eu possuía. Essa pedra me fora presenteada por um jovem empresário que, após fracassar em diversos empreendimentos, acabara falindo no final do ano passado. Levantei o rosto para o céu alto, procurando meditar sobre a insignificância da terra perdida entre miríades de estrelas — por conseguinte, sobre minha própria insignificância. Mas o céu, desanuviado durante o dia, estava agora completamente encoberto. De repente, senti uma presença hostil, e fui buscar refúgio num café do outro lado dos trilhos de bonde.

Sem dúvida, um refúgio. As paredes cor-de-rosa do café me deram uma sensação próxima à de paz, e me sentei com todo o conforto diante da última mesa do fundo. Felizmente,

---

10. A expressão provém de outra metáfora chinesa, e é utilizada quando alguém se refere a coisas que dão trabalho para aprender mas que são perfeitamente inúteis, como matar dragões.
11. Pedra de tinta que esfregada em uma base umedecida produz tinta preta, utilizada em caligrafia a pincel.

só havia mais dois ou três fregueses ali. Após sorver um gole de chocolate, puxei um cigarro como de costume. A fumaça azulada subia pela parede cor-de-rosa, e essa suave harmonia de cores também me agradava. Contudo, passados alguns instantes, descobri um retrato de Napoleão na parede à esquerda, que começou a incomodar-me. Quando Napoleão ainda era um estudante, escrevera na última página de seu caderno de anotações: "Santa Helena, uma pequena ilha." Talvez isso fosse apenas o que chamamos de coincidência. Mas é certo que despertou pavor no próprio Napoleão...

Ainda com os olhos voltados ao retrato de Napoleão, me pus a pensar em minhas próprias obras. As primeiras que me vieram à mente foram os aforismos da série *Shuju-no--kotoba*[12] (particularmente o que diz: "A vida é mais infernal que o próprio inferno."). Depois, o destino do personagem principal do conto "Inferno" — o pintor de nome Yoshihide. E depois... Enquanto fumava, passei a examinar o interior do bar para me livrar dessas recordações. Nem cinco minutos haviam decorrido desde que me refugiara. Mas, nesse curto intervalo, o ambiente já se modificara completamente. O que mais me causava desconforto era a absoluta falta de harmonia entre as cadeiras e mesas em falso mogno e a cor rósea das paredes. Receoso de cair outra vez numa angústia invisível para terceiros, joguei às pressas uma moeda de prata sobre a mesa e tentei sair.

— Senhor, a conta é de vinte *sen*...[13]

---

12. Série de ensaios de Akutagawa em forma de aforismos, publicada na revista *Bungei Shunju* a partir de janeiro de 1923.
13. Um *sen* equivale a um centésimo de iene.

Havia jogado uma moeda de cobre.

Envergonhado, caminhava solitário pela avenida quando me veio de repente à memória a minha casa, situada em meio a um pinheiral distante. Não a dos meus pais adotivos, num subúrbio, mas a casa alugada exclusivamente para mim e minha família. Dez anos atrás eu vivia numa casa como essa. Mas por certas circunstâncias, precipitadamente, voltei a morar com meus pais. E ao mesmo tempo comecei a me transformar em escravo, déspota e egoísta sem energia...

Já eram quase dez horas quando regressei ao hotel. Tendo feito longa caminhada, estava sem forças para retornar ao quarto e tomei assento numa cadeira defronte à lareira, onde ardia lenha grossa. Comecei então a delinear o romance que pretendia escrever. Seria composta por mais de trinta contos abrangendo o período desde a Antiguidade até a Era Meiji, em sucessão cronológica, tendo por personagens o povo de cada época. Observando as fagulhas que se levantavam, recordei-me por acaso de uma estátua de bronze que vira na praça em frente ao Palácio Imperial. Um guerreiro de armadura, soberbo no alto de seu corcel — a própria imagem da lealdade. Porém, ele tinha um inimigo, que era...

— Mentira!

Escorreguei do passado longínquo de volta ao presente próximo. Por uma feliz coincidência, surgira nesse momento um escultor, artista veterano. Vestia como de costume roupas de veludo, e tinha uma barbicha curta, empinada como a de um bode. Levantei-me da cadeira e apertei a mão que ele me estendera (este não é um hábito meu, mas dele, que passou metade da vida em Paris e Berlim). Estranhamente, sua mão estava úmida como a pele de algum réptil.

— Você está hospedado aqui?

— Sim...

— A trabalho?

— Sim, estou trabalhando, entre outras coisas.

Ele me observava demoradamente. Com olhos de detetive, ou quase isso.

— Não quer vir até meu quarto, para conversar? — desafiei (apesar da falta de coragem, tenho o péssimo costume de ter de repente atitudes desafiadoras).

Sorrindo, ele perguntou de volta:

— Qual é o seu quarto?

Fomos caminhando em direção ao quarto, ombro a ombro como velhos amigos, entre estrangeiros que conversavam em voz baixa. Ao chegar, ele se sentou de costas para o espelho e pôs-se a falar de diversos assuntos. Diversos assuntos?... A bem dizer, em grande parte, só de mulheres. Sem dúvida, eu era um daqueles que estavam no inferno pelos pecados cometidos. Mas falar de vícios me deixava cada vez mais deprimido. Fiz-me puritano circunstancial e passei a escarnecer dessas mulheres.

— Pois veja os lábios da S. De tanto distribuir beijos...

De súbito parei de falar e observei-o pelo espelho, por trás. Ele tinha um emplastro amarelo sob a orelha.

— De tanto distribuir beijos?

— Parece-me esse tipo de mulher...

Ele sorriu concordando. Notei que me analisava cuidadosamente, tentando descobrir meu segredo. Contudo, nossa conversa não fugiu do assunto de mulheres. Mais do que detestá-lo por isso, eu me envergonhava da própria timidez, e me deprimia ainda mais. Quando ele finalmente foi embora, me deitei na cama e comecei a ler *An-ya Koro*.[14]

A luta espiritual do personagem central da obra me era pungente e dolorosa. Senti que comparado a ele eu não passava de um tolo, e isso me levou às lágrimas sem que eu me desse conta. Ao mesmo tempo, elas me trouxeram paz de espírito. Mas não foi por muito tempo. Meu olho direito começou a sentir outra vez as rodas dentadas semitransparentes. Elas iam aumentando de número enquanto giravam. Temendo que a cefaleia retornasse, deixei o livro na cabeceira e tomei 0,8 gramas de Veronal, em busca de um sono profundo.

Mas em meu sonho eu observava uma piscina onde meninos e meninas nadavam e mergulhavam. Deixando a piscina, caminhei em direção a um pinheiral distante. Alguém às minhas costas me chamava: "Pai!" Voltei-me um pouco e vi minha mulher, parada diante da piscina. Nesse instante, assaltou-me um forte arrependimento.

— Querido, não quer toalha?

— Não preciso dela. Tome conta das crianças, ouviu?

Retomei a caminhada. De repente, tudo se transformou e eu me vi andando pela plataforma de uma estação. Devia ser alguma estação provinciana, pois havia uma longa cerca viva ao longo da plataforma. Lá estavam um estudante chamado H. e uma mulher idosa. Vieram ao meu encontro assim que me viram, dizendo:

— Que incêndio enorme, não?

— Consegui escapar, mas foi difícil!

---

14. Obra autobiográfica de Naoya Shiga.

Pensei já ter visto essa mulher em alguma ocasião. Além disso, sentia uma excitação agradável ao conversar com ela. Então, o trem chegou soltando fumaça e parou encostado à plataforma. Embarquei sozinho, e fui andando entre leitos cobertos de lençóis brancos com as bordas pendentes. E então, em um dos leitos, estava deitada uma mulher nua, magra como uma múmia, olhando para mim. Era minha deusa da vingança — a filha de um doente mental, sem dúvida... Despertei e saltei imediatamente da cama. O quarto estava bem iluminado pelas lâmpadas, como sempre. Contudo, eu ouvia ruídos de asas e guinchos de rato, vindos de algum lugar. Abri a porta, saí para o corredor e me apressei em chegar junto à lareira. Sentei-me numa cadeira e fiquei contemplando as labaredas em extinção. Um servente de uniforme branco se aproximou para acrescentar lenha.

— Que horas são?
— Três e meia, mais ou menos.

No entanto, do outro lado, num canto do *lobby*, uma mulher, devia ser americana, lia um livro. Eu a via de longe, mas o vestido que trajava com certeza era verde. Por algum motivo me senti aliviado, e resolvi aguardar quieto o amanhecer. Como um velho que espera em silêncio a chegada da morte, ao fim de longos anos de doença e sofrimento...

(28/3/1927)

4. Ainda não?

Nesse quarto de hotel consegui finalmente terminar o conto que estava escrevendo, e resolvi enviá-lo a uma revista.

O pagamento não cobriria nem as despesas de estadia de uma semana no hotel. De qualquer forma, estava satisfeito por ter concluído o trabalho, e resolvi sair à procura de um estimulante espiritual numa livraria de Ginza.

No asfalto batido pelo sol de inverno havia pedaços de papel amassados, espalhados em profusão. Pareciam rosas, talvez por efeito da luz. Me sentindo favorecido por alguma presença misteriosa, entrei na livraria. Estava mais bem arrumada que de costume. Apenas uma menina de óculos, que conversava com um dos empregados, não deixou de me incomodar. Mas lembrando das rosas de papel amassado jogadas que vira no chão da avenida, resolvi comprar a coletânea de diálogos de Anatole France e coletânea de cartas de Merimée.

Com os livros sob o braço, entrei num café. Aguardei que me trouxessem uma xícara da bebida na última mesa do fundo do salão. Na mesa à minha frente havia um casal, pela aparência mãe e filho. O rapaz aparentava ser mais novo que eu, mas se parecia muito comigo. Conversavam aproximando os rostos, como namorados. Ao observá-los por algum tempo, comecei a perceber que o filho, pelo menos, tinha consciência de que dava conforto à mãe, até mesmo sexual. Era sem dúvida um exemplo de uma atração química que eu também conhecia. E também um exemplo de certa vontade que faz deste mundo um inferno. Porém... com receio de me ver mergulhado outra vez em sofrimento, e me valendo da providencial chegada do café, comecei a ler a coletânea de cartas de Merimée. Assim como em seus romances, os aforismos estavam presentes nas cartas, lúcidos como sempre. Fortaleciam-me pouco a pouco o espírito, dando-lhe resistência de ferro. (Este aspecto influenciável é outra de minhas fraquezas.) Ao terminar o café eu já me sentia disposto a tudo, e saí confiante.

Caminhava olhando as vitrines variadas. A de uma loja de molduras para quadros exibia um retrato de Beethoven — os cabelos eriçados, retrato de um gênio autêntico. Mas não pude deixar de achá-lo cômico.

Nisso, encontrei-me por acaso com um velho amigo dos tempos de colégio. Professor catedrático de química aplicada, ele carregava uma pasta enorme e tinha um dos olhos vermelhos, injetado de sangue.

— O que aconteceu com esse seu olho?

— Isto? É apenas uma conjuntivite.

Ocorreu-me por acaso que nestes últimos quatorze ou quinze anos as atrações químicas que sentira haviam sempre provocado conjuntivites em meu olho, como a deste amigo. Mas eu nada disse. Ele me deu tapinhas nos ombros, e começou a falar de nossos amigos. E, enquanto conversava, conduziu-me a um café.

— Mas quanto tempo! A última vez foi na inauguração do monumento a Shusunsui[15], se não me engano.

Sentamo-nos à mesa de mármore, em lados opostos. Ele falava, acendendo um cigarro.

— Verdade. Esse Shusun...

Por alguma razão eu não conseguia pronunciar o nome Shusunsui. Era um nome japonês, e isso me deixou apreensivo. Mas ele continuava falando de diversos assuntos, completamente indiferente. Do escritor K., do buldogue que ele havia comprado, de certo gás venenoso.

---

15. Filósofo chinês (1600-1682). Naturalizou-se japonês em 1659.

— Você não escreve mais? A última obra sua que li foi *Tenkibo*... É sua autobiografia?

— Sim, é minha autobiografia.

— Aquilo é um tanto quanto doentio. Você está bem de saúde?

— No fim das contas, vivo de remédios.

— Eu também tenho sofrido de insônia...

— "Eu também"? Por que "eu também"?

— Porque me disseram que você sofre de insônia também, ora essa. A insônia é perigosa.

Em seus olhos, dos quais apenas o esquerdo estava injetado, havia algo próximo de um sorriso. Antes de responder, reparei que não estava conseguindo pronunciar a sílaba *sho* de *fuminsho* (insônia).

— Para o filho de uma louca[16], isso é natural.

Nem dez minutos depois, eu estava outra vez caminhando pela rua sozinho. Os papéis amassados jogados sobre o asfalto lembravam às vezes rostos humanos. Uma mulher de cabelos curtos vinha passando. De longe, parecia bela. Mas, ao aproximar-se, vi que tinha rugas e um rosto feio. Ainda por cima, parecia grávida. Virei instintivamente o rosto e dobrei uma esquina para uma travessa larga. Após andar por algum tempo, comecei a sentir dores de hemorroidas. Para mim, o único remédio para essa dor era o banho quente.

— Banho quente... Beethoven também recorria a isso.

Imediatamente, senti nas narinas o cheiro do enxofre utilizado nesses banhos. Contudo, naturalmente não havia

---

16. A mãe de Akutagawa sofria de demência.

enxofre algum na rua. Esforcei-me para andar com firmeza, pensando de novo nas rosas de papel.

Decorrida cerca de uma hora, eu estava outra vez enfurnado no quarto e, sentado na mesa defronte à janela, me dedicava a escrever um novo romance. A pena corria com facilidade surpreendente sobre o bloco de papel. Mas depois de duas ou três horas ela estacou, como se tivesse sido imobilizada por alguma coisa que meus olhos não conseguiam enxergar. Contrariado, deixei a mesa e me pus a perambular pelo quarto. Nessas horas minha megalomania se tornava particularmente intensa. Mergulhado em alegria selvagem, eu me sentia livre dos pais, da mulher e dos filhos, dono apenas da vida que fluía da ponta de minha pena.

Porém, quatro ou cinco minutos depois, eu tive que enfrentar o telefone. Por mais que eu respondesse, o aparelho só repetia palavras dúbias. De qualquer maneira, eu ouvira sem dúvida algo que soou como *mole*. Acabei largando o fone e comecei outra vez a perambular pelo quarto. A palavra *mole* me preocupava, por algum motivo.

— *Mole... mole...*

Mole é toupeira, em inglês. Esta associação de ideias não me agradava. Porém, em dois ou três segundos eu já transcrevia mentalmente *mole* por *la mort*. *La mort* — a morte, em francês, imediatamente me deixou perturbado. A morte parecia assediar-me, assim como fizera ao meu cunhado. Contudo, achava algo engraçado em meio à perturbação. Vi-me de repente sorrindo. Qual a razão dessa graça? — nem eu mesmo sabia. Encarei o espelho, como não fazia havia muito tempo, e me defrontei com minha imagem. Ela também sorria, sem dúvida. Enquanto a observava, recordei-me do segundo eu. O segundo eu — isso que os alemães chamam de *Doppelgaenger*. Felizmente, esse outro eu nunca me apareceu. Entretanto, ele foi visto no corredor do Teatro Imperial pela esposa de K., que se tornou atriz nos Estados Unidos. (Lembro-me de ter ficado confuso quando essa senhora me disse de repente: "Desculpe-me, nem o cumprimentei outro dia.") E também por um tradutor já falecido, deficiente físico, numa tabacaria de Ginza. Quem sabe a morte estivesse por chegar para esse outro eu, não para mim. E mesmo que viesse para mim... Eu dei as costas ao espelho e voltei para a mesa defronte à janela.

Emoldurada por tufo calcário, a janela dava para o jardim com lago e relva ressequida. Ao contemplá-lo, recordei-me dos cadernos e das peças teatrais não concluídas que queimara num pinheiral longínquo. Apanhei a pena e concentrei-me outra vez no novo romance.

(29/3/1927)

5. Luz vermelha

A luz do sol começou a me incomodar. Feito uma verdadeira toupeira, desci a cortina da janela e acendi a lâmpada elétrica em pleno dia para dedicar-me com afinco ao romance já iniciado. Quando me cansei, abri a *História da Literatura Inglesa* de Taine para ler biografias de poetas ingleses. Foram infelizes, todos eles. Mesmo os gigantes da era Elisabetana — mesmo Ben Jonson, o mais erudito de sua época, chegara a ter os nervos tão abalados a ponto de ficar assistindo a uma batalha entre exércitos romanos e cartagineses travada em seu dedão do pé. Eu não deixava de sentir uma satisfação maldosa e cruel pela infelicidade que os atingira.

Numa noite em que o vento leste soprava forte (essas noites me traziam bom agouro), passei por um corredor subterrâneo e saí à rua para ir visitar certo senhor de idade. Ele vivia sozinho no sótão de uma editora de bíblias, dedicando-se à leitura e às orações enquanto trabalhava ali como servente. Conversamos sobre diversos assuntos junto à cruz pregada numa das paredes, com as mãos estendidas sobre o braseiro. Por que minha mãe enlouquecera? Por que o empreendimento de meu pai fracassara? E por que fui castigado? — Ele conhecia esses segredos, e me ouvia interminavelmente com um sorriso solene e enigmático. Interrompia-me de vez em quando, e em poucas palavras esboçava pequenas caricaturas da vida. Eu não podia deixar de respeitar esse eremita de sótão. Mas, conversando com ele, descobri que ele também agia movido por atrações químicas.

— Essa filha do jardineiro, além de bela, tem bom gênio e me trata muito bem.

— Quantos anos?

— Faz dezoito, este ano.

Talvez ele visse nisso apenas um amor paternal. Mas não pude deixar de reparar que havia paixão em seus olhos. Depois, havia surgido sobre a casca já amarelada da maçã que ele me ofereceu a figura de um unicórnio. (Eu já descobrira diversas vezes figuras de animais mitológicos em traços de fibra em madeira e de trincas em xícaras de café.) O unicórnio era sem dúvida um *kirin*. Lembrei-me de um crítico literário hostil que se referira a mim como o "*kirin-ji*[17] dos anos novecentos e dez". Comecei então a sentir que esse sótão com a cruz deixara de ser terreno seguro para mim.

— Como você está, estes dias?

— Como sempre, maltratado pelos nervos.

— Isso não se cura com remédios. Não quer se tornar um crente?

— Se eu pudesse...

— Não é nada difícil. Basta crer em Deus, em Cristo, seu filho, e nos milagres que ele realizou...

— Se for no diabo, eu posso acreditar...

— E por que não em Deus, então? Se acredita na sombra, não pode deixar de acreditar também na luz.

— Mas existem trevas sem luz.

— Trevas sem luz?

Nada pude fazer senão calar-me. Também ele, assim como eu, caminhara em meio às trevas. Ele, porém, acreditava que sobre as trevas haveria de existir a luz. Era este o único ponto de nossa discórdia. Mas era intransponível, pelo menos para mim.

— A luz sempre existe. A prova são os milagres. Milagres ocorrem com frequência, mesmo agora.

— Milagres do diabo, certamente...

— Por que você fala tanto do diabo?

Fiquei tentado a lhe contar o que me acontecera nos últimos doze anos. No entanto, havia o receio de que ele o transmitisse à minha família e eu acabasse num hospício, como sucedera à minha mãe.

---

17. Literalmente, *kirin* personificado. Tratamento dado às pessoas excepcionais.

— Que livros são aqueles?

O ancião robusto voltou-se à estante velha. Algo na expressão de seu rosto me lembrou um fauno.

— São uma coletânea de obras de Dostoiévski. Já leu *Crime e castigo*?

Por certo, três ou quatro livros do autor já me eram familiares havia dez anos. Entretanto, eu me comovi com a expressão "crime e castigo" dita casualmente (?) por ele, e assim resolvi pedir-lhe o livro emprestado e retornar ao hotel.

Como era de se esperar, encontrei as ruas bem iluminadas e cheias de transeuntes desagradáveis. De maneira alguma eu poderia suportar encontros com conhecidos. Assim, escolhi de propósito ruas escuras, para andar feito um gatuno.

Em pouco tempo comecei a sentir dores no estômago. Para mitigá-las, somente um trago de uísque. Descobri um bar, e abri a porta para entrar. Mas, no ambiente apertado e saturado de fumaça de cigarro desse bar, vários jovens, aparentemente artistas, se aglomeravam para beber. Além disso, no meio deles uma mulher, com os cabelos penteados em concha sobre os ouvidos, tocava bandolim com entusiasmo. Confuso, voltei sobre meus passos. De repente, percebi que minha sombra oscilava. Estava debaixo de uma luz assustadoramente vermelha. Parei onde estava, na rua. Entretanto, a sombra continuou como antes, a jogar de um lado a outro. Voltei-me hesitante e, por fim, descobri uma lanterna de vidro colorido pendurada na porta do bar. Ela balançava açoitada pelo vento forte...

Depois disso, entrei num restaurante subterrâneo. Fui ao bar e pedi uísque.

— Uísque? Só temos o Black and White...

Misturei o uísque com soda e comecei a tomá-lo calado, um gole de cada vez. Ao meu lado, dois homens de cerca de trinta anos conversavam em voz baixa. Pareciam repórteres. Falavam em francês. Sentia seu olhares pelo corpo todo, embora estivesse de costas para eles. Era uma sensação como ondas elétricas. Conheciam-me com certeza, e pareciam conversar a meu respeito.

— *Bien... très mauvais ... pourquoi?*
— *Pourquoi?... le diable est mort!*
— *Oui, oui... d'enfer...*

Joguei uma moeda de prata (a última que possuía) e fugi daquele recinto subterrâneo. A rua varrida pelo vento noturno me fortaleceu os nervos, mesmo porque a dor no estômago arrefecera. Lembrei-me de Raskolnikoff, e tive vontade de confessar tudo. Mas isso poderia provocar tragédias, a outros que não eu — ou melhor, a outros além de minha família. Além disso, não estava seguro nem mesmo de que essa vontade era real. Se apenas meus nervos fossem bons, como os de uma pessoa normal — mas, para isso, eu deveria partir, buscar outros lugares. Madri, Rio, Samarkand...

De repente, um pequeno cartaz branco me deixou apreensivo. Mostrava um logotipo, um desenho de um pneu de automóvel com asas. Me fez lembrar de um personagem da Grécia antiga que confiara em asas artificiais. Ele alçou voo ao espaço, mas os raios solares queimaram suas asas e ele acabou caindo no mar, onde se afogou. Madri, Rio, Samarkand... Não pude deixar de zombar desses sonhos. Também não pude deixar de pensar em Orestes, perseguido pelos deuses da vingança.

Fui caminhando por uma rua escura à beira de um canal. Comecei a recordar-me da casa de meus pais adotivos no subúrbio. Estariam sem dúvida aguardando meu retorno. Quem sabe, meus filhos também — entretanto, eu não deixava de temer certa força que me restringiria caso voltasse. Sobre as ondas agitadas do canal, havia uma barcaça encostada à margem. Uma luz tênue escapava de seu interior. Decerto viviam também ali homens e mulheres, constituindo uma família. Odiando-se, para poderem amar-se... Apelando novamente à minha disposição para a luta, resolvi retornar ao hotel, ainda sentindo a embriaguez do uísque.

Sentei-me outra vez à mesa para continuar a leitura das cartas de Merimée. Sem que eu notasse, elas me deram vitalidade. Entretanto, quando soube que Merimée havia abraçado o protestantismo nos anos finais da vida, comecei de súbito a enxergar a face real de Merimée à sombra de sua máscara. Ele também era um dos que, como nós, caminhava nas trevas. Trevas?... O *An-ya Koro* me parecia uma obra apavorante nas condições em que me achava. Para esquecer um pouco a depressão, passei a ler *Diálogos* de Anatole France. Mas esse fauno da era moderna também carregava sua cruz...

Decorrida uma hora, um servente veio entregar um maço de cartas. Uma delas, de uma livraria de Leipzig, me pedia que escrevesse um pequeno ensaio sobre "Mulheres do Japão moderno". Mas por que queriam um ensaio dessa espécie, e particularmente, de mim? A carta em inglês tinha ainda um P.S., mais ou menos nos seguintes termos: "Nós nos satisfaremos mesmo com retratos femininos em preto e branco, como as gravuras japonesas." Lembrei-me do uísque Black and White e rasguei a carta em pedaços. Depois, abri outra ao acaso, e passei a vista por suas folhas amarelas. Um rapaz desconhecido a escrevera. Não lera ainda duas ou três linhas e encontrei:

"O seu conto Jigokuhen..." — e não pude evitar que isso me irritasse. A terceira carta era de meu sobrinho. Finalmente me tranquilizei, e passei a ler sobre problemas domésticos. Mas, assim mesmo, as linhas finais dessa carta me arrasaram.

"Estou lhe enviando a nova edição da coletânea de versos Shukko[18]..."

Luz vermelha! Senti o sorriso zombeteiro da presença misteriosa, e resolvi buscar refúgio fora do quarto. Não havia viva alma no corredor. Com dificuldade, andei até o *lobby* apoiando-me na parede com uma das mãos. Depois, sentado numa cadeira, resolvi antes de tudo acender um cigarro. Era um Air Ship, não sabia por quê. (Pois havia decidido fumar apenas o Star, desde que me acomodei nesse hotel.) A asa artificial ressurgiu diante de meus olhos. Resolvi chamar o servente no outro lado da sala, e encomendar duas caixas de Star. Pelo que ele dizia, esse cigarro se esgotara, infelizmente.

— Mas temos o Air Ship...

Fiz que não com a cabeça, enquanto circulava o olhar pelo *lobby*. Quatro ou cinco estrangeiros conversavam ao redor de uma mesa, do lado oposto a onde me encontrava. E um deles — uma mulher de vestido vermelho — falava em voz baixa com os outros, e parecia olhar de vez em quando para o meu lado.

— Mrs. Townshead...

A presença, invisível aos meus olhos, sussurrou-me ao ouvido. Naturalmente, eu não conhecia esse nome, Mrs.

---

18. Literalmente, Luz Vermelha. Primeira coletânea de poesias *tanka* de Mokichi Saito. Uma delas tem por tema um louco.

Townshead. E se fosse de fato o nome da mulher do outro lado... Levantei da cadeira e resolvi retornar ao quarto, receando enlouquecer.

Pretendia telefonar a um hospital psiquiátrico assim que chegasse ao quarto. Mas ser internado seria o mesmo que morrer. Depois de hesitar por muito tempo, comecei a ler *Crime e castigo*, para atenuar o pavor. Entretanto, a página na qual abri por acaso pertencia ao romance *Os irmãos Karamázov*. Pensei ter trazido o livro errado, e verifiquei a capa. *Crime e castigo* — tratava-se sem dúvida alguma desse livro. Senti nesse erro de encadernação — e também na página que eventualmente abrira nessa encadernação errada, o dedo do destino. Não havia o que fazer, continuei a leitura. Porém, mal havia lido uma página e todo meu corpo estremeceu. A passagem descrevia o sofrimento de Ivan, atormentado pelo diabo. De Ivan, de Strindberg, de Maupassant, e talvez o meu, encerrado neste quarto de hotel...

Apenas o sono me salvaria nessa situação. Mas o soporífero acabara, não restava sequer um envelope dele e eu nem me dera conta. Não suportaria de forma alguma continuar nessa tortura sem poder dormir. Nasceu-me então uma coragem desesperada. Pedi que me trouxessem café e resolvi pôr-me a escrever feito louco. Duas, cinco, sete, dez laudas — os originais iam sendo produzidos rapidamente. Estava enchendo o mundo do romance que produzia com animais sobrenaturais. E, como se não bastasse, traçava meu próprio retrato em um desses animais. Meu cérebro começou a se anuviar pouco a pouco com o cansaço. Por fim, deixei a mesa e me deitei de costas sobre a cama. Devo ter adormecido por quarenta ou cinquenta minutos. Acordei de súbito. Alguém sussurrara junto aos meus ouvidos, outra vez:

— *Le diable est mort.*

Fora da janela de tufo calcário, a madrugada estava gelada. Postado diante da porta, examinei o quarto vazio. O ar externo embaçava partes da vidraça da janela, e surgiu ali uma pequena paisagem. Via-se o mar, estendendo-se além de um pinheiral amarelado. Aproximei-me hesitante e percebi que essa paisagem era formada pela relva e o lago do jardim. Mas minha ilusão de óptica, de repente, provocara algo próximo à saudade de casa.

Voltaria para lá após ligar a uma editora, para tratar de dinheiro, logo às nove horas. Assim decidido, guardei o texto escrito e os livros na mala sobre a mesa.

(30/3/1927)

6. Avião

De uma estação ferroviária da Linha Tokaido, eu fazia o táxi correr rumo à área residencial de veraneio no interior. Por estranho que pareça, o motorista vestia uma capa de chuva surrada, imprópria para o frio que fazia. Senti nisso um sinal ominoso, e desviei dele o olhar. E lá fora, além dos pinheiros baixos que cresciam, passava uma procissão fúnebre — provavelmente seguia por alguma estrada antiga. Parecia não haver as tradicionais lanternas brancas e candelabros em forma de dragão. Mas as flores artificiais de lótus douradas e prateadas seguiam balançando diante e atrás do caixão...

Finalmente em casa, passei dois ou três dias em paz, graças aos cuidados da família e ao poder dos soporíferos. Do segundo andar que ocupava entrevia-se ao longe um pouco do mar por cima do pinheiral. Resolvi trabalhar à mesa todos os dias pelo período da manhã neste segundo andar, ouvindo a voz dos pombos. Pássaros — pardais, além de pombos e corvos, entravam de vez em quando na varanda. Isso também me agradava.

"Os pardais estão à vontade" — com a pena na mão, lembrei-me dessa passagem.

Numa tarde quente e nublada, fui a uma loja de miudezas comprar tinta. Mas as que estavam à mostra na loja eram todas de cor sépia. De todas as cores, essa era a que eu mais detestava. Contrariado, saí da loja e fui caminhando por uma rua deserta. Um estrangeiro de cerca de quarenta anos, míope, ao que parecia, aproximou-se todo empertigado. Era um sueco esquizofrênico morador desta área. E, como se não bastasse, chamava-se Strindberg. Apenas passou por mim, mas senti como se houvesse me tocado.

A rua não tinha mais de dois ou três quarteirões. Entretanto, enquanto seguia por esses poucos quarteirões, um cachorro — com metade da cara preta e a outra branca — passou quatro vezes por mim. O uísque Black and White me voltou à memória, enquanto dobrava a esquina. Lembrei-me de que a gravata de Strindberg, por quem acabara de passar, também era preta e branca. Eu não conseguia pensar que essas coisas fossem simples acasos. E se não fossem... Sentindo que minha cabeça andava sozinha, parei por um instante na rua. Havia um cercado de arame ao lado, onde vi um vaso de vidro com vestígios de pintura em cores do arco-íris. Ao redor da base desse vaso havia padrões em relevo em forma de asas.

Diversos pardais vieram descendo de um ramo de pinheiro próximo. Mas, ao chegar perto do vaso, todos eles fugiram voando, como se houvessem combinado...

Cheguei à residência de meus sogros e me sentei numa cadeira de vime no jardim. Galinhas brancas da raça Leghorn andavam tranquilas dentro de um cercado de arame, a um canto do jardim. E havia um cão negro deitado junto aos meus pés. Eu me impacientava com dúvidas que não fariam sentido para ninguém, mas, de qualquer forma, conversava com a sogra e um cunhado sobre assuntos da comunidade, tentando mostrar-me calmo, pelo menos na aparência.

— Que sossego por aqui...

— Ah, sim, se comparado a Tóquio...

— Mas aqui também é agitado, às vezes?

— Pois se aqui também é parte deste mundo... — disse rindo a sogra. Sem dúvida, esta área de veraneio fazia parte "deste mundo". Quanta maldade, quantas tragédias aconteceram aqui em apenas um ano! Isso eu sabia bem demais. Um médico que tentara envenenar aos poucos um paciente, uma velha que ateara fogo na casa onde morava seu filho adotivo com a mulher, um advogado que tentara usurpar os bens da irmã — olhar para as casas onde moravam essas pessoas me fazia sentir como se olhasse o próprio inferno desta vida.

— Existe um louco nesta cidade, não?

— Fala de H.? Mas ele não é louco. Ficou idiota, só isso.

— A chamada demência precoce, não é? Ele me assusta sempre que o vejo. Outro dia, fazia mesuras à imagem de Bato Kanzeon[19], sei lá a que propósito.

---

19. Deus budista, que afasta feitiços e protege animais.

— Não devia assustar-se... Você precisa ser mais forte.

— Mas o mano é mais forte que eu...

O cunhado, com barba por fazer, erguia-se do leito em que estava e intervinha em nossa conversa, tímido como sempre.

— Mesmo forte, tenho pontos fracos...

— Oh, mas que problema!

Não pude deixar de sorrir a isso, dito pela sogra. Observando a paisagem do pinheiral distante, muito além das cercas do jardim, o cunhado, também sorrindo, acrescentou enlevado (esse moço, convalescente de uma enfermidade, dava-me algumas vezes a impressão de ser puro espírito, liberto da carne):

— Às vezes, você não me parece um ser humano, mas, em outras, revela fortes paixões humanas...

— Às vezes, pareço uma boa pessoa, outras vezes maldoso.

— Não penso assim. É algo muito mais antagônico que bem e mal...

— Quem sabe então é como se houvesse uma criança dentro do adulto?

— Também não. Não sei dizer direito... Algo semelhante à polaridade elétrica, talvez. Você reúne de alguma forma coisas antagônicas.

Nesse instante, assustei-me com o ruído estrondoso de um avião. Ergui os olhos instintivamente ao céu e vi a aeronave, que decolava quase raspando nos ramos dos pinheiros. Era um monoplano curioso, com as asas pintadas de amarelo. Tanto as galinhas como o cachorro fugiram espavoridos, especialmente o cachorro, que correu latindo com o rabo entre as pernas para se esconder sob o assoalho da casa.

— Será que esse avião não cai?
— Não há perigo. Você sabe o que é doença da aviação?
Acendi um cigarro e neguei com a cabeça.
— Dizem que as pessoas que voam de avião se habituam ao ar das alturas e aos poucos vão se desacostumando com o ar da superfície da terra, acabando por não suportá-lo mais...

Depois de deixar a casa de minha sogra, caminhando por entre os pinheiros quietos, sem mexer sequer um ramo, pouco a pouco eu ia me deprimindo. Por que aquele avião voara bem em cima de minha cabeça, e não em outro lugar? E por que só vendiam cigarros Air Ship naquele hotel onde estivera? Atormentado por essas dúvidas, eu caminhava escolhendo rotas desertas.

O mar além das dunas de areia estava cinzento e sombrio. Havia numa das dunas um balanço sem tábua. Essa visão me lembrou imediatamente uma forca. E até dois ou três corvos estavam lá pousados; me viram, mas nem fizeram menção de voar. O do meio levantou o bico enorme ao céu e grasnou, quatro vezes, tenho certeza.

Fui caminhando ao longo do banco de areia coberto de relva ressequida, para seguir depois por uma ruela cheia de mansões de veraneio. Esperava encontrar entre pinheiros altos, do lado direito dessa ruela, um sobrado branco, construído em madeira em estilo ocidental. (Um amigo dera a ele o nome de Vivenda da Primavera.) Entretanto, ao chegar defronte ao local, o que encontrei foi apenas a base de concreto e, sobre ela, uma banheira. "Incêndio" — logo pensei, e continuei a caminhada procurando não olhar para esse lado. Um homem de bicicleta vinha em minha direção. Trazia um boné marrom escuro sobre a cabeça e, com os olhos estranhamente fixos, vinha curvado sobre o guidão. De repente, vi naquele rosto a face do finado marido de minha irmã, e desviei por uma pequena travessa antes que ele se aproximasse. Porém, mesmo nessa travessa, encontrei uma toupeira morta em decomposição mostrando o ventre!

Uma presença misteriosa me perseguia a cada passo, e isso me deixava apreensivo. Além disso, as rodas dentadas semitransparentes começavam a surgir, uma por uma, estorvando-me a visão. Receoso de que houvesse por fim chegado minha hora, prossegui andando de cabeça erguida. À medida que as rodas dentadas aumentavam de quantidade, giravam cada vez mais depressa. Ao mesmo tempo, comecei a enxergar o pinheiral, agora ao meu lado direito, silencioso e com os ramos estendidos, como se o visse através de pequenos cristais de vidro lapidado. O coração palpitava com força e diversas vezes pensei em parar à beira da rua. Mas nem isso era fácil, pois eu parecia estar sendo empurrado por alguém.

Cerca de trinta minutos depois, eu me encontrava no segundo andar deitado de costas e, com os olhos fechados, procurava suportar a violenta cefaleia. Então, por trás das pálpebras, comecei a ver uma asa coberta de plumas prateadas feito escamas. A asa prateada se refletia com toda a nitidez em minha retina. Abri os olhos e olhei para o teto para constatar que nada disso estava ali, naturalmente, e tornei a fechá-los. Mas a asa prateada continuava nítida na escuridão. Havia visto uma asa na tampa do radiador de um carro que tomara dias antes, e isso me veio à lembrança...

Nesse instante, alguém subiu correndo afobado pela escada, para logo depois descer, também correndo. Percebi que fora minha mulher, levantei assustado, e imediatamente desci até a saleta escura em frente à escada. Encontrei-a caída de bruços. Parecia querer controlar a respiração ofegante, pois seus ombros arfavam sem parar.

— O que foi?

— Ah, não foi nada...

Ela levantou o rosto com dificuldade e forçou um sorriso.

— Não foi nada, não... Apenas tive uma sensação de que você ia morrer...

Foi a experiência mais apavorante que tive em toda minha vida. Já não me restam forças para continuar escrevendo. Viver assim é uma tortura indescritível. Alguém poderia me estrangular em silêncio, enquanto durmo?

(7/4/1927)

Outras obras de literatura e cultura japonesa na Editora Estação Liberdade

YASUSHI INOUE
O fuzil de caça

NAGAI KAFU
Crônica da estação das chuvas

SHUICHI KATO
Tempo e espaço na cultura japonesa

YASUNARI KAWABATA
A casa das belas adormecidas
O País das Neves
Mil tsurus
Kyoto
Contos da palma da mão
A dançarina de Izu
O som da montanha
O lago
O mestre de go

HIROMI KAWAKAMI
Quinquilharias Nakano
A valise do professor

HARUKI MURAKAMI
Caçando carneiros
Dance, dance, dance

KAKUZO OKAKURA
O livro do chá

NATSUME SOSEKI
Eu sou um gato
E depois

JUN'ICHIRO TANIZAKI
Diário de um velho louco
As irmãs Makioka

EIJI YOSHIKAWA
Musashi

WILLIAM SCOTT WILSON
O samurai – A vida de Miyamoto Musashi

MOTOKIYO ZEAMI
Hagoromo – O manto de plumas

ESTE LIVRO FOI COMPOSTO EM GATINEAU 10.6/15 E
IMPRESSO SOBRE PAPEL OFF-SET 75 g/m² NAS OFICINAS
DA ASSAHI GRÁFICA, EM SÃO BERNARDO DO CAMPO – SP,
EM SETEMBRO DE 2012